El
peligroso
arte de
desaparecer

ANGELO SURMELIS

# El peligroso arte de desaparecer

CROSS
BOOKS

Diseño de portada: Michelle Cunningham
Fotografía de portada: Christine Blackburne/MergeLeft Reps Inc.
Fotografía del autor: Peter Konerko Photography
Arte © Christine Blackburne Photography

Título original: *The Dangerous Art of Blending In*

© 2018, Angelo Surmelis

Traducido por: Mónica López Fernández

Derechos reservados

© 2019, Editorial Planeta Mexicana, S.A. de C.V.
Bajo el sello editorial DESTINO INFANTIL & JUVENIL M.R.
Avenida Presidente Masarik núm. 111, Piso 2
Colonia Polanco V Sección
Delegación Miguel Hidalgo
C.P. 11560, Ciudad de México
www.planetadelibros.com.mx

Primera edición en formato epub: julio de 2019
ISBN: 978-607-07-5963-5

Primera edición impresa en México: julio de 2019
ISBN: 978-607-07-5964-2

Impreso en los talleres de Litográfica Ingramex, S.A. de C.V.
Centeno núm. 162-1, colonia Granjas Esmeralda, Ciudad de México
Impreso y hecho en México – *Printed and made in Mexico*

*Para Jennifer, Ed y Judy*

# Uno

Debí saber que algo ocurría al regresar a casa. Había autos estacionados en toda la calle. Mi madre generalmente se reúne con su grupo de estudio de la Biblia los miércoles y hoy es martes. Me dirijo a la entrada y abro la puerta con cuidado.

—Que los demonios de la lujuria y la desobediencia se alejen de este recipiente pecaminoso.

Mi madre está en la sala con un grupo de personas de su iglesia, junto con el pastor Kiriaditis. Tienen velas prendidas alrededor, forman un círculo y rezan todos juntos. Alcanzo a ver, en medio de la gente, sobre una mesita, una foto mía enmarcada. Por suerte no me han visto.

—Expulsamos el mal que se ha aferrado a este cuerpo. Pedimos a Dios que tenga misericordia de esta alma malvada. Amén.

«¿Dónde está papá? ¿Por qué nunca está en casa cuando toda esta mierda sucede?».

Empiezo a escuchar conversaciones normales, lo que indica que están por terminar su sesión.

—Cuánto le agradezco, pastor —oigo a mi madre decirle—, no sé cómo agradecerle su ayuda. Recemos para que él pueda permanecer bajo la gracia de Dios. Es un hijo desobediente.

Cierro los ojos y me mentalizo para permanecer tranquilo. En silencio camino por el pasillo hacia mi habitación mientras sigo escuchando. Oigo que mi madre les agradece a todos de nuevo y los encamina hacia el comedor, donde les ofrece pay de espinaca y galletas griegas. Pase lo que pase, mi familia no deja de comer.

Entro a mi recámara. Aquí me siento seguro, rodeado de mis cosas, del papel tapiz que yo mismo pegué, de las molduras de madera que puse durante las vacaciones del año pasado, en un esfuerzo por darle a mi cuadrada habitación de casa de interés social un poco de personalidad. Quería que pareciera una vieja biblioteca inglesa.

Pero todo esto sirve como evidencia adicional para que mi familia compruebe que soy un raro espécimen. No le encuentran sentido a nada de esto.

—¿Por qué no puedes tener esos pósters deportivos en tus muros, como los otros chicos?

Esto resulta muy irónico porque a nadie de mi familia le gustan los deportes, excepto cuando Grecia juega en el Mundial o cuando la delegación griega desfila en el estadio durante la inauguración de los Juegos Olímpicos. Nada más. De verdad, yo soy el único que más o menos se interesa por realizar una actividad física que no incluya hornear o ir a trabajar, las dos únicas formas de ejercicio que mi familia considera.

Volviendo a mi habitación, la he retacado de libreros, tanto como este pequeño espacio lo permite. Estar rodeado de libros y revistas me tranquiliza. Hace que la recámara parezca envuelta en una capa de protección, como si así nada ni nadie pudiera llegar hasta mí.

Mientras miro alrededor pienso que debo hablarle a Henry. Siempre me tranquiliza, aunque por lo que acabo de presenciar, probablemente sea mejor pasar desapercibido. Recorro la vista por el cuarto y me doy cuenta de que alguien ha estado hurgando entre mis cosas. Mi corazón se detiene.

Dirijo la vista a mi cajonera, que está en la única pared que no tiene libreros. Arriba clavé unos estantes para guardar mis cosas para pintar. Las que antes estaban acomodadas perfectamente bien —las cajas arriba de la cajonera, las que tenían los boletos de todas las películas que he visto—, están revueltas. Una de ellas está abierta y algunos de los boletos están regados encima de la cajonera. Yo siempre pongo todo en su lugar; obviamente mi madre estaba buscando algo. La mayor parte del tiempo supone que escondo drogas en mi habitación.

Ella aprueba que vea películas o programas de televisión acerca de Dios, Jesús o algún tipo de viaje o lección espiritual. Cualquier otra forma de entretenimiento es «obra del demonio, narcisista, egoísta y únicamente para chicas o gays».

Abro el cajón donde guardo mi cuaderno, debajo de un montón de libros bien acomodados. Lo hojeo con rapidez. Todas las páginas siguen ahí. Exhalo con alivio, pero creo que debo buscar un mejor escondite. Debí de haberlo enterrado junto con los otros cuadernos afuera de la casa. Hace mucho que ella no emprendía una de sus misiones de «busca y destruye»; me confié demasiado. ¿Cuál fue la razón de su reunión de hoy? Saco mi teléfono del bolsillo y lo miro. Quisiera enviarle un mensaje de texto a Henry, pero lo regreso a mi bolsillo y me acuesto en la cama para descansar solo un momento; estoy tan agotado que me quedo completamente dormido.

# Dos

—Evan. Evan.

Papá está inclinado frente a mí. Lo miro con los ojos entrecerrados.

—¿Qué hora es?

—Son casi las cinco.

—¿De la mañana?

Me mira de manera extraña.

—Ajá. ¿Quieres ir por donas? —Se endereza.

Esto es algo que hacemos; por lo general se levanta a las cuatro de la mañana y sale de casa a las cinco en punto. Su trabajo en la panadería empieza temprano; algunas veces me despierta y vamos a Dunkin' Donuts. Qué ironía ir a una cadena de donas cuando su trabajo, su vida, es hacer pan. Nos sentamos en la barra y él ordena café y una dona. Yo también pido una dona, a veces dos, y casi siempre nos sentamos en silencio. Si él siente que queda un poco de dinero del mes, compra una docena para llevar. Luego me regresa a la casa y se va a trabajar.

Me levanto y busco mis zapatos. Me dormí vestido. Reviso mi teléfono y veo un montón de mensajes de Henry que llegaron después de haberme quedado dormido.

HENRY:

¿Dónde estás? ¿En tu casa?
Acabo de pasar. ¿Qué diablos? ¿Hay fiesta?
Llámame. Bye.

Debí haberle respondido. Corro al baño y abro la llave, aunque no al máximo para no despertar a mi madre. Me mojo la cara y trato de aplacar mi cabello con las manos mojadas. No lo logro. Regreso al cuarto, agarro una gorra de beisbol y alcanzo a papá. Él ya encendió el auto y está recargado en la cajuela jalando bocanadas de un Marlboro Light. Tiene la mirada perdida en la casa de enfrente. La luz de la calle le da en la cara, lo cual hace que su de por sí prominente perfil se acentúe. Mi padre tiene el aspecto que a mí me hubiera gustado heredar. Su rostro es audaz, sus facciones angulosas y su nariz afilada. Mi rostro es parecido al de mi madre.

Escucha que abro la puerta del copiloto y se acomoda en el asiento del conductor. Un cigarrillo bailotea en su boca conforme se acerca a la puerta. Él tampoco quiere despertarla.

—Hoy puedo llegar un poco más tarde. ¿Quieres ir a otro Dunkin' Donuts?

El Dunkin' de nuestro vecindario está a menos de un kilómetro y medio. Podríamos caminar allá si quisiéramos.

—Seguro. ¿A cuál?

—No sé. El otro día vi uno de camino. Está en el sentido opuesto al que siempre vamos. Parece más grande.

En su código, *grande* significa mejor. *Grande* y *más* no son cosas que mi familia pueda darse el lujo de tener, así que cuando hay una oportunidad de tener algo más o grande (o de manera muy ocasional, ambas), aprovechamos.

La ventana del lado de papá está abierta a la mitad. Sostiene el cigarro afuera cuando no lo fuma. Sabe que el humo me marea, pero nunca reúno el valor para decirle que cuando lo sostiene así, con la ventana a medio abrir, el aire regresa el humo directamente a mi cara. Por lo general, paso gran parte del tiempo dentro del auto experimentando diferentes formas de aguantar la respiración. Sin embargo, no me molesta porque es tiempo que pasamos juntos. Respirar un poco de humo involuntariamente y un ligero mareo es un precio muy bajo que pagar.

Vamos en silencio en el coche. No nos vamos por la autopista; a esta hora estas calles son perfectas. Todo está muy quieto. Me pregunto si esto realmente puede ser el inicio de algo nuevo y mejor.

Sueño con que, tal vez, de repente, todo en Kalakee, Illinois, empiece a cambiar. Mi cabello se vuelve lacio y moldeable. El paisaje plano de pronto se ve cercado por colinas frondosas. Puedo entrar en cualquier lugar repleto de gente sin sudar. Cualquier lugar. Ya no tengo que ir a la iglesia griega los fines de semana. Nuestra casa es tranquila, segura y me aman.

—Ya llegamos. —Papá avienta la colilla por la ventana.

Salgo del auto y lo sigo adentro. El lugar está casi vacío excepto por dos tipos, ambos agachados en la barra, sentados uno junto al otro. Sus cabezas están hundidas en el *Chicago Tribune*.

—Buenos días, Eli. —La mesera de la barra le sonríe amplia y amigablemente.

Es evidente que... mi papá ha venido a este Dunkin' antes, sin mí. Nos sentamos frente a la barra.

—¿Es tu hijo? —Coloca una taza de café frente a él con una mano y sin ningún esfuerzo sirve café con la otra.

—Sí, se llama Evan, Evangelos en realidad, pero le gusta que le digan Evan. —Me da un golpecito en la cabeza como si tuviera cinco años.

Le sonrío a ella; su rostro es radiante, abierto, amigable.

—Es de familia ser guapo —dice en tono cantarín mientras busca otra taza de café para mí—. Me llamo Linda, por Linda.

—Él no toma café —dice mi padre.

—Mucho gusto, Linda. —Quisiera tomar café. Mucho café.

Linda pone ambas manos sobre la barra y estira los brazos. Nos mira y pregunta:

—¿Qué desean esta mañana, caballeros?

—Quiero una dona estilo buñuelo y Evan, una de chocolate. —Me mira para verificar que sea lo que quiero.

Esa es mi orden usual. Tengo fama de haberme comido al menos seis de una sentada. Podrían pensar que debería estar gordo, pero mi teoría es que la energía interna a la que mi sistema nervioso recurre constantemente para ocultar cosas hace que mi metabolismo funcione a paso acelerado.

Linda va por las donas. Papá bebe café y se queda viendo las donas de las vitrinas frente a nosotros.

—¿Dormiste bien? —indaga.

—Sí.

No le menciono las pesadillas. Mi padre tiene buenas intenciones, pero no quiere oír acerca de mis pesadillas o cosas así. Quiere oír cosas como «dormí bien».

—No te despertamos para cenar anoche porque supusimos que estabas exhausto. Debes morir de hambre. ¿Qué quieres tomar? —Antes de que le responda, le hace un gesto a Linda—. Corazón, trae otra dona para mi hijo y un vaso de leche.

Con este golpe de azúcar estaré como bólido en las primeras clases.

—Aquí tienen, queridos. —Linda deja nuestras donas y mi leche sobre la barra y se aleja.

—Escuché acerca de lo de anoche —dice escupiendo migajas de dona. Sorbe su café y hace un gesto para pedir que le traigan más.

—¿Qué escuchaste?

—Que vinieron unas personas de la iglesia.

Me dice esto justo cuando estoy a punto de comer mi dona de chocolate, de darle la mordida más importante: la primera, la que establece la atmósfera de cómo será la experiencia donesca.

Me detengo. Coloco la dona en el plato y volteo a verlo. Es un movimiento extremadamente calculado. Quiero que sepa que lo que voy a decir a continuación es importante.

—Papá, creen que el demonio me poseyó. ¿Eso te parece normal?

—Ay, no seas tan dramático. Solo estaban rezando por ti. No hay nada de malo en eso.

—¿Tú crees que los demonios me han poseído? —pregunto de nuevo.

—Al parecer, ya no. —Se está divirtiendo.

Aún no pruebo la dona. ¿Acaso no se da cuenta? Nadie ama las donas tanto como yo.

—No me parece chistoso. Ella hace cada vez más difícil que yo pueda tener una vida normal. —Cuando veo que no dice nada, agrego—: Y estoy teniendo pesadillas. No estoy durmiendo bien.

—Evan, come.

Muerdo la dona.

—Yo no soy el dramático —digo con la boca llena—, ella lo está inventando. Lo que sucedió... sucede...

—Evan —me mira directo a los ojos—, dejemos esto por la paz. Ya pasará.

—Claro que no —susurro—, siempre se sale con la suya. —Ahora estoy enojado con él. Decepcionado. Es fácil enojarme con ella, pero esperaba más de él.

—Tu amigo estuvo preguntando por ti mientras estuviste en el campamento bíblico.

Eso ha sido una jugada paralela.

—¿Henry?

—Pasó por la casa. Yo estaba afuera, arreglando el auto.

—Él sabe que nos quitan los celulares y...

—Solo quería saber cómo estabas, si sabíamos algo de ti.

—Hoy voy a verlo.

Él asiente.

—Tu madre cree... *nosotros* creemos que el campamento bíblico fue un buen cambio este año.

—Pude haber ido a acampar con Henry y su familia a Wisconsin de nuevo este año.

—Tal vez el próximo. —Voltea—: Linda, una docena surtida para llevar. Asegúrate de que seis sean glaseadas, tres tipo buñuelo y Evan escogerá el resto. —Papá saca un fajo de billetes del bolsillo y me lo da—. Tú paga, yo voy afuera.

—¿Y todo este dinero?

—Ayer pasé al banco. Por el momento no estamos usando las tarjetas de crédito. Las dejamos solo para... para emergencias.

Sale, enciende un cigarro y se recarga en el auto. Aunque todavía no es otoño, él está vestido como si lo fuera:

suéter tejido de cuello de tortuga beige y pantalones ajustados. Si bien él puede salirse con la suya con este atuendo, a mí me avergüenza. Algunas maestras, de maneras poco apropiadas, me han comentado sobre lo apuesto que es mi padre.

—Toma, Evan. Escogí algunas de mis favoritas, ¿te parecen bien? —Linda me entrega la caja de donas—. ¿Qué edad tienes, cariño?

—Diecisiete. En octubre cumplo dieciocho. Mi plan es comprar un auto pronto.

¿Y por qué dije eso? A Linda qué le importan mis planes de transporte. El azúcar está empezando a surtir efecto y estoy arrastrando las palabras.

—¿Tienes novia? —pregunta con su enorme sonrisa—. Seguro que sí. Y lo más probable es que sea muy bonita.

Me pongo rojo como jitomate, le doy el dinero y salgo.


Al salir del estacionamiento, le digo a mi papá:

—¿Por qué la aguantas?

Me arrepiento de soltar la pregunta en cuanto la digo. Él no quita los ojos del camino.

—Sabes que ha tenido una vida difícil. Hay cosas que no sabes. La infancia de tu madre en Grecia no fue fácil.

Mi respuesta a estas conversaciones suele ser asentir y fingir que entiendo. Pero no lo entiendo. ¿Cómo es que alguien que ha tenido una vida difícil quiere hacerle a su hijo la vida aún más difícil?

—Eso no justifica sus acciones. Ya estoy grande para que me pegue, así que ahora me castiga con juegos mentales y esta mierda religiosa. No lo entiendo.

—¡Evan! —Sus ojos siguen fijos en el camino.

—Lo siento —susurro, casi para mí—: ¿Ya olvidaste todo lo que me ha hecho? ¿Olvidaste mi vida entera?

Por la cara que pone, sé que no lo ha olvidado.


Tengo siete años. Papá se va del departamento a las cuatro de la mañana para su primer turno. Trabaja todo el día en la panadería. Regresa a medio día para darse un regaderazo rápido y luego se va al segundo trabajo, como cocinero en el restaurante. A veces llega a casa hasta las diez de la noche.

Hoy, al llegar a mediodía, me encuentra en el rincón de la sala, sentado y abrazando mis rodillas. La sangre me escurre por el rostro desde algún lugar de la cabeza. Estamos en verano y el ambiente está muy húmedo. No tenemos aire acondicionado en este departamento, por lo que la mezcla de sangre y sudor me genera una sensación extraña e incómoda. Estoy demasiado asustado para levantarme e irme a cualquier otro rincón de la casa.

Él me llama, pero no me muevo. Se acerca y pone la mano en mi cabeza. Puede sentir los chichones, lo sé. En ese momento llega mi madre desde su recámara. Yo aguanto la respiración.

Hubiera sido mejor que mi padre no me hubiera visto, porque entonces se volverá un «tema» con ella. Y en cuanto se vaya a su segundo trabajo, la cosa se pondrá peor. Por lo general él no dice nada cuando suceden este tipo de cosas. Quiero creer que le grita cuando están a solas, pero generalmente es ella quien le grita a él.

Hoy reacciona diferente. Quita la mano de mi cabeza. Estoy casi seguro de que mi ojo izquierdo está muy hinchado porque no puedo abrirlo. Me volteo un poco para poder ver con mi ojo derecho lo que pasa. Mi camisa está empapada, pegada a mi cuerpo. Él se acerca a ella y la toma del brazo. Puedo darme cuenta de que la agarra con fuerza porque la piel de ella se ve roja y blanca.

Solo se ven a los ojos. Ella empieza a llorar. Su llanto ya no me afecta. Dejó de hacerlo hace como un año. Él la jala hacia su recámara y cierra la puerta tras ellos, pero puedo escuchar con claridad. Es un departamento modesto, con paredes; ventanas y puertas baratas.

—Lo vas a matar. ¿Eso quieres?

Nunca lo había oído hablarle así.

—¿Quieres que llegue a casa y vea a un hijo muerto? -Su voz está subiendo de volumen. Ella llora a mares. Él continúa—: ¿Qué se supone que debo hacer? No sé. No puedo.

—Él no es bueno. No lo quiero. Quiero que se vaya. -Sé que lo dice en serio. Lo he oído tantas veces que lo creo.

¿Soy malo? ¿Hay algo malo en mí?

—Esto no está bien. Debes parar. Un día no sobrevivirá y será tu culpa.

Me doy cuenta de que está demasiado cansado para seguir, pero no quiero que se detenga. Quiero que le grite, que le pegue tal como ella me pega a mí, me golpea, me avienta cosas. Pero sé que eso solo la hará más fuerte.


Nos estacionamos en la entrada de la casa. Contemplo mi caja de donas y me quito la gorra.

—Evan, solo inténtalo. Por favor.

¿No es eso lo que he estado haciendo todos estos años? Respiro profundamente y miro a través de la ventana.

—¿Por qué no quieres usar las tarjetas?

—Las cosas están un poco rudas por el momento. Me han quitado horas. Y la casa… cuesta mucho; también hay que pagar la escuela griega.

—No teníamos que comprar las donas.

—Las donas no son el problema. —Extiende el brazo y me alborota el cabello, de por sí salvaje.

—Papá. —Alejo la cabeza.

—Está bien, ya no te alboroto tu preciado peinado. Todo sería más fácil si pudiéramos pagarte una escuela religiosa privada. Es difícil hacer malabares con ambos mundos.

—Necesito un corte de cabello. Me veo ridículo.

Algo que él no sabe es que yo hago malabares con múltiples mundos.

—Yo quisiera tener tu cabello. Ve esto. —Señala sus patillas, donde su cabello es más grueso, y se jala los mechones tanto como puede—. Parezco Larry de *Los tres chiflados*.

A él le encantan *Los tres chiflados*. Es de las pocas cosas que lo hacen reír a carcajadas.


Una vez adentro, dejo la caja de donas en la mesa de la cocina y bajo al baño más pequeño para ducharme. No quiero despertarla. Usualmente se duerme hasta las tres, cuatro, a veces hasta las cinco de la mañana. Su sueño más pesado es durante la madrugada. Es el momento en que me siento más seguro. Quiero irme a la escuela antes de que se despierte.

Tomo mi mochila y abro el cajón donde está mi cuaderno. Lo meto en la mochila y me voy sin hacer ruido.

# Tres

Caminar a la escuela es uno de los mejores momentos de mi día. Estoy solo. Puedo soñar durante todo el trayecto, por lo general sin interrupciones y en completa paz. Soñar despierto es una de las cosas en la lista de pecados o de holgazanerías de mi madre. Así que lo disfruto cuando puedo.

Hasta este verano, el sueño en mi cabeza había sido prácticamente el mismo. Es algo típico, aburrido, poco sexy. Si alguien por accidente se topara con mi fantasía, quedaría muy decepcionado.

El sueño es así: vivo solo, de preferencia en una ciudad grande. Mientras más grande, mejor. Mis días están libres de estrés; son normales. Y mi cabello es mejor, ya sabes, como el de los chicos que se despiertan y así salen de casa. En mi sueño soy como ellos. Como Henry Kimball. Jugamos tenis durante horas y yo termino como el hijo de la novia de Frankenstein con Albert Einstein, mientras que él se ve… pues… como Henry.

Saco mi celular para escribirle un mensaje:

Hola. Perdón por no contestar.
De camino a la escuela. ¿Te veo luego?

—¡Panos!

Es Jeremy Ludecker, le gusta llamar a la gente por su apellido. Corre para alcanzarme y puedo escuchar cómo le silba el pecho. Creo que por sus alergias.

—¡Panos! Sé que puedes escucharme, cabeza de pubis. Me estoy ahogando. Sabes cómo me jode el asma.

Cierto, su asma. Me confundo entre alergias y asma. Me detengo y doy vuelta. Él venía corriendo directo hacia mí, terminamos por chocar y caer al piso, él encima de mí. Se me zafa el teléfono de la mano y él está silbando justo sobre mi cara. Alcanzo a percibir el olor del tocino.

—Jeremy. Un placer, como siempre. —Trato de hacerlo a un lado, buscando la forma de zafarme y que este encuentro no parezca de lo más extraño. No logro ninguna de las dos cosas.

Él salta para levantarse y me estira la mano. Ignoro su intención de ayudarme y me levanto solo, acomodando mi mochila y yendo por mi teléfono. Antes de que pueda decir algo, él empieza:

—¿Qué era ese alboroto de autos ayer frente a tu casa? Pasé en mi bici para ver si querías ir a las vías y había autos por todos lados. Una locura en tu calle. No respondiste mis mensajes, así que por poco toco la puerta, pero luego decidí que no quería lidiar con un montón de gente que no habla mi idioma. ¿Sigues siendo el único en tu familia que puede comunicarse con el mundo exterior? Porque tengo que…

Desde siempre él ha sabido que mis padres exigen que hablemos griego en casa, pero le gusta molestarme con eso.

—Jeremy, mis padres invitaron a unas personas a cenar. No seas hijo de puta. Tú ni siquiera sabes deletrear y nosotros podemos hacerlo en dos idiomas. ¿Fuiste a las vías? ¿Te topaste con algo *cool*? —Veo mi teléfono. Nada.

—No, amigo, lo siento, no fui a las vías.

Las vías son ciclopistas viejas donde alguna vez hubo un campo abierto. Son larguísimas. Empiezan en la subdivisión, donde antes había granjas, y siguen mucho más allá. La mayor parte del territorio está vacía; ocasionalmente hay establos abandonados y casi en ruinas, pero si sigues por al menos unos veinte kilómetros, las vías empiezan a incorporarse a granjas que están activas. La gente que vive y trabaja en ellas no quiere que nosotros ni nadie pase por ahí. Si no tienes cuidado, te sueltan una que otra bala directamente.

Quiero cambiar de tema. Me he vuelto algo así como un experto en separar mis mundos. No quiero que se mezclen, y mucho menos ahora.

—En cambio, fui al boliche de tu tío —dice Jeremy—. Ya sabes que no puedo evitar aprovecharme de lo maravilloso que es poder jugar gratis.

Me siento muy incómodo con ese trato. Mi tío Tasos sabe que Jeremy es mi amigo y lo deja jugar boliche y videojuegos sin pagar. Hasta le da de comer gratis. Además de mi padre, mi tío tal vez sea mi pariente favorito, quizá porque es de otra familia y se casó con alguien de la nuestra. Su negocio es un boliche que tiene restaurante y cantina.

La cosa es que Jeremy sabe que no me gusta que vaya sin mí. No porque me agrade su compañía, sino porque no es buena idea, simplemente no lo es, por el hecho de que mis mundos se empiezan a mezclar.

—Te dije que no fueras sin mí.

—Es una de las ventajas de ser tu amigo, Pubis. Eso y que me hagas la tarea de Arte. ¡Oye!

—¿Qué?

—Panos, ¿por qué demonios te quedas viendo el teléfono?

—Solo espero un...

—Mensaje de Kimball, ¿verdad? Carajo. Siempre se trata de Kimball. ¿Extrañaste a tu novio mientras estuviste en el Campamento de la Santa Mierda? —Suelta tal carcajada que hasta se sorbe los mocos y le da otro ataque de asma.

—Tu evolución es una involución, idiota.

Ningún mensaje de Henry aún. ¿Qué estará haciendo?

—Si ustedes no pasaran tanto tiempo juntos, tal vez tú y yo podríamos hacer algo en serio. ¿Cuánto tenis pueden jugar dos personas? Es el deporte más aburrido.

Estamos a punto de llegar a la entrada de la escuela. Jeremy ve a Tess Burgeon y le grita:

—¡Burge! Tengo una paleta con tu nombre. Es de uva, ¿la quieres? Quiero ver cómo la lames. —Jeremy se distingue por su clase.

—¿Qué te pasa, imbécil?

—Sé que le gusto. Probablemente también a Jorgenson.

—¿A Kris?

—Siempre andan juntas y puedo sentir la vibra.

Me río.

—Alucinas.

—Ahí está. Ya verás. —Jeremy hace un altavoz con sus manos y grita—: ¡Jorgenson!

Kris lo ve, lo saluda con la mano y se acerca. Vaya, esto puede ser bueno.

Él voltea hacia mí.

—Espera y verás.

—Yo espero.

Kris tiene uno de esos rostros difíciles de leer. Parece estar de buen humor aun cuando no sonríe. Sus ojos color miel están muy separados y su cabello es enorme, con rizos naturales más abajo del hombro. Un poco rubia y con largas raíces oscuras.

—¿Qué tal? —pregunta Kris mientras se acerca. Ahora está justo al lado de Jeremy; ella es más alta que él, algo que aprecio mucho en este momento.

—Seamos honestos, Jorgenson —empieza Jeremy—: tú y Burge quieren conmigo.

Sin un momento de pausa, Kris asiente.

—Claro.

Jeremy sonríe con complicidad y voltea hacia mí alzando una ceja.

—¿Y qué más? —dice.

—Bueno, es un problema clásico. Dos amigas. Un chico. ¿A quién elegirá? Ya sabes cómo es esto.

Yo estoy que me muero de risa; Jeremy se pone una mano en el corazón.

—Kris, no soy de los que rompen corazones, pero tú sabes de mi amor por Burge.

Ella cierra los ojos y respira profundamente.

—Es mi amiga y quiero que sea feliz. Ve por ella, Jeremy.

Él pone la mano en el hombro de ella.

—Jorgenson, no me extrañes demasiado. —Luego voltea hacia mí antes de irse volando—: Te veo en el almuerzo, hagamos planes para esta noche. Ah, y un chico llamado Cage preguntó por ti en el boliche de tu tío. ¿Qué clase de nombre es Cage?

—Es Gaige.

«Mierda. ¿Qué diablos está haciendo en Kalakee?».

Kris interrumpe mi momento de pánico.

—Sé que soy de las nuevas aquí, pero ¿cómo es que ustedes dos son amigos?

Me río.

—Es una de las primeras personas que conocí cuando nos mudamos acá. Realmente no puedo deshacerme de él.

—Se nota. Te respeto por aguantarlo. A veces solo quiero golpearlo en la cara —dice, pero está sonriendo.

—Ay, no, por favor. Lo vas a romper. De hecho, tal vez deberías; quizá sea bueno para él.

—Mala idea. En mi otra escuela me metí en problemas por todas las decisiones equivocadas.

—¿Qué? ¿Por violencia? —pregunto medio en broma.

—Me cuesta trabajo dejar que la gente se salga con su mierda.

—¿Eh?

Ella sonríe de nuevo.

—Los rumores se convierten en hechos muy rápido. Nos vemos luego, Evan.

Mientras trato de entender qué quiso decir, me llega otro pensamiento: «¿Cómo se sentirá estar completamente cómodo en tu propia piel?».


Nuestra preparatoria no es espectacular, pero sí tiene algo que me encanta: un atrio. La escuela es básicamente un cuadrado con un hoyo en medio y ese hoyo es el atrio. Eso quiere decir que, literalmente, el corazón de la escuela es un jardín al aire libre. Todos los pasillos tienen puertas que llevan al centro.

Ahí es adonde me dirijo ahora, para alejarme de los Jeremy y de mi padre y de mi madre. Y, a veces, de mí mismo. Y ahora, para alejarme de Gaige.

«Quien, al parecer, está aquí, donde vivo, donde viven mis padres».

El señor Overstreet, jefe de limpieza y jardinero, está ahí, trabajando en las plantas. La puerta del pasillo norte está abierta y atorada con un enorme bote de basura. Entro, me agacho y me abro camino entre las plantas del lado oeste, donde el pasto es alto y hay jacintos azules floreciendo. Me acuesto debajo de ellos y me quedo viendo el despejado cielo azul.

Es curioso cómo te acostumbras tanto al invierno que olvidas que hay otras estaciones. Cierro los ojos y respiro.

El atrio estuvo cerrado durante todo el año pasado. Nadie tenía permiso de entrar porque sorprendieron a Lonny Cho, Scott Sullivan y Gabe Jiménez ahí junto con otros chicos de la preparatoria River Park. La gente de limpieza encontró condones y colillas de cigarros, además de botellas de cerveza. Se armó todo un lío; lo hicieron más grave de lo que realmente debió ser, en mi opinión. O sea, al menos usaron condones. Suspendieron a los chicos de nuestra escuela y durante todo un año prohibieron el uso del atrio.

Saco mi cuaderno y doy vuelta a la primera hoja en blanco. Con un bolígrafo empiezo a esbozar este jardín. No tal cual es, sino como lo veo en mi mente. Mi teléfono zumba, es Henry.

HENRY:
Acabo de ver tu mensaje. Voy tarde. ¿Te veo a la salida?

Sigo dibujando. El jardín es salvaje, está fuera de control. Las plantas y las flores crecen más de lo normal y llega un punto en el que se entrelazan, casi como si formaran puentes. Como un manto. Examino mi esbozo. «Los rumores se convierten en hechos muy rápido». Mmm... ¿y si Gaige vino a exponerme? Mi respiración se acelera.

Tal vez quiero que me expongan. Tal vez ya es tiempo de tener algo real que me genere un problema.

Mejor no. No ahora.


Me dirijo a mi primera asignatura, Literatura, que es una clase decente, en el sentido de que hago mi trabajo sin tantas interrupciones. La maestra, la señora Lynwood, no se esfuerza demasiado por establecer un vínculo con nosotros, así que puedo pasar desapercibido. Esa es prácticamente mi meta en la escuela. *No destacar en absoluto.*

Como voy un poco tarde corto camino por la cafetería, aunque se supone que no deberíamos pasar por ahí en horas de clase. Está vacía, excepto por Tommy Goliski, que viene en dirección opuesta. Genial.

Tommy es el chico que no quieres que se fije en ti, a menos que pertenezcas a su séquito de atletas, del cual no formo parte. Para cualquier otra persona, su paciencia es muy limitada.

Casi toda mi trayectoria en la preparatoria la he pasado cultivando un aire de *donnadiedad,* así que bajo la cabeza y me sigo de largo.

—Evan Panos. —Se detiene justo frente a mí.

Alzo la mirada, seguramente con cara de alguien a quien le acaban de decir que ha sido elegido al azar para cantar el himno nacional en un partido de los Cubs de Chicago. Algo así como: «Sí, tú, el que está sentado hasta atrás. Sí, tú, el de la camiseta a rayas y shorts caqui; por favor, sube a cantar el himno nacional frente a todas estas personas».

Pongo esa cara. Porque ¿cómo diablos Tommy Goliski sabe mi nombre?

—Sé que vas tarde, pero esto es importante. Quiero ayudarte; más bien, salvarte.

Trato de mantener una cara neutral de «sí, te escucho», aunque no tengo idea de a qué se refiere. ¿Por qué todo el mundo quiere «salvarme»? ¿Acaso Tommy va a hacerme algún tipo de exorcismo para *nerds* debiluchos?

—¿Sabes? Podrías ser un chico *cool*. Tal vez. —Me examina de pies a cabeza de forma casual—. Tienes estilo, creo, pero necesitas personalidad. Y quizá otras cosas. —Me le quedo viendo con mi cara neutral, lo cual ratifica su declaración al cien por ciento—. Creo que puedo ayudarte con esto. —Apunta hacia mí como si fuera un tipo de comida detrás de una vitrina de la cafetería a la que quiere hacerle arreglos antes de ponerla en su charola.

«¿Qué está pasando?».

—¿Quieres que te ayude? ¿Quieres dejar de parecer un donnadie?

No sé qué responderle.

—Se me está haciendo supertarde —murmuro.

—Nadie te puede leer. ¿Eres inteligente? ¿Estúpido? ¿Gay? ¿Acaso te interesa algo? Incluso tu ropa es… no sé… equis.

Me tenso. Él continúa.

—¿No vas a decir nada? —Me siento avergonzado y enojado en igual proporción. Tal vez más enojado—. ¿Sabes?, no es que seas feo, sino... —Da un paso hacia atrás y niega con la cabeza—. Carajo, tenemos que empezar con el cabello. —Se ríe y, curiosamente, para ser un tipo tan grande, su voz chilla.

Da un paso hacia la salida.

—Y también tienes que ir al gimnasio. Eres como una tirita de Twizzler, pero con el cabello mal acomodado. —Y ahora sí se carcajea en serio, hasta se dobla de la risa.

Hijo de puta. Quiero responderle, pero no lo hago, me da miedo lo que yo pueda hacerle.

# Cuatro

Entro disimuladamente a la clase de la profesora Lynwood. Por suerte me siento en la parte de atrás. Fácil entrar, fácil salir. Forma parte de mi *inidentidad*. Tess Burgeon se sienta justo enfrente de mí. La parte de atrás de su cabeza es muy brillante. Me refiero a su cabello. Es perfectamente lacio y un poco hipnotizante. Es tan dorado y brilloso, con sutiles matices rojizos.

Soy capaz de notarlo todo. Siento que cada detalle de una habitación, de una persona, lugar, lo que sea, me lanza una señal, como si todo tratara de comunicarse conmigo. Por eso me encantan las habitaciones limpias y bien organizadas. Hay menos ruido y mi cabeza está en calma.

—Señorita Burgeon, ¿podría repartir los cuentos? —La profesora Lynwood señala la pila en su escritorio.

Siempre quiere que escribamos en papel con una pluma negra. Eso frustra a casi todo el salón. Ellos solo quieren escribir en sus *lap tops* y mandarle por correo electrónico el producto final, pero ella insiste en que hagamos algo que podamos tocar, marcar, darle vuelta. A mí no me molesta; de hecho, lo prefiero. Tener una pluma o un lápiz en la mano me ayuda a enfocarme para escribir, dibujar, garabatear algo. Últimamente, desde que regresé del campamento, pareciera que todas las cosas en mi cabeza se están disipando lento, como humo que se va esfumando desde la ventana hacia el cielo, a lo lejos, haciendo espacio para cosas que quiero meter ahí. Creo que quiero experimentar cosas nuevas. Tener recuerdos nuevos, no los que otros me han dado. Usar lápiz y papel para marcar, dibujar, escribir algo diferente me da una oportunidad más para tener algo nuevo. Algo bueno.

La profesora está de pie detrás de su escritorio con las manos en las caderas. No en su pose de «ahora mismo les voy a soltar un poco de sabiduría Lynwood», más bien se ve decepcionada.

Tess se acerca a mi escritorio, pone mi cuento encima y susurra:

—Dile al idiota de tu amigo que me deje en paz.

No me sorprende. Cualquiera podría darse cuenta de por qué lo dice. Jeremy puede ser un completo imbécil, pero hay algo bueno en él, lo he visto. Creo que en verdad le gusta Tess y pensé que a ella le gustaba él porque siempre me pregunta por él, que qué hicimos la otra noche, que si vamos a ir a la fiesta de Lonny. ¿Acaso malinterpreté las cosas?

La profesora Lynwood empieza:

—La lección que quiero que aprendan después de haber escrito estos cuentos es que no hay una forma correcta o incorrecta de escribirlos. Sin embargo, la mayoría de ustedes decidió escribir lo que creyeron que yo *quería* leer. —Todos la miramos—. Así que no voy a calificarlos, porque no creo que hayan hecho lo que debían. Les daré la oportunidad de que escriban sus cuentos una vez más. Pueden tomarse el resto de la semana y también el fin de semana. Los recogeré el lunes.

A nadie le alegra esto, incluyéndome. No sé cuándo tendré tiempo para escribir otro cuento. Este fin de semana tengo que trabajar y mi familia organizó un almuerzo para la gente de la iglesia el domingo, además de que tengo que inscribirme a la escuela griega, en la cual he estudiado desde que tengo siete años.

Sobre todo, estoy haciendo malabares con diferentes cosas para complacer a diferentes personas. Me pregunto qué pasaría si solo dedicara mi tiempo a hacer lo que me interesa.

# Cinco

Mi madre me llama. Dejo que entre el buzón de voz.

No hay forma de que alguien piense que mi madre es originaria de Kalakee. Tiene un acento muy marcado. Apenas mide metro y medio, pero ella jura que mide un metro sesenta. Su cabello es castaño oscuro y grueso, le llega justo arriba de la barbilla y le gusta hacerse rizos apretados. Su rostro es redondo, amplio y hermoso, con labios gruesos, ojos grandes y negros, una nariz generosa y cejas perfectamente delineadas. Todo en su apariencia indica meticulosidad. El único maquillaje que usa es un lápiz labial de Walgreens de marca libre. El color: *nude*.

Casi todo el que la conoce opina que es agradable. Incluso usan la palabra *linda*. Ella se esfuerza mucho por hacer que los demás piensen que es amable, a menos que ella no te apruebe. Entonces es difícil que pueda disimular su desdén.

Trabaja en el almacén de abarrotes Duane's, que queda cerca de nuestra casa y puede irse caminando. La bata que tiene usa en su trabajo siempre está perfectamente planchada; la placa de plástico con el logo y su nombre está derecha y cuando acomoda latas de vegetales en algún estante, las latas quedan alineadas con precisión extrema.

Mi teléfono muestra un nuevo mensaje. Camino hacia mi casillero, lo abro, me agacho y lo escucho. Ella susurra en griego:

—Evan, acuérdate de cortarte el cabello saliendo de la escuela. El domingo vendrá gente de la iglesia a la casa y no puedes verte como lesbiana. *No* gastes el dinero que te di en algo que no sea el corte de pelo. Pasa a la tienda de camino a casa para que pueda asegurarme de que se te vea bien.

Presiono BORRAR.

# Seis

En cuanto termina el día escolar empiezo a sentir dolor de estómago, tan solo de pensar que debo regresar a casa.

Henry se acerca.

—¡Hola! —Se encamina a mi ritmo.

—Hola —le digo.

—Al fin. Saliste un minuto tarde.

Su sonrisa es grande y sus ojos verdes se clavan en los míos. Cuando les da el sol se ven increíblemente claros.

No lo he visto desde antes de que me fuera al campamento. Se ve diferente. Sigue siendo Henry, pero… ay, mierda, qué guapo es. Es como si todas las piezas se hubieran acomodado en su lugar, como si hubiera madurado. La parte superior de su cuerpo embarneció. Y yo trato de evitar verle los labios carnosos.

«Mierda. Detente».

—¿Por qué me pones esa cara? No te he visto en una eternidad y ¿esa es la cara que me pones?

—¿De qué demonios hablas? —Me concentro en hacer una cara tan poco impresionada como me es posible.

Tiene unos hoyuelos que se acentúan cuando sonríe. El del lado derecho parece estar más arriba y hundirse más que el izquierdo. «¿Por qué no lo había notado?». Siempre ha sido muy torpe, especialmente porque es muy alto, casi uno noventa. Su camiseta parece estar luchando contra sus músculos.

Talla su hombro contra el mío y nos alejamos del campus. Nunca me he sentido incómodo con él, pero ahora mi boca está seca y las manos me sudan.

Por suerte, al parecer él no se da cuenta.

—Te mandé como cuatro mensajes de texto ayer. ¿Qué andabas haciendo después de la escuela?

«Este, pues, lo de siempre... Tratar de no detonarle algo a mi madre y evitarte a ti (que es lo último que quiero) porque no sé qué decirte desde el campamento bíblico y lo de... Gaige».

—Tarea y cosas de familia. Ya sabes. ¿Y tú? ¿Qué tal tu verano?

—Puro tenis. Tenis en la mañana, en la tarde y en la noche. Carajo, practiqué, hice ejercicio, nadé. Esta puta beca se está volviendo un trabajo de tiempo completo.

—Pero eso es bueno, ¿no?

—Supongo que sí. Me van a pagar la mayor parte de la universidad, pero... no sé.

—¿Qué?

—Ev, es aburrido. Quiero oírte a ti.

—Lo mismo digo. ¿Ves lo que sucede cuando no pasamos tiempo juntos?

—Tú fuiste el imbécil que se fue. Yo tenía todo tipo de planes para pasarla juntos.

—¿Qué planes?

—Ya no importa. Te fuiste y yo me volví un zombi del tenis que vaga por las calles durante la noche con una raqueta, sediento de... —Se interrumpe y empieza a reírse.

—¿Qué sucede?

Trata de recuperarse.

—Ay, por Dios, trataba de hacer una referencia entre el tenis y los zombis: *sediento de... pelotas*. —Suelta una carcajada de nuevo—. Es una tontería, ya sé, pero aun así...

—Entonces esto es lo que sucede cuando te dejo solo. Te conviertes en Jeremy.

—¡Cállate!

—Vamos, concéntrate y cuéntame sobre los maravillosos planes a la Kimball. Tú nunca haces planes.

—Claro que planeo todo tipo de tonterías. Planeo la mierda de las mierdas.

Empiezo a reír.

—Puras mentiras.

—Esa risa tan tonta... es vergonzosa, Ev. Para ti, claro.

—Vete al carajo. La amas con «A» de *amante*.

—¡Ash! Ya sabes que odio esa palabra.

—Hablando de amantes, ¿cómo está Amanda? —pregunto casualmente.

—A ella no le gusta sudar. —Se pone serio—. Además, terminamos.

«Respira, Evan».

—Lo lamento. —En realidad no lo lamento.

—No lo lamentes. Yo estoy bien. —Cambia su tono—. Vamos, cuéntame cómo estuvo el campamento. ¿Te santificaste?

—Estuvo bien. —Hago un esfuerzo por actuar como si nada.

—¿Qué?

—Nada.

—Ev, estás todo…

—En serio, estuvo bien. Solo fue largo. Fue un verano largo.

—Tenemos que ponernos al día. Esta tarde tengo práctica… ¿quieres jugar un set? Más vale que juguemos juntos antes de que cambie el clima.

—No puedo. Tengo que cortarme el cabello y hacer tarea.

—Córtate el cabello otro día. Largo se te ve bien. Como una Taylor Swift conservadora; si ella tuviera el cabello castaño y fuera un chico griego.

—Este… no sé si eso sea un cumplido.

—Ay, Ev. Pasamos todo un verano sin vernos.

—Debo cortármelo para el trabajo. —Miento. A mi jefe no le interesa qué tan largo esté mi cabello—. No permiten el cabello largo en el deli.

—¿Conseguiste ese trabajo?

—Sí. Sirvió haberlo solicitado justo antes del campamento.

—Súper. Mejor corto que usar esas redes. ¿Qué tal el fin de semana? ¿Nos podemos ver? ¿Por qué te estoy rogando? Cero *cool*. —Empieza a caminar hacia el autobús. Vive lejos para regresar caminando. De hecho, vive cerca del monasterio antiguo que descubrí en uno de mis paseos en bici. Nunca le conté sobre él. Antes de subirse al autobús me grita—: Ev, ¡no te lo cortes demasiado!

Siento que mi rostro se pone rojo como jitomate. Me sorprendo pasando la mano por mi cabello, imaginando que él me ve. Cuando me doy cuenta de lo que estoy haciendo, inmediatamente bajo la mano y empiezo a caminar en la dirección opuesta, hacia el pueblo.

Que me corten el pelo es algo que prefiero hacer lo más rápido posible. Hablar poco y nada de verme al espejo. Es una tortura cuando giran tu silla para que veas cómo quedaste y entonces tienes que verte. Realmente verte. ¿Qué esperan que veas? No es como si instantáneamente me convirtiera en una maravillosa versión de mí mismo. Soy yo con cabello más corto, pero sigo siendo yo.

Paso por las tiendas del pueblo, por las que he pasado cientos de veces. Al mirar a través de las ventanas invento historias sobre la gente que veo. Siempre me imagino que la vida de los demás es mejor que la mía. Quiero que así sea.

Cruzo la calle y paso por la tienda de regalos de Sandee. Cuando tenía ocho años robé un alhajero de ahí. Mi madre lo deseaba desde hacía tiempo, hablaba y hablaba de lo mucho que apreciaría tener «algo tan hermoso». Cuando abrió su regalo esa Navidad, gritó con sentimentalismo, lo abrazó y me dio un beso. Se veía tan contenta.

Sentí como si todas las piezas rotas dentro de mí se hubieran unido y mantenido así durante ese momento. Jamás se preguntó cómo un niño de ocho años pudo comprar algo así. Pero, por unas cuantas horas, sentí que me amaba. Aún me genera ansiedad pasar por esa tienda, como si me fueran a descubrir.


El corte no está tan mal. De hecho, se me ve bien. Me dirijo hacia el almacén Duane's con paso confiado. Creo que esta vez mi madre aprobará este corte.

Duane's no tiene la clase de las tiendas Target ni los precios baratos de todo a un dólar. Vende el mismo tipo de mercancía, pero no tiene el estilo ni los precios bajos. Nunca he entendido por qué sigue abierto. En especial cuando hay un Target a más o menos veinte kilómetros.

Entro a la tienda y enseguida me saluda Patty. Ella es la «Tía Dilly», o sea, la persona que te recibe en la entrada con el lenguaje de Duane's. No veo a Patty muy seguido, pero cuando lo hago siempre actúa como si me viera por primera vez.

—¿¡Qué hay, Evan!? ¿Vienes a ver a tu mamá? Amo a esa mujer. Nunca habla mal de nadie. El otro día nos hizo *baklava* a todos los de aquí; fue un deleite, estaba tan esponjoso, hojaldrado, delicioso. Tú y tu papá son unos suertudos.

Patty es del Medio Oeste, donde nació y se crio; aun así, siempre habla como si hubiera crecido en alguna parte del sur de la que nadie ha oído. Como una actriz que finge el acento más sureño que exista.

Mi madre es un genio para hacer que las personas que no son familia cercana se enamoren de ella. A menos que te califique como «el mal en persona» y entonces ya ni siquiera se molesta en fingir. Ella podría literalmente tasajear y destripar a un montón de personas en una calle de este pueblo y ningún jurado creería que esta pequeña dama con ojos de ciervo hubiera sido capaz de hacerlo.

—Vengo a verla. ¿Cómo estás, Patty?

—Dulce como ciruela por el momento. Pusimos esos vasos que tienen naranjas pintadas de oferta. Ahora que terminó el verano sacamos unos con bellotas pintadas. ¡Bellotas! Qué tierno, ¿no? ¡Los de naranjas ahora están a cincuenta centavos! ¿Oíste? ¡Cincuenta centavos!

Estoy parado a menos de medio metro de ella. No hay forma de que no la oiga.

—Genial. ¿Sabes dónde está mi mamá?

—Allá atrás, en la sección de niños. Qué gusto verte, corazón. ¡Me encantó tu corte de cabello!

—Ojalá que consigas esos vasos —le digo al caminar hacia la parte de atrás.

—Ya los compré, corazón.

Y entonces veo a mi mamá. Contengo la respiración al acercarme.

—Hola, mamá.

Ella se voltea y me ve. Sonríe. Hasta ahora, todo bien. Me inspecciona la cabeza.

—Voltéate. —Recorre la parte de atrás con los dedos.

—Aquí no, mamá —susurro.

Me preocupa que alguien nos vea. De por sí ya es horrible tener que venir aquí para que apruebe mi corte de cabello. Una o dos veces me ha tijereteado después de un corte profesional porque no cumplió con sus expectativas. Esta es la primera vez en el año que me da permiso de cortarlo fuera de casa. Ella jura que la razón por la que ella me cortaba el cabello era para ahorrar, lo cual era cierto en parte, pero también dijo que no quería que me dejaran con alguno de esos «cortes para chica, que complacen al demonio».

—Quedó bien. Hizo un buen trabajo. Corto. Justo a tiempo para la escuela griega. No quiero que vayas con cabello largo. Es vergonzoso —dice mientras entrecierra los ojos e inspecciona mi rostro. Entonces frunce el ceño.

—¿Qué?

«Mierda». Nunca salgo bien librado. Nunca puede terminar con un gesto bondadoso.

—Deberías dormir con una pinza de ropa en la nariz. Especialmente si tienes el cabello corto. Hace que tus orificios nasales parezcan grandes y bulbosos. Ahora que estás creciendo se nota más. Todo está creciendo, incluyendo tu nariz de por sí grande. —Se voltea y sigue doblando chalecos tejidos.

Esto, el *giro*, incluso el más mínimo indicio de un cumplido, una migaja de bondad, una pizca de amor tiene que equilibrarse con alguna *verdad*.

—Yo solía dormir con una pinza cuando tenía tu edad —me dice, aún de espaldas a mí—. La nariz nunca deja de crecer. Tienes que domarla. No se ve bien. Si pudiera pagarlo, me haría cirugía. Solo tu familia te dirá la verdad. Las mentiras dulces que quieres oír te las dicen los desconocidos que no te aman. —Gaige me dijo que le encantaba mi nariz, que me daba personalidad. Dijo que iba con mi rostro. Ahora mi madre voltea hacia mí—: Puede que tengas oportunidad de hacer dinero algún día. Si lo logras, ambos podríamos hacernos cirugía. Ahora ve a casa y come. No olvides lo del domingo. Tu tía Lena y tu tío Tasos también van a venir. Les he estado compartiendo la palabra del Señor y tu tía ya casi se convence. Tasos… bueno, él es mundano. El Señor se está manifestando en ella. Sería un milagro que una de mis hermanas encontrara al Señor. —Su sonrisa se desvanece—. ¿Dejaste que el gay te tocara?

Al principio creo que realmente me leyó la mente. Me congelo. Ella no se da cuenta. Se voltea. Tiene maestría en doblar suéteres.

—¿Te tocó mientras te cortaba el cabello?

Y entonces puedo exhalar. Claro, *el gay*. Cualquier hombre que trabaje en lo que mi madre califique como oficio de mujer debe ser gay.

—Mamá, él no…

—Debes tener cuidado. Esos hombres son depredadores. —Continúa doblando suéteres.

¿Cómo logra esto? Pasar de hablar sobre mi cabello a algo mucho más… alarmante.

—Él solo estaba haciendo su trabajo.

—Sabes que me preocupo por ti, por lo que es mejor para ti.

Empiezo a marearme. Tal vez es la forma en que pasa de un tema al otro. Como un látigo. Puedo verla, oírla, pero es como si estuviera debajo del agua. Mi mano derecha empieza a adormecerse. La sensación recorre mi brazo derecho.

—Vete directo a casa. Nada de aventuras ni de soñar despierto.

Camino a casa aturdido, evitando ver cualquier reflejo de mí; al llegar, voy inmediatamente a mi cuarto.

# Siete

Los tres estamos sentados en el comedor. Mi padre come como si no hubiera visto alimento en días. Para ser un hombre que trabaja rodeado de comida durante todo el día, siempre regresa a casa hambriento. Mi madre corta su pollo con lentitud.

—Mañana, después de trabajar, necesito que me ayudes con mi cabello. —Me mira directamente.

—Mamá, tengo tarea.

—Puedes hacer ambas cosas. Necesito que estos rizos se relajen. Quiero que quede listo para el domingo, para cuando todos lleguen. No me alcanzo la parte de atrás.

—Eso toma tiempo. —Apuñalo mis papas en la salsa. En estos momentos es cuando desearía tener un hermano, alguien más hacia quien desviar la atención.

—No me digas cómo funciona. Me ayudarás con mi cabello y punto. Tu padre tiene dos trabajos. Se mata por ti ¡y tú no puedes hacer algo tan simple!

Bajo la cabeza y me quedo observando mi comida.

—Mamá, no es trabajo de dos personas —digo entonces, apenas en un susurro—; tengo cosas que hacer y tú puedes ir a la estética para...

Puedo sentir sus ojos sobre mí. Habla apretando las quijadas, de una manera que me hace creer que se refiere a algo más que su cabello.

—Qué horrible persona eres, peor hijo aún. Sabes que tenemos problemas de dinero. ¿Tu padre te dijo que le recortaron horas en el restaurante?

Mi padre sigue comiendo. Cabizbajo. «Qué buena manera de involucrarte, papá, y tratar de aminorar la locura».

Con el tenedor acomodo la comida en mi plato.

—Como si eso fuera novedad —murmuro.

—¿Qué dijiste?

Finalmente, mi padre habla.

—Voula, comamos y ya. —Voltea hacia mí—: Qué buen corte de cabello.

Ella me agarra la oreja izquierda. Me congelo. Su mano, que sigue aferrada a la punta, se baja por la orilla hasta llegar al final del lóbulo. Aprieta los dedos y da un tirón hacia abajo.

Yo mantengo la cabeza baja. «No llores. Respira».

Ella habla dando bocanadas cortas, calmadas, calculadas.

—¿Por qué es tan irrespetuoso? —Mira a papá.

—Voula, por favor, detente.

—Deberías sentirte indignado. Tu hijo no es una buena persona.

Con esa última palabra me jala de la oreja y la suelta. La fuerza del tirón hace que mi cara se estampe contra la orilla de la mesa. De alguna manera logro meter la barbilla hacia mi pecho, tan solo para que mi nariz libre la superficie de la mesa, por lo que mi frente se lleva el golpe entero. Levanto la cabeza con demasiada rapidez. Veo estrellas, literalmente. Parpadeo varias veces y la miro; ella corta su pollo en absoluta calma. Dirijo la vista hacia mi padre, tratando de enfocar. Él me ve, paralizado. Es evidente que está alterado, pero no hace nada. «¿Por qué? ¿Por qué no dices nada, papá?». Tal vez todos estamos ya tan acostumbrados a esto que tan solo nos colocamos en nuestras posiciones, como si cada quien desempeñara su papel.

—¿Evan? ¿Estás bien?

Mi cabeza está nadando. Puedo sentir que algo tibio gotea por mi rostro.

—Iré por hielo. —Papá empieza a levantarse.

—Siéntate, Eli. —Ella sigue con su cena.

—Voula, esto es demasiado.

Tomo mi servilleta y me la pongo en la frente. Sangre. Me levanto de la mesa y voy a la cocina por una toalla de papel. Me agacho y veo mi reflejo en el tostador. Me veo más de cerca. No es un chorro de sangre; parece una sola cortada, pero definitivamente está empezando a amoratarse. Ahora es cuando empieza a doler.

—Aún no terminamos. Regresa a sentarte.

Tiene la boca llena y puedo oír cómo baja cuchillo y tenedor al plato. Tras cualquier tipo de violencia, mis sentidos están superalertas. Cada detalle se intensifica. Prácticamente puedo oírla respirar desde donde estoy.

Al entrar al comedor, escucho a mi padre decir:

—Voula, no más.

—No me digas…

—¡No!

—No ves lo que yo veo. Solo míralo. En verdad míralo.

—Solo veo a nuestro hijo.

Ella voltea hacia mí.

—Pensé que este año, en el campamento bíblico, sería el momento en que Dios entrara en ti. Hasta Él se ha dado por vencido.

Miro hacia abajo y reúno fuerzas.

—Mamá, yo no…

Su rostro se acerca al mío.

—Regresaste aún más gay. La forma en que caminas. Hablas. Tu ropa. La obsesión con tu cabello. —Cierro los ojos. Su voz empieza a subir de volumen mientras sigue hablando—: Es el mundo de Satanás. Los gays se casan y tienen hijos, los hombres son mujeres; las mujeres, hombres. ¿Quieres esta maldad para tu hijo? Deberías ayudarme. Necesitamos protegerlo.

—Voula, los tiempos son diferentes.

—Le pedí al pastor que me ayudara, pero tengo que hacer todo por mi cuenta. Limpio, cocino, estoy tratando de salvar a este… este… —Escupe tres veces hacia mí—: Este desviado de sí mismo y de ese estilo de vida.

—Cariño —casi está rogando—, por favor, solo cenemos en paz.

—¿Qué? ¿Tú también eres un *pousti*? —Su voz es áspera y acusadora. La palabra *pousti* es griego coloquial para referirse a *gay*, y no es una palabra linda ni comprensiva.

—¡Voula!

Oigo que se levanta. Alzo la toalla de papel con hielo, la coloco en mi cabeza y giro para darle la espalda al comedor. Puedo oír que él se dirige hacia las escaleras y al mismo tiempo siento que ella se me acerca por detrás. Me hago hacia un lado y ella se azota contra la puerta corrediza de la cocina que da hacia el patio. El plato que ella traía cae al piso y se hace pedazos, estos acaban regados por todos lados. Se voltea hacia mí, furiosa.

—¡Eres un *pousti*! ¡Un malvado *pousti*! —Se estira hacia mí con lo que queda del plato. Caigo hacia atrás cuando se abalanza para darme una paliza. Ataca cualquier parte de mi cuerpo a su alcance, mientras yo trato de quitarle todo pedazo de plato filoso de la mano. Me raspa el brazo y siento un dolor del demonio.

—¡Mamá!

Mierda, ahora también estoy sangrando de ahí.

Mi padre se lanza y lucha para intentar quitármela de encima. Rápidamente medio gateo, medio camino hacia mi cuarto. Me cuesta respirar, pero logro cerrar la puerta. Aún puedo escucharla gritarle a mi padre y a mí. Se oye como si ella estuviera tratando de zafarse de él. Casi estoy seguro de que él la tiene agarrada para contenerla. Ella empieza a sollozar.

Una oleada de rabia me sobrecoge. Rabia contra mi mamá por no cambiar, contra mi papá por no hacer nada, contra mí por permitirlo. Entonces me abruma la culpa: esta vez me defendí. Siento que hiervo por la furia y los nervios. ¿Soy capaz de ser violento? ¿Y si soy como ella?

# Ocho

Alguien toca a la puerta de mi recámara.

—Abre, por favor.

Su voz se oye dócil. Yo estoy en el piso, recargado en la base de la cama con mi cuaderno sobre las piernas. La dibujo de pie y yendo hacia mí, estirando los brazos para tomarme de la cabeza con ambas manos. Por lo general, cuando dibujo una escena así no tengo rostro, no tengo facciones reconocibles, como aquellos maniquíes que usan para enseñar primeros auxilios. Sin embargo, esta vez dibujo mi cabello, tal como era antes del corte: salvaje, alocado, afrogriego. Cuando dibujo en mi cuaderno es el único momento en el que soy completamente honesto.

—¿Quieres hacer galletas conmigo?

Incremento la intensidad con la que garabateo mi cabello enredado en el esbozo que hago de mí. Tallo el pulgar derecho contra el papel para difuminar el carbón y hacer un sombreado.

Tras cualquier incidente de este tipo, ella se acerca con cosas que sabe que me gustan. Cuando era chico y sucedía algo similar, ella hacía mi comida favorita enseguida o íbamos a la tienda departamental para ver los juguetes. No podíamos comprar nada, pero con verlos era suficiente. En vez de juguetes, me compraba un dulce. Así ella me calmaba y me hacía creer que la próxima vez sería distinto. Que me quería.

Por supuesto, esto nunca sucedía y nunca cambiaron las cosas. Ahora, nada de eso funciona. Dejó de funcionar hace mucho tiempo. De alguna extraña manera me he vuelto insensible, incluso ante el dolor, pero esta noche lo sentí todo.

—Voy a hacer *kourabiedes* —habla con dulzura—, tus favoritos. Ven a la cocina a ayudarme. Si quieres.

Sus pisadas se disuelven de camino a la cocina y puedo oír cajones que se abren y se cierran. Miro mi teléfono. Nada.

—¿Evan?

—Ahora no, papá.

—¿Cómo está tu cabeza?

—Tú me dirás.

—¿Dónde más estás lastimado?

—Por todas partes.

# Nueve

3:24 a. m.

Estoy completamente despierto.

Y eufórico. Es como si hubiera diferentes Evans que se filtran en mí, todos con planes por completo distintos.

Camino hacia mi puerta, contengo la respiración y escucho. Nada. Miro por debajo de la puerta, todo está oscuro. Tomo mi cuaderno y mi teléfono y lentamente me pongo los Converse sin agujetas y me dirijo a la ventana. Aunque durante el verano es horrible no tener mosquiteros (los mosquitos son parte del paisaje de por aquí), en momentos como este agradezco la capacidad de mi padre de postergarlo todo. Levanto la ventana lo más silenciosamente que puedo, meto el cuaderno en mis pantalones y el teléfono en mi bolsillo. La clave está en agarrarme del árbol con firmeza con una sola mano y hacer como contrapeso mientras cierro la ventana con la otra. Durante uno o dos minutos parece más peligroso de lo que es en realidad; tan solo es un piso. Me he caído de lugares más altos. Además, ya estoy bastante amoratado, lo cual significa que si me cayera no tendría que mentir acerca de mi apariencia en la escuela dentro de unas horas. Bajo con rapidez bajo y me dirijo a la parte trasera de la casa. Mi bici está bajo el porche de la cocina. La tomo y empiezo a pedalear. Voy tan rápido que siento que mi rostro hormiguea como loco.

Alcanzo a ver el monasterio. Está a unas cuantas cuadras; pedaleo con tanta fuerza como puedo. Lo usan como una semibodega para guardar equipo de granjas. Me bajo de la bici. Estoy jadeando y ahora todo mi cuerpo está hormigueando, no solo mi rostro. Camino con todo y bici por el lado derecho del edificio y hacia la parte trasera. Hay ventanas muy altas que inician a partir de un metro del piso y bajan más allá de la superficie al menos un metro más, como si fuera un medio sótano. Recargo mi bici en la pared, me pongo pecho tierra, cerca de donde empiezan las ventanas y, de un movimiento, me deslizo hacia el espacio subterráneo. Estoy justo frente a uno de esos ventanales. Me estiro para alcanzar las manijas y las sacudo. En cuanto ceden un poco, miro detrás de mí, solo para confirmar que estoy solo. Lentamente abro la ventana y me deslizo adentro.

He venido aquí durante años. La habitación está llena de estatuas, al menos cincuenta. La primera vez que las descubrí recibí una descarga sensorial. Fue como si todo estuviera tratando de comunicarse conmigo; cada estatua parecía tener algo que decir.

Algunas tienen las manos abiertas hacia el cielo; otras sostienen cálices o libros. Otras parecen estar en plena batalla y algunas otras solo están ahí, en túnica, conviviendo. Como lo hacen ahora.

A lo largo de los años les he dado papeles para desempeñar. La estatua con las manos hacia el cielo tiene un rostro muy noble. Se ve fuerte. Siempre he pensado que ella es quien podría encontrar la forma de guiarme fuera. Fuera de este pueblo. De esta vida. Sigo esperando.

Las estatuas femeninas que sostienen libros y cálices están a cargo de mi futuro. Hay muchísimas estatuas de guerreros en plena batalla. Son imponentes y se ven formidables. He decidido que pueden ser mi ejército.

Saco el cuaderno y me siento en medio del cuarto. Tomo mi teléfono y lo pongo en el piso frente a mí, y entonces la pantalla se enciende. Hay tres mensajes de Henry:

HENRY:

¿Tenis mañana?
Mamá te invita a cenar el fin. ¿Puedes?
¿Y vamos por helado?

Sí, a todo, pero no puedo. ¿O sí? Abro el cuaderno; cada día tiene al menos una entrada.

8 de septiembre

Cierro el cuaderno. No sé qué escribir. Parecía que las cosas estarían bien por un tiempo, pero ahora es… demasiado. Todo lo que está pasando es demasiado.

Cuando las palizas estaban en su peor momento, solía pensar en formas de morir. Por lo general, tenía esperanzas de que ella simplemente sobrepasara el límite y me matara. Eso habría sido más fácil. Eso fue hace dos años más o menos. Desde entonces he crecido. Ahora soy más alto que ella, además de que le cuesta más trabajo explicar los moretones, las cortadas, las quemadas. Amenazan con alterar el cuento de la familia griega perfecta. Creí que las palizas habían sido reemplazadas con insultos y trucos psicológicos. Me permití relajarme un poco. Me permití soñar que un futuro diferente empezaba a tomar forma. Pero lo de hoy comprueba que todo eso fue temporal.

Abro el cuaderno y doy vuelta a la siguiente hoja en blanco. Empiezo a dibujar las estatuas, pero no en este cuarto. Las dibujo afuera, en el mundo, con las mismas poses, pero libres.

Hojeo el cuaderno y me detengo en una entrada sobre el campamento bíblico de este verano.

19 de junio

Tan solo llevo un día y ya se jodió todo. Asignaron a Gaige como mi compañero de grupo de estudio (él es un año mayor y viene de California). Es demasiado amigable, tiene una enorme y sexy sonrisa, así como un andar decidido y arrogante que me distrae. Tal vez pueda pedir que me cambien de compañero, por ejemplo, el chico que huele a hot dog... ¿Liam? ¡Mañana pido que me asignen con Liam!

20 de junio

Al parecer su nombre es Limm. ¿En serio, Dios, Limm? Y cambiar de compañero no está permitido.

Mi teléfono empieza a sonar. Es mi padre.

—¿Dónde estás? ¿Quieres ir por donas?

—Fui a pasear en bici.

—Deberías venir a casa antes de que tu madre despierte. ¿Quieres que te espere?

—No. Ya voy para allá.

Cuelgo y leo la siguiente entrada.

21 de junio

Gaige y yo nos besamos.

# Diez

Un chico me besó y yo le correspondí.

Gaige ya me había preguntado si quería ir a caminar. Dudé un poco porque presentí lo que podría pasar, pero justamente por eso fue que acepté ir. Nuestro toque de queda empezaba a las diez de la noche. La regla era que todos estuviéramos en nuestras cabañas a esa hora. Él y yo compartíamos cabaña con otros dos chicos, que se quedaron dormidos alrededor de la medianoche. Entonces nos escabullimos. Caminamos apenas unos metros, cuando con toda torpeza me jaló y me besó. Yo ya lo esperaba. Pensé en eso desde la primera vez que lo vi, carajo. Ahí estaba este chico, *geek* pero confiado, que hablaba y caminaba de manera sexy y que sabía tanto de cosas que yo ni siquiera pensaba.

Quién iba a decir que después de imaginarlo tanto, finalmente estaba besando a un chico. Y lo hice con ganas. Lo besé como si lo necesitara para vivir. De tantas ganas seguramente pensó que quería más que eso. Aunque no era así, al menos no en ese entonces. Un beso ya era suficiente emoción y peligro.

Regresar a casa implicaba dejar atrás esos sentimientos y lo que había pasado en el campamento. Pero ahora Gaige está aquí y mi mejor amigo se está poniendo guapísimo. ¿Qué carajos, Dios?

—¡Espérame, Panos!

Dejo de pedalear y veo a Jeremy detrás de mí.

—Hasta hoy en la mañana vi tu mensaje, lo siento —digo.

—Supuse que estabas concentrado haciendo tarea o jugando tenis con Kimball. —Abre los ojos al máximo cuando me ve el rostro—. ¡Eres un maldito torpe! ¿Ahora qué le hiciste a tu cabeza?

Suelto una carcajada forzada.

—Pues, ya sabes.

Jeremy se la cree, como siempre y solo pone los ojos en blanco.

—Pasé por las canchas, pero no te vi ni a ti ni a Kimball. ¿Andan de estudiosos?

Llevamos nuestras bicis hasta la entrada de la escuela; enseguida veo a lo lejos a Henry, quien llega desde mi izquierda. Sé que es él por las largas zancadas que da.

—Solo intentamos ponernos al día con la tarea.

—Vaya, Kimball tiene prisa —dice Jeremy mientras asiente a mi comentario.

—Hola, chicos —dice Henry sin aliento.

—¿Qué hay? —dice Jeremy.

Aunque Henry me ve a mí.

—Perdón por no responderte, acabo de ver tus mensajes.

A Jeremy le cuesta trabajo quedarse callado.

—Panos, como bien sabes, no puede con su popularidad. También ignoró los míos, así que no estás solo en esto; él está demasiado ocupado estudiando y dándose tremendos golpes. Bueno, mi trabajo aquí ya está hecho y aún quiero salir en bici. ¿Qué tal si este fin de semana vamos a las vías? Kimball, estás invitado. —Y entonces, Jeremy me ve.

—Sí, nos ponemos de acuerdo —digo. ¿Por qué estoy mintiendo?

Y así nada más, Jeremy ya está a una cuadra de distancia. Se mueve tan rápido como las mariposas en mi estómago. Henry se ve preocupado. Se estira para poner la mano en mi hombro, pero doy un paso hacia atrás.

—¿Qué te pasó en la cabeza?

—Nada… Solo que… —Descarto la pregunta haciendo un gesto con la mano.

—Tal vez deberías ir a que te revisen.

—Es solo una cortadita. Nada para escandalizarse. —Odio mentirle, pero a estas alturas es parte de mi naturaleza.

—Me refiero a las caídas frecuentes. Tal vez deberías ver a alguien.

—No creo que haya un doctor que cure la torpeza. Oye, ¿y cuál era tu urgencia de ir por helado anoche? —Trato de cambiar el tema.

—¿Quieres ir hoy a Bugle's? Creo que es la última semana que abrirán hasta tarde. Aún nos queda una semana de verano intenso. Es la tradición.

Bugle's es donde todos van a comer helado. Y no es porque esté en nuestro pueblo, pero es el mejor. El centro de la ciudad no tiene nada así, mucho menos algo mejor. Cuando me vaya de Kalakee, Bugle's será uno de los tres lugares que voy a extrañar en serio. Los otros dos son Jasper's Pizza y el monasterio.

—Déjame ver a qué hora podría…

—Te recojo en la esquina.

—Te mando mensaje.

Nunca nos vemos en mi casa. Ni siquiera frente a la entrada. Es una regla implícita que todos mis amigos cumplen. En todos los años que llevo de conocer a Henry (diablos, en todos los años que llevo conociendo a quien sea), nadie ha ido a mi casa más de unas cuantas veces y *nunca* han entrado. Solo Jeremy entró una vez. Era verano y la puerta de entrada estaba abierta debido a que la temperatura subió como nunca y no tenemos aire acondicionado. Gritó mi nombre desde el umbral de la puerta; mi madre apareció de la nada y le pegó un susto de mierda. Desde entonces, siempre me espera del otro lado de la calle y me manda un mensaje cuando está a una cuadra. Ella no me prohíbe ver a mis amigos, pues tenemos que cuidar las apariencias y tiene que *parecer* que somos normales. Pero definitivamente lo hace lo más incómodo posible.

—¿Vas a ir al atrio? Voy contigo.

—Okey. —Solo que no quiero que Henry venga conmigo.

Me dirijo hacia allá y una vez que entramos, él empieza.

—¿Me estás evitando?

«Sí».

—¿Qué? Sí, claro —digo en voz alta.

Me siento en una de las bancas. Henry me mira como suele hacerlo.

—Desde que regresaste del campamento has estado…

—Ha sido una locura, ¿no? Entre el trabajo y otras cosas no he tenido mucho tiempo.

—¿Qué está pasando? Casi no te he visto desde que regresamos. ¿Pasó algo en el campamento?

La cosa es que sí quería decirle. Como amigos, como estábamos antes de que me fuera al campamento. Antes de que me hiciera sentir así. Antes de que se viera así.

—Fue solo un campamento, ya sabes, *biblesco* —le digo, mejor.

Él me ve de manera extraña, pero no dice nada más.

—Estar en la alberca de los Kimball este verano no fue lo mismo sin ti.

—Extrañé la alberca. —Lo extrañé a él—. El lago estaba asqueroso en el campamento. También extrañé los almuerzos que hace tu mamá. —La señora Kimball hace unos almuerzos fantásticos. No son algo fuera de lo ordinario más que para mí, porque no es comida griega. Un sándwich de queso junto a la alberca de los Kimball es mágico. *Y Henry.*

Ya deja de pensar en Henry. Sobre todo en él en la alberca y en traje de baño.

Lo he visto en traje de baño cientos de veces. Carajo, lo vi desnudo cuando íbamos a acampar y nos cambiábamos en la misma tienda. Entonces era distinto.

Ahora me obligo a enfocarme en las plantas del atrio.

—¿Sabías que los jacintos azules son raros en esta época del año? Que florezcan. Es raro que florezcan.

—¿Qué?

—Información de interés.

«¿Qué estoy diciendo?».

Él sonríe.

—De veras que eres raro. Extrañaba eso. —Se pasa la mano por el cabello, lo cual no ayuda a que me concentre; parpadea unas cuantas veces y vuelve a enfocarse en mí—.

¿Hubo alguien nuevo en el campamento o los chicos de la iglesia que siempre van?

—Sí, ellos. —Lo dije tan rápido que se oyó más como un sonido que como palabras—. Ya sabes, los de siempre.

«Además del chico nuevo que besé en vez de besarte a ti».

Nunca estamos callados. Literalmente, Henry y yo podemos hablar de lo que sea. Con «lo que sea» no me refiero a hablar de cosas personales o íntimas (aunque él ha compartido más de eso conmigo que yo con él), sino de que podemos hablar de los temas más absurdos durante horas.

Una vez hablamos al menos durante una hora de cómo nunca puedes tener demasiados bolsillos en los shorts. De tanto que nos apasionamos con el asunto, estuvimos, tal cual, a punto de bosquejar shorts con más bolsillos ocultos de los que podrían imaginarse.

Tanto silencio hace que me tiemble un ojo. Decido ponerle fin escupiendo cualquier frase.

—¿Cómo está Amanda? —Pone cara de confundido—. O sea, ¿cómo están ahora que terminaron?

Él alza los hombros.

—Ni idea. Ella como que finge que nunca hubo nada entre nosotros. Me borró por completo de todas las áreas de su vida.

—¿Qué fue lo que pasó?

—Creo que… somos diferentes. Demasiado diferentes.

Ahora fue su turno de cambiar de tema abruptamente.

—¿Hubo alguna chica en el campamento?

Suelto una risita nerviosa.

—Deberíamos irnos a clase. —Reviso la hora en mi teléfono. Tengo un mensaje de mi tío Tasos. Qué oportuno.

TÍO:

Tu amigo Gaige está de visita y pensamos ir a la iglesia este domingo. Le diré a tus papás que lo inviten a tu casa. Es buen chico.

Leo el mensaje tres veces. Y otra vez. Finalmente, Henry se asoma al teléfono.

—¿Pasa algo?

Pego un brinco de medio metro.

—Tengo que irme. Te veo luego. —Prácticamente salgo huyendo del atrio.

—¡En Bugle's, acuérdate! —me grita a la distancia.

En cuanto salgo por la puerta hacia el pasillo oigo un «¡Evan!». Es Tess. Si hubiera una voz que hiciera juego con el color del cabello rubio y brillante, sería la de ella. Volteo, pero sigo caminando hacia atrás.

—Tess. Hola.

—¡Evan, detente! —Se ve alterada.

Yo sigo caminando.

—Se me hace tarde.

Ella empieza a correr para alcanzarme, hasta que no tengo más opción que detenerme cuando me topo con una fuente.

—Cada vez estás más raro. ¿Estabas en el atrio?

—No.

—Te acabo de ver ahí. —Me ve directamente, como si estuviera cazando verdades.

—O sea, sí —empiezo a balbucear.

—¿Con Henry?

—Este… ¿Henry?

—Ajá. Henry entró contigo.

—Sí, es que estábamos tratando de…

—Conque aquí estabas. —Kris se acerca y le dice a Tess—: Te he estado buscando por todos lados.

Tess le sonríe.

—Llegas en el momento perfecto, Kris. —Y voltea hacia mí—: Sé que tú y Henry son buenos amigos y Kris y yo nos preguntábamos si Henry sigue con Amanda. Ella quitó todas las fotos de él de sus redes sociales y...

Kris le echa una mirada a Tess antes de interrumpir:

—Yo no soy quien quiere saber más acerca de Henry.

—No sé cómo va eso —les digo.

—Bueno, hablemos camino al salón y tal vez te acuerdes. —Tess me toma del brazo y comienza a caminar.

# Once

Entrar a mi casa siempre es una cuestión de maña.

Nunca sé si ella estará. Además, es el Día Después del incidente. El Día Después hay que estar alerta. Voy a la mitad de la escalera; hasta ahora no se oye nada arriba. Exhalo discretamente.

—Estoy en la sala.

«Mierda».

—Ven. —Oigo que su voz viene del sofá.

Ahora estoy hasta arriba de la escalera y puedo verla. Está en el sofá, con las piernas hacia su derecha, ligeramente metidas bajo uno de los cojines. Cerró las cortinas y solo está encendida una de las lámparas de mesa. Hay un trapo para secar trastes sobre la pantalla de la lámpara y apenas un rayito de luz logra entrar por el espacio entre las cortinas. Ella trae su bata de baño azul oscuro y debajo su camisón rosa claro. Este atuendo a mediodía es una señal clara de que no se siente bien. Seguramente no fue a trabajar hoy. Trae el cinturón de la bata amarrado a la cabeza; así es como ella se alivia la migraña.

—Siéntate, por favor. —Señala la silla junto al sofá. Me asusta esa voz calmada y contenida. Me siento—. ¿Qué tal la escuela?

—Bien.

—Llamó tu tío Tasos. Conoció a uno de tus amigos cristianos del campamento bíblico. ¿Greg?

—Gaige.

—¿Por qué no nos contaste sobre él? ¿Por qué no le diste tu teléfono para que no tuviera que buscar a tu tío?

—Vive en California.

—Es un buen chico cristiano. No es griego, pero al menos es cristiano, ¿no? —Uf. Esto está del carajo. Por donde se vea. Ser cristiano compensa tantas cosas que, aun si no eres griego, la familia Panos te aprueba—. El Señor lo ayudó a recordar que mencionaste el restaurante de tu tío. Vino a visitar la Universidad de la Biblia en Loomis, Chicago.

—Ah, qué bien.

«No está bien, para nada».

—Deberían verse mientras está acá. ¿Por qué no lo invitas a cenar mientras tenemos esta casa? ¿Ha probado la comida griega?

«Nada, nada bien».

—Creo que sí. Le gusta.

—¿A quién no? Incluso a ti te gusta. —Y a medio susurrar agrega—: A ti nada te gusta.

—Me gustan muchas cosas.

—Nada de lo que tu padre o yo hacemos. Este es el tipo de gente con la que deberías pasar el rato. Gaige. Ese tipo de influencia.

Me ve por un segundo con la boca seria y rígida; luego las comisuras se tuercen un poco. Se inclina hacia mí.

—*No lo puedes ocultar.*

Quisiera huir, pero me obligo a mantener una apariencia tranquila.

—Unos cuantos chicos de la escuela se van a reunir hoy. Es la última semana que Bugle's cierra hasta tarde.

Actúa como si no me hubiera escuchado.

—Tal vez tu padre finja o quizá realmente no se ha dado cuenta… —Su voz es calmada.

—¿Qué?

—Pero yo sé que tienes al diablo dentro de ti.

Tengo las palmas de las manos empapadas en sudor.

—Mamá, lo intento, pero no…

Se endereza y continúa hablando con calma y seriedad.

—Tienes que esforzarte. Hay que trabajar duro y estar atento todo el tiempo. No puedes holgazanear.

—No —le contesto lo que sea con tal de que me deje ir de aquí.

—Quiero que veas a Gaige. Muéstrale tu lado bueno.

Se asoma hacia la cocina y levanta las manos al aire.

—¿Quién va a ir hoy?

Sigue mirando a la distancia.

—Pues, ya sabes, los de siempre. Jeremy, tal vez Tess. —Ella le cae bien—. Lonny Cho, Scott, Gabe, sus amigas…

—¿Va a ir Frijol?

Mis padres tienden a describir a las personas antes de recordar sus nombres. Encuentran una característica específica y las llaman así aun después de saber sus verdaderos nombres. Hasta la fecha, ella se refiere a Henry como Frijol porque según ella su cuerpo tiene esa forma (claro que esto fue antes de su nuevo y musculoso físico). Mi padre solía llamar Cebolla a nuestro abogado de migración porque olía a cebolla cuando sudaba. Jeremy es Cabello de Fuego, por pelirrojo. Muy original.

—Sí, y probablemente también vaya la hermana de Henry. —Estoy seguro de que Claire no irá; está lejos, en la universidad. Hasta donde sé, solo seremos Henry y yo, pero tener un buen grupo de hombres y mujeres ayuda a que me den permiso para hacer algo fuera de la iglesia con amigos que no son cristianos.

—Creo que mañana sí podré ayudarte con tu cabello, si quieres —ofrezco con una voz tan cálida como me es posible—. Con que tus rizos descansen el viernes quedarán listos para el domingo.

Ella baja la vista hacia su bata y le quita algunas pelusas, como a cualquier ropa vieja.

—No llegues muy tarde. Invita a Gaige. Le dejó su número a tu tío.

«Yo ya tengo su número».

Bien, puedo lidiar con este compromiso. Le enviaré un mensaje de texto para invitarlo. Estoy haciendo todo lo que puedo para no expresar ningún tipo de emoción por el hecho de que me dio permiso de salir. Tras un incidente como el de ayer, su comportamiento suele irse a uno de dos extremos: o se siente culpable y hará concesiones para compensar lo que hizo, o cae en una espiral descendiente y lo que sea, cualquier cosa, detonará una situación mucho más intensa. Por fortuna estamos en el primero de los extremos.

Baja la mirada hacia el cojín del sofá y acaricia la tela. Todas las fibras deben ir hacia el mismo lado.

—Cuando fuimos por ti, lloré durante todo el viaje en tren; desde Grecia hasta Austria.

Toda mi vida he escuchado esta historia. Pasé mis primeros cuatro años de vida en Grecia con mis abuelos paternos porque mis padres trabajaban en Austria. Tuvieron que irse porque era difícil encontrar trabajo en su propio país.

—Eras tan pequeño. Tal vez tu abuela no te alimentaba bien o no querías comer. No lo sé. ¿Te acuerdas? —Asiento. Sí me acuerdo—. Estabas asustado de irte con nosotros. Te aferraste al delantal de tu abuela con una mano y al pantalón de tu abuelo con la otra, y nos mirabas como si no supieras quiénes éramos. —Empieza a llorar—. Abrías tus enormes ojos al máximo. Nunca me perdonaré por haberte abandonado.

—Mamá...

—Por eso no nos llevamos bien. No me querías. Me tenías rencor.

—Yo no...

—Aún me tienes rencor. Es mi culpa. Necesitábamos el trabajo. No sabía qué hacer contigo y cuando al fin regresaste a mí fue demasiado tarde. Ya habías decidido odiarme.

Pienso en que lo único que quería era sentirme a salvo. Sentirme amado. Se ve tan pequeña cuando se pone así. Tan vulnerable. Tan inofensiva.

Me mira de frente.

—Tus ojos siguen siendo enormes y hermosos.

# Doce

Puedo sentir cómo me ve desde la ventana. Está a la espera. Quiere ver si Henry llega solo. Aunque no pueda ver hasta la esquina de la calle, seguirá atenta como si pudiera. Me dirijo hacia la esquina con mi cuaderno bien escondido en los pantalones. Con todo lo que ha pasado, me sentiría incómodo de dejarlo en mi cuarto. Ahí está la Subaru Legacy de 1995 (verde árbol, con exterior metálico aperlado e interiores grises) dando la vuelta. Henry heredó ese auto de su madre. Se detiene justo frente a mí, se estira para quitar el seguro de la puerta y yo entro tratando de hacerlo con naturalidad.

—Hola.

—Hola —dice Henry mientras entro, luego acelera hacia nuestra calle.

—¿Qué haces?

—Dando una vuelta en «U» un poco abierta.

—¿Por? —digo, tratando de sonar normal.

Al pasar por nuestra casa veo que mi madre está asomada por la ventana. La abrió y sacó la cabeza para seguir todos los movimientos del auto.

—¿Ella es tu madre?

—Sip. Gracias por recogerme. Pudimos vernos allá.

—Claro. —Me mira y da la vuelta con tanta brusquedad que las llantas del Legacy rechinan. En cuanto termina la vuelta acelera al máximo y salimos de mi calle tan rápido que me quedo pegado al respaldo del asiento—. ¡Eso! —dice.

—¿Qué fue eso? —pregunto, exhalando.

—Le damos a tu mamá algo para que se entretenga. —Se ríe—. Lindo corte. —Se estira para acariciarme el cabello, pero me quito. No quiero que sienta algún moretón o bulto.

—Lo siento, estoy un poco inquieto.

Él no insiste.

—¿Vas a ordenar lo de siempre en Bugle's? ¿Tu sundae?

—Sip. —Intento que el movimiento para sacar mi cuaderno de los pantalones se note natural.

—¿Piensas hacer tarea?

—Estaba haciendo tarea cuando salí de casa, así que traje mi cuaderno. —No pude haber encontrado una peor excusa...

Afortunadamente, creo que no lo notó.

—A mí me está costando trabajo hacer la mía, la del profesor Crandell.

—¿De Educación Física?

Me fulmina con la mirada.

—¿Sabes que también fue maestro de Inglés?

—Ah, sí.

—Quiere que escribamos qué nos inspira a ser atletas. Dice que escribir sobre lo que sentimos nos ayudará a ser mejores atletas. Que porque así surge desde dentro... y te hace...

—Sí, nosotros también tenemos que hacerlo.

—¿Ya escribiste algo? No sé si ayude.

—Escribí algo, pero es diferente. Yo no pienso enfocar mi carrera en los deportes ni nada de eso.

—Esto no me inspira... Escribir sobre eso no me va a hacer quererlo más, ¿o sí?

—No te oyes convencido.

—No es que no esté convencido. Es solo que no sé por dónde empezar y tengo cero motivación. No sé. Tenía la esperanza de que me motivaras con una gran idea. Algo. Tú eres el creativo. Además, tú no tienes que preocuparte por esta tarea porque él sabe que a ti te importan un carajo los deportes —dice él.

—Vete al diablo, imbécil. Juego tenis contigo todo el tiempo. Y eso no me exenta: aún tengo que hacer esa tarea.

—Pero acabas de decir que no será un factor en tu carrera. Mierda, relájate. Además, no lo has hecho en una eternidad.

—¿Qué?

—Jugar tenis conmigo.

—¿Así piensas conseguir que te ayude?

Mira hacia el frente sin decir nada. Solo su mano derecha está sobre el volante. La izquierda descansa en la ventana y la mueve en el viento. Sé que sus brazos son largos, pero hoy se ven extradefinidos. Trae una camiseta de manga corta y aún tiene el bronceado de las vacaciones. Sus shorts son holgados y algunas partes se ven desgastadas, también trae sus Vans negros que tuvieron mejores días. Todo el conjunto hace difícil que me concentre en algo que no sea lo sexy que se ve en este momento.

Él rompe el silencio.

—Es solo que estoy frustrado.

—Yo también estoy tenso. Puedo ayudar si…

—Te ves listo para el invierno —dice, viendo mi sudadera de por sí abultada y más abultada aún por las dos camisetas que traigo debajo. Hace mucho descubrí que debo cubrirme lo más que pueda para evitar que surjan preguntas.

—Pensé que hoy haría más frío. Oficialmente ya estamos en otoño, ¿no?

—Todavía faltan unas semanas para que oficialmente sea otoño. Aún estamos en los últimos días del verano. Y sabes que voy a conservar este sentimiento tanto como pueda.

Todo el mundo sabe que Henry usa shorts aun cuando hay nieve en el piso. A él no le da miedo que la gente lo note, pero tampoco es que trate de hacerse notar. Simplemente no le importa si lo hacen. Admiro eso de él.

—No quiero sonar como Jason Bourne, pero creo que alguien nos está siguiendo. Cada vez que doy una vuelta o hago algún movimiento ese auto está sobre mi trasero.

Maldita sea. Son mis padres. Lo sé aun sin voltear para ver. Ya lo han hecho antes. En realidad es mi madre, pero no le gusta manejar, así que obliga a mi padre a subirse al coche para seguirme. Con suerte, una vez que lleguemos a Bugle's se darán la vuelta de regreso a casa. Espero que el lugar esté a reventar.

—Bájale a tu paranoia. —Trato de reír, pero la risa se me atora en la garganta.

Él me mira, luego al espejo retrovisor, luego alza los hombros.

—¿Conoces a Tess Burgeon?

—Ajá. No somos amigos ni nada, pero creo que a Jeremy le gusta. O sea, sé que le gusta.

—Amigo, le gustas tú, no Jeremy.

—¿Qué? —Estoy genuinamente en shock. ¿Tess? ¿Desde cuándo? Siempre me ha tratado con un tono condescendiente y un par de miradas fulminantes.

Busca lugar en el estacionamiento de Bugle's, pero está lleno.

—A veces se me olvida que vivimos en un pueblo. Todos quieren su último pedazo de verano.

Maniobra con la Subaru para dar la vuelta hacia el carril en sentido contrario y luego acelera lejos del estacionamiento como si no trajera una camioneta del 95.

—Nos vamos a estacionar en la calle. ¡Sujétate!

Pasa justo enfrente de la heladería y yo echo un vistazo dentro. Todos están ahí: Jeremy, Tess, Kris, Tommy y su novia, Bella. Incluso veo a Patty de Duane's y a su esposo. Cualquier otro día esto me dejaría frío, pero es exactamente lo que mis padres deben ver. Una multitud. Una multitud mixta. Espera... Una multitud mixta que pronto incluirá a un chico de California, a quien invité sin pensarlo bien. Aun así, lo invité. ¿Le digo a Henry o me espero a que él lo averigüe?

—Cuánta gente. Ev, ¿no preferirías pasar por el helado y luego ira pasear? No estoy de humor para ser supersocial.

¿Cuándo ha visto que yo sea supersocial? Él sabe que me da náuseas hablar con más de dos personas que no conozco. Y... no es la primera vez que me llama Ev, me ha llamado así cientos de veces, pero de pronto se siente diferente... más íntimo... Y ahora, cada vez que me llama así estoy dispuesto a acceder a lo que sea. Ese es un nuevo problema.

—Sí, estaría bien. —Siempre y cuando mis padres nos vean entrar y reunirnos con todos. Siempre y cuando no nos vean salir de ahí para meternos en el auto de Henry solo nosotros dos, para pasear por ahí—. Volviendo a lo de Tess, ¿por qué crees que le gusto?

—Porque una chica que no está interesada no pregunta tanto por alguien como lo hace ella. Me voy a estacionar aquí.

Nos quedamos a dos cuadras. Dejo mi diario debajo del asiento y salgo. Miro alrededor y a la distancia veo el auto de mis padres alejándose. La multitud funcionó.

—¿Qué es lo que anda preguntando?

—¿Te interesa? —Se ve sorprendido.

—Me da curiosidad, nada más. Esta es una vibra que nunca me ha llegado.

—Bueno, no eres el mejor para percibir vibras.

—Soy buenísimo para las vibras. Buenísimo.

—No de este tipo. —Sonríe con sarcasmo y me ve directamente.

Siento escalofríos en la columna. ¿Me está coqueteando?

—Sé exactamente lo que está pasando. Está tratando de averiguar si Jeremy ha dicho algo sobre ella, lo cual es cierto. Él está obsesionado con ella.

Henry se detiene. Estamos como a una cuadra y se da la vuelta para verme a los ojos.

—Evan, no tienes idea de lo que dices. Ella quería saber si *tú* salías con alguien, y si a *tiiiii* te gustaban las chicas. —Hace énfasis en la última parte y me da un toque en el pecho con el índice.

—Vaya —río, incómodo. «¿Qué quiso decir con eso?». Siento mi corazón a mil por hora. No debí haberme puesto tantas malditas camisetas. Aquí dentro se siente tan húmedo como en las cataratas del parque acuático Splash Rapids. Siento que estoy empapado. Empiezo a caminar hacia Bugle's y a divagar durante todo el camino—. Qué estupidez. ¿Para qué querría saber todo eso? Le voy a preguntar yo mismo una vez que entremos y...

—Oye, no tan rápido. —Henry trata de alcanzarme—. No creo que ella quiera saber que tú sabes que ha estado preguntando. Solo vayamos por el helado y veamos quién está y qué ha estado pasando. Nadie tiene que hablar de nada con nadie.

Detengo la puerta de entrada que se mece y, mientras jalo con todas mis fuerzas, casi le pego a Henry; por un momento olvidé que estaba detrás de mí.

—Oye, solo respira.

Al entrar vemos que todo el mundo vino por helado. Esto no fue una buena idea. No hoy. No con todo lo que ha pasado. «No si viene Gaige».

Trato de recuperar mis fuerzas. «Puedo con esto», me digo. He logrado fingir en peores situaciones. Veo a Jeremy y sonrío hacia donde está él. Recorro con la vista el lugar. Aún no hay señales de Gaige.

—¡Paaaanos! Pensé que andarías de nerd estudiando o haciendo algo aburrido. —Voltea hacia Henry—. Hola, Kimball.

—Voy a la fila. ¿Lo de siempre, Ev? —me pregunta mientras saluda a Jeremy con un movimiento de cabeza.

—Voy contigo. —Me agacho para que solo Jeremy me escuche—. Ya vi que tu chica está aquí. ¿Han estado hablando?

—No sé, amigo. Burgeon está rara. También Kris.

—No, tú estás raro. Tienes que ir allá, aprovechar cuando Tess esté sola y hablar con ella, pero deja de lado tus mierdas sarcásticas. Sé respetuoso. En serio.

—Gracias, Pubis. Me siento superconfiado.

—Solo sé el buen Jeremy. No el imbécil. Sé que tu parte imbécil es fuerte, pero también que puedes contra ella. Tess debería ver a ese Jeremy.

—Tú eres el imbécil ahora. La plática motivacional no es lo tuyo, Pubis.

—También sé amable con Kris. Tess y ella son muy buenas amigas.

Me formo detrás de Henry, quien mira intensamente los sabores en el pizarrón detrás de la barra.

—Los sabores no han cambiado y tú sabes que pedirás lo de siempre.

—Estoy viendo de qué es el helado del día.

—Oye, ¿estás enojado?

Henry se voltea.

—Ev, no me jodas. ¿Te interesa Tess?

—Carajo, no hables tan fuerte —susurro, mirando alrededor. Parece como si todos estuvieran viéndonos. Se me sale una sonrisa extraña cuando cruzo miradas con la gente y luego veo a Henry.

—No. No me interesa —murmuro mientras trato de apaciguar la mezcla de angustia y entusiasmo en el fondo de mi estómago.

Desde atrás oigo un «¡Evan!»; segundos después siento un abrazo por detrás.

—¿Qué te sirvo? — le pregunta a Henry la chica detrás de la barra.

Pero él no responde porque se queda viendo los brazos que sujetan mi cintura.

—Gracias por invitarme. —Después de decir eso, me suelta. Volteo y ahora lo veo de frente.

—Gaige. —Es alto, más alto que Henry, y la única persona que conozco con el cabello más rebelde que el mío. Es de los que tienen una gran sonrisa perfecta, de las que solo ves en los comerciales de pasta de dientes; su nariz es lo opuesto a la mía: impecablemente lisa. No trae sus lentes.

—Me alegra verte antes de que… —dice.

—¿Vienen juntos? —pregunta Ali, la chica de la barra, con una sonrisa coqueta hacia Henry. Todas las chicas le sonríen coquetamente.

—Un *hot fudge* con helado de vainilla, nueces extra y sin la cereza para mi amigo. Para mí… eh… dos bolas de menta con mucha crema batida, sin nueces, ni cereza, ni jarabe. —Ni siquiera voltea a verme.

De pronto, Gaige se presenta, Henry lo ve a él y luego a mí; yo no digo nada, meto la mano en el bolsillo para sacar dinero, pero Henry no me deja pagar, ya tiene unos cuantos billetes listos.

—Yo pago. Yo te invité. —Luego mira a Gaige—: ¿Qué quieres? —Al principio pensé que quería decir: «¿Qué demonios quieres con Evan?», pero luego pensé: «Cierto, helado. Está hablando de helado».

—Eh… solo un cono de chocolate, pero yo lo pago. —Gaige mete la mano en el bolsillo y saca un billete de veinte. Henry finge una sonrisa y niega con la cabeza.

—Yo pago.

—¿Van a hacer algo saliendo de aquí o tienes tiempo para platicar un rato? —Se inclina hacia mí—. Tengo cerveza en el hotel.

Señalo a Henry.

—Nosotros vamos a… tenemos algo que… tengo que regresar a casa saliendo. Pero nos podemos ver otro día. Antes de que te vayas.

Él alza los hombros y asiente.

—Tú eres Henry, ¿cierto? —Ali sonríe con dulzura.

Él le sonríe también. Todos sonríen menos yo.

—Me llamo Ali. Tomamos Física juntos. —Aún no le regresa el cambio.

—Lo sé, Ali. Hola. —Aunque sigue sonriendo, su actitud es extrañamente rígida.

Okey, entonces Henry está obsesionado con saber si me interesa Tess o no, ¿y ahora le coquetea a esta chica? ¿En serio? Tal vez sea su forma de vengarse. Como sea, es patético.

—Haré una última fiesta de alberca este fin de semana. Si quieres ir…

—Ah, claro. Eso suena bien. —Henry suelta la enorme sonrisa que le acentúa los hoyuelos. «¡Jódete, Henry! ¡Y tú también, Ali!».

—Ah, y tú… ¿Kevin? Tú y tu amigo también están invitados.

—Me llamo Evan. Gracias. Mi amigo no es de aquí. —He ido a casa de Ali al menos dos veces, ¿y ahora resulta que no se acuerda de mí?

—Estaré aquí solamente unos días —agrega Gaige.

—Suena divertido. Todos deberíamos ir —dice Henry.

Me quedo ahí, de pie, pensando: «No, no deberíamos».

—Genial. Es el sábado. Te mando los detalles.

Los tres nos vamos al final de la barra para esperar nuestros helados.

Henry se le queda viendo a Gaige.

—¿De dónde se conocen Evan y tú? —Ahora es como si yo fuera invisible, ante lo cual me digo: «Finalmente lograste dominar el arte».

¿En verdad Gaige piensa ir a la fiesta? ¿Iremos *todos*? Se supone que tengo que inscribirme a la escuela griega el sábado.

Y así como así, mis mundos colisionan.

Mientras Gaige dice: «Nos conocimos en el campamento de este año», yo interrumpo (lo siento Gaige, no quiero que cuentes esa parte de la historia):

—Gaige está aquí en su recorrido de universidades. Sabía que yo vivía en Kalakee… La iglesia a la que su familia asiste está afiliada a la de mi familia, ya sabes cómo son estas cosas.

—Qué bien —dice Henry—. Evan nunca habla de sus amigos del campamento.

«Este sería el momento adecuado para tener un arrebato», pienso.

—Bueno, probablemente no había conocido a alguien como yo. —Gaige sonríe. Mucho.

—Teníamos cosas en común —suelto.

Henry nos mira atentamente. ¿Su expresión es de dolor? De pronto nos interrumpen Tess y Kris, lo cual agradezco a estas alturas.

—¿Van a jugar tenis esta noche? —Tess se ve más animada para conversar que de costumbre, como si estuviera ansiosa. «O tal vez sí le gustas, Evan». Sonrío, incómodo.

—Nop —respondo enseguida—. Trabajo, tarea. ¿Viniste con Jeremy? —Claro que sé que no, pero tal vez mi poder de convencimiento pueda hacer que realmente suceda, ya que él es demasiado estúpido para lograrlo. Además, estoy muy contento de ponerle fin a este momento incómodo. Cualquier cosa es mejor que el momento anterior—. Nosotros solo vinimos por helado.

—¿Como en una cita? —Se ríe.

—Eso me gustaría verlo —dice Kris.

—Él es el amigo de Evan de California. Gaige —dice Henry.

—Mucho gusto. —Tess inspecciona a Gaige, luego a Henry, luego a mí.

—Hola —Kris asiente.

Las chicas empiezan a conversar entre ellas y Gaige aprovecha para acercarse a mí.

—¿Cuándo podremos tener un momento a solas? —me susurra.

—Ahora no —le contesto y rápidamente miro alrededor por si alguien nos está viendo.

Henry dirige su atención a Tess.

—¿Tú y Jeremy vinieron juntos?

Kris se carcajea.

—No. Me refería a ustedes dos. Vinieron por helado después de hacer tarea, como en una cita. —Suelta una risita, de nuevo. Como si fuera gracioso.

Empiezo a sentir el rostro caliente. Henry voltea a la barra. Miro a Gaige y él me dirige una mirada incómoda. Me quedo ahí sin decir nada y siento todo tipo de angustia.

—Aquí están sus helados. —Ali sostiene el cono de Gaige.

—Sip, Tess. Como en una cita. ¿Algún problema? —dice Henry.

Ella le sonríe a medias.

—Ninguno. Para nada —asegura Kim, con tono de agobio hacia Tess.

—Muy bien. Ojalá se te haga la cita con Jeremy, Tessie —dice él mientras toma su helado. Sabe que ella detesta que la llamen «Tessie». ¿Por qué se comporta así?

Ella inmediatamente enfurece.

—¡No estoy interesada en Jeremy! —dice demasiado alto. Tanto, que Jeremy, y prácticamente todo el mundo, la escucha. Kris le sonríe con sarcasmo y se va.

Yo fulmino a Henry con la mirada y él solo alza los hombros, pero puedo darme cuenta de que se siente herido.

Tess sigue enfocada en nosotros. Henry me alcanza mi sundae y me dirige una sonrisa pervertida. Gaige se ve completamente confundido, como si no tuviera idea de lo que está pasando. Luego, Henry ve a Tess directo a los ojos y lame la crema batida de su helado.

—Si no es Jeremy, Tessie, ¿entonces quién te gusta?

—Ahora solo la está molestando.

—¿Por qué te respondería? —resopla—. Y, por favor, no me digas así.

—¿Por qué no me quieres decir? No seríamos una amenaza para ti si crees que somos pareja. —Con la mano que le queda libre nos señala. *A él y a mí.*

Una parte de mí se molesta por la forma en que actúa. No es su estilo ser tan cabrón. Lo que amo de Henry es que siempre es amable. Aun así… oírlo decir eso enfrente de todos, aunque no sea cierto, me entusiasma.

Aunque casi de inmediato el entusiasmo se vuelve pánico, porque me estoy sonrojado. Y al mismo tiempo me pregunto qué estará pensando Gaige.

Yo solo quería un sundae. Simplemente quería salir. No siempre tengo la oportunidad. De pronto, estoy inmerso en este universo en el que la gente coquetea, pero no coquetea, se confronta y habla en grupos, o simplemente alguien viene de visita desde California. Tess sigue furiosa con Henry, pero se da la vuelta y se va hacia la esquina donde las chicas del equipo de voleibol están botadas de risa. Kris me sonríe. Como si compartiéramos un secreto.

Henry mete la cuchara en su bolsillo y sigue lamiendo la crema batida.

—¿Listo? Mucho gusto, Gaige. Nos vemos el sábado.

No puedo evitar pensar: «¿Listo para qué?».

—Eh… ¿te veo el sábado? —le pregunto a Gaige.

Él asiente, pero se ve desconcertado.

—Okey. Tal vez. No estoy seguro de… ¿podríamos hablar antes del sábado?

—Te mando mensaje. Ya tengo tu número. Me lo diste en el campamento, ¿recuerdas?

—Sí, lo recuerdo —me contesta mirándome a los ojos.

Henry levanta las cejas a tope. Yo trato de respirar conforme salimos.

# Trece

Después de la extraña interacción en Bugle's, ahora estamos en el auto de Henry comiendo nuestros helados. Entre cucharada y cucharada, levanta los ojos y me mira. Yo trato de no hacer ruido. Quien me conozca sabe que suelo hacer ruiditos de felicidad cuando me dejo llevar por el sabor de algo, es como un zumbido-gemido constante. Quizá fue él mismo quien me lo mencionó.

—¿No está bueno? —pregunta.

—No, está buenísimo. ¿Por?

—No puede estar tan bueno, estás demasiado callado. ¿Quieres probar el mío?

—Bueno. —Acerco mi cuchara y antes de que me dé cuenta, su cuchara está casi en mi boca.

—Ten. —Me da a probar y luego espera a que termine de saborearlo—. Está bueno, ¿no? Son los mejores de aquí. Voy a extrañar este lugar. —Aleja su cuchara de mí y continúa comiendo su helado—. ¿Por qué no me contaste de Gaige?

—Bueno, es que no pensé… Lo olvidé, supongo. O sea, fui al campamento con muchas otras personas, no nada más con él. Así que… —«Ya párale, Evan»—. ¿Te vas a algún lado?

—¿Qué?

—Dijiste que vas a extrañar este lugar.

—No, o sea, algún día. Hemos hablado de esto… algún día nos iremos de aquí.

No me gusta pensar en que Henry se vaya sin mí. Pero no es por eso por lo que me quedo callado. Me quedo callado porque estoy tratando de procesar qué está pasando entre nosotros en este momento y qué fue eso de la cuchara. ¿Nos damos de comer en la boca? ¿Ahora resulta que hacemos eso?

—¿No me vas a dar del tuyo? —dice él.

Siempre compartimos nuestra comida, pero nunca la hemos compartido *así*. ¿Ahora es mi turno? ¿Qué tipo de movida es esta? Siento que es demasiado para mí.

Él sigue esperando, así que meto la cuchara a mi sundae y me aseguro de que tenga una buena porción de helado, jarabe de chocolate, crema batida y nueces. Se necesita habilidad para sacar la porción perfecta. La levanto y cuando la empiezo a acercar a su boca, *mieeeeeeerda*, ¡por qué tuve que ponerme tantas malditas camisetas! Otra vez estoy sudando a mares y mi mano prácticamente está temblando. Henry se inclina hacia mí, toma la cuchara y la mete en su boca. En ningún momento dejó de tener contacto visual.

—Mmmmm, esa fue la proporción perfecta.

Estira el brazo para sacar de debajo de su asiento una bolsa de plástico, donde mete el vaso vacío de su helado. Me apresuro a terminar y también lo tiro.

—Él se acordó de ti.

—¿Quién?

—Gaige. Hizo todo ese viaje desde California.

—Está visitando universidades por acá.

—¿Su familia es como la tuya?

—Bueno, no son griegos. —Me río, nervioso, mientras busco en mi cerebro otro tema del cual podamos hablar—. ¿Por qué tantas ganas de joder a Tess hace rato?

—Ash, no sé. Se portó como una imbécil, ¿no? Algo en la manera como dijo las cosas me enfureció. No sé. —Al fin enciende el auto para irnos—. ¿A dónde vamos, Ev?

Se me ocurre que el monasterio sería una buena opción. He querido contarle sobre este desde hace mucho, pero nunca había reunido el valor.

—¿Ev?

—Estoy pensando.

—Si no se te ocurre un lugar simplemente voy a conducir hasta que lleguemos a California.

—¿Y eso sería terrible? —río, nervioso, pero una parte de mí lo dice en serio.

Se queda callado por un segundo.

—No. No sería para nada terrible. —Se queda callado por lo que se siente como una incómoda eternidad—. ¡Oye! Sigo aquí, conduciendo, esperando…

—Ya sé. —Respiro profundo—. ¿Alguna vez has ido al monasterio antiguo? Está de tu lado del pueblo.

—He pasado por ahí. Está abandonado, ¿cierto?

—Usan una parte para almacenar equipo para granjas, pero hay otra sección que probablemente están dejando intacta. Es como un museo; hay una habitación entera con estatuas. Es como una fiesta de estatuas.

—¿Cómo lo sabes?

Por un momento pienso si debería decirle la verdad. ¿Llegó el momento de decirle a alguien, a Henry, todo acerca de mí?

—Porque me metí a escondidas. No estaba cerrado, pero...

—¿Y nunca se te ocurrió decirme? Vivo a unas cuadras de ahí y nunca se te ocurrió decir: «Oye, qué tal si vamos juntos a este lugar genial... cerca de... ¡tu casa!». Vaya. Demasiados secretos. —No puedo distinguir si está bromeando o no.

Siento mi energía nerviosa: cosquillas en la punta de los dedos del pie, que empiezan a adormecerse. Todo este tiempo pensé en decirle. Decirle todo, no solo acerca del monasterio, sino también de lo que sucede en casa, de lo que siento, de lo que siento *por él*.

—Aun después de tantos años, Ev, a veces siento como si no te conociera. Yo te cuento *todo*. Te conté de lo mío con Amanda cuando ese espectáculo de mierda sucedía y aun así siempre me quedo con la duda sobre ti. Como con Tess. Y ahora con Gaige. —Ambos nos quedamos callados un momento y luego él empieza de nuevo—: ¿Sabes que en todo el tiempo que llevamos siendo amigos nunca he entrado a tu casa? Ni una sola vez. Ah, y claro, por cierto, mi mamá te invita a cenar mañana. Creo que hizo pastel de carne y no sé qué más.

—No me cuentas todo. No es posible. —Acelera—. Tal vez podrías bajar la velocidad.

—Dime algo que no sepa y yo te diré algo.

Me río en un intento de evitar esta conversación.

—¿Ves cómo no me dices todo? Si no, no tendrías algo que compartir. —Luego miro alrededor—. ¿A dónde vamos?

—Al antiguo monasterio. Quiero ver la fiesta de estatuas.

Ahora sí, los dedos de mis pies están completamente entumidos. En cuanto entremos habrá un secreto menos entre nosotros. ¿Y luego qué pasará? Mierda. Trato de mover los dedos para recuperar la sensibilidad.

Excepto por las luces de la Subaru, todo está completamente oscuro. Vamos a medio camino del área de granjas; todo es llanura y silencio durante kilómetros.

—Bien, sigo esperando. —Es evidente que esto es algo que no dejará pasar.

—¿Yo tengo que empezar?

—Deja de ganar tiempo, Ev.

Me quedo pensando una y otra vez. ¿Qué puedo decirle que no sea tan... humillante? ¿Revelador?

En cuanto se cansa de esperar a que yo encuentre algo que decir, simplemente suelta:

—No iré a la universidad. Al menos no durante un año. —Sus ojos están fijos en el camino.

—Espera, ¿qué? ¿Cómo es que hasta ahora lo mencionas? ¿Cuándo lo decidiste? —Estoy genuinamente perplejo—. ¿Y la beca? ¿Tus padres saben que...?

—Mira, mis padres ya lo saben —interrumpe—. No están muy contentos, pero lo han aceptado. Lo de la beca no... no es lo mío. Todo mundo parece más entusiasmado con ella que yo. Empiezo a sentir como si el tenis fuera mi trabajo. Me encanta practicarlo. Nos divertimos muchísimo cuando jugamos juntos, ¿no? No quiero que llegue el momento en el que ya no me guste.

—Lo lamento. —Siento que debo decir más, pero no sé qué. Henry asiente.

Llegamos a un claro y puedo ver el techo del monasterio. Él se incorpora al largo camino empedrado y estoy seguro de que su auto necesita nuevos amortiguadores.

—¿Hay dónde estacionarse allá?

—No creo. Yo vengo en bicicleta de noche y hay una reja con candado. Podemos saltarla, pero no podemos entrar con el auto.

—¿Cómo es que nunca había visto este lado tuyo? Me voy a estacionar aquí y caminaremos hasta allá.

Se orilla y se estaciona mitad en el camino empedrado y mitad en una pendiente donde hay pasto. Es posible que salga rodando en cuanto abra mi puerta.

—¿Qué lado?

—Este lado de «vivir al borde del abismo-entrar ilegalmente a un lugar abandonado». Creo que es mejor que salgas por mi puerta. —Se sale y estira el brazo para ayudarme. «Esto es absurdo».

—Puedo solo, Henry. —Me agarro del volante para impulsarme, subo la pierna para ponerme de lado y me repliego. Caigo en el empedrado y me golpeo en partes del cuerpo que aún no tenían moretones graves. El dolor es poco comparado con la vergüenza que siento.

—¿Estás bien?

Me levanto de un brinco tan pronto como puedo y me sacudo el polvo.

—Estoy perfectamente bien. Vamos. No puedo esperar a que veas el lugar. —Lo guío a la entrada.

—¡Ni por un segundo creas que olvidé que me debes algo que no sepa de ti! —Trata de decirlo en el tono más serio posible.

—Y tú no creas que hemos terminado el tema de que no vas a ir a la universidad. —Corro hacia la reja. Puedo escuchar los tenis de Henry en el empedrado; corre detrás de mí. Me alcanza y ahora estamos lado a lado. Sonríe con complicidad cuando sus piernas, más largas que las mías, dan una zancada larga y me rebasa. Aunque solo es ocho centímetros más alto que yo, en momentos como este parecería que me sobrepasa por treinta. Salta y toca la reja antes que yo.

—¡Tarán! —Alza la cabeza hacia atrás y cierra los ojos ante el negro cielo. Su cabello, que por lo general le tapa la frente, se desliza hacia la nuca. Me quedo con esta imagen por un momento. Ahí está el chico que nunca ha juzgado nada de lo que yo haya dicho o hecho, a pesar de que no le cuento nada. Sin embargo, una parte de mí presiente que probablemente sepa más de mí de lo que le cuento. Y aun así, no me juzga—. Trepemos esta maldita cosa. —Empieza a subir la reja.

—Yo primero para que pueda ayudarte a subir.

—Henry, he estado aquí cientos de veces y he trepado la reja sin ningún incidente. —Me agarro con ambas manos con más fuerza que antes; no quiero que vuelva a pasarme lo de la puerta del auto. —No necesito que me ayudes con algo que sé hacer.

Él va a media reja.

—¿Estás diciendo que jamás te has lastimado con estos picos de arriba? —Ahora empieza a dar la vuelta al otro lado.

—Se llaman puntas de lanza y nunca me he picado ni lastimado con nada de esta reja en lo absoluto.

—Eres tan ñoño. Era obvio que sabrías cómo se llaman estas cosas.

Llego hasta arriba y en mi bolsillo siento que el celular empieza a vibrar. Doy la vuelta y quedo de espaldas a Henry. Busco equilibrio en la barra justo debajo de las puntas de lanza. Él ya está en el suelo y puedo sentir cómo me ve. Tal vez le mentí acerca de nunca haberme herido con la reja, pero definitivamente hoy no me voy a lastimar con esta cosa. Me agarro bien, empujo mis pies contra la barra para impulsarme y me suelto. Caigo de cuclillas justo al lado de Henry.

—Oye, ni siquiera volteaste a ver dónde estaba yo. Pudiste aterrizar encima de mí.

—Pero no lo hice. Tenemos que rodearlo. Sígueme.

—Prácticamente podría caminar desde mi casa hasta acá. ¿Por qué nunca exploré este lugar? Peor aún: ¿qué dijiste de por qué no me habías contado de él?

—Cállate, Kimball. Esa historia ya pasó.

Lo guío más allá de la puerta de entrada, que se ve como si fuera una mezcla entre la mansión de Bruce Wayne y una iglesia. Rodeamos un lado del edificio y luego doy una vuelta cerrada a la derecha para pasar la pared de setos. Él camina junto a mí como si todo fuera perfectamente normal.

—Es difícil creer que aquí guardan equipo para granjas. Este lugar merecería sucesos más interesantes. ¿Cómo lo descubriste?

Mi teléfono vuelve a vibrar. Lo saco para ver la pantalla, tratando de seguir delante de Henry para que no se dé cuenta.

—Ya te dije que durante uno de mis paseos en bici. —Es mi madre. Apago el teléfono y lo regreso a mi bolsillo—. Vamos por este sendero que da al edificio para que después demos vuelta por la parte de atrás, donde están los ventanales. —Bajo por un camino que pasa por una fuente y da al ala este del monasterio.

En la parte de atrás hay dos grandes ventanales a los lados de un par de puertas de igual tamaño, que se encuentran en el centro del muro. Apunto hacia el ventanal más lejano. Conforme nos acercamos a esa parte del edificio, más lejos estamos de la poca luz que ilumina la propiedad. Henry saca su teléfono y enciende la linterna.

—¿Tienes miedo? —pregunta mientras dirige la luz justo hacia mi cara.

Entrecierro los ojos y le empujo la mano.

—Idiota. Apunta a la ventana.

Él se ríe y alumbra hacia la ventana; la luz brilla al interior del cuarto. En cuanto las ve, casi salta hacia atrás.

—¡Mierda!

—Te dije. Debe haber al menos cincuenta.

Pareciera como si algunas de las estatuas se hubieran movido. Nunca las había visto tan cerca de la ventana. Las dos que están más cerca de nosotros casi tocan el vidrio. Henry jalonea la manija.

—¿Las ventanas abren hacia adentro o hacia afuera?

—Sigue moviéndola insistentemente.

—Hacia afuera. ¿Está cerrada? —Tomo la manija de la otra ventana. Cerrada—. Mmm, qué raro, nunca han estado cerradas.

—Tal vez la fiesta se salió de control.

—¿A dónde vas?

—Voy a intentar con las puertas.

—Espérame. Está oscuro… Déjame iluminar por dónde vas…

Sacudo la manija. Abierto.

—¿Tuviste suerte? —dice desde donde está.

—Está abierto.

—Tal vez te estén cazando. Tal vez tengamos compañía. —Volteo para tomar su teléfono—. ¡Oye!

—Apagué el mío. Esto es más fácil. Sé por dónde voy.

Este cuarto no es parte del salón de las estatuas. Es un lugar completamente diferente: cubierto con madera oscura de piso a techo y de pared a pared, estantes hechos a la medida repletos de libros por todos lados, techo rústico y, al parecer, pisos de piedra. Hay una alfombra muy grande y vieja, y un escritorio largo y tallado en uno de los extremos, parece como si en otros tiempos hubiera servido de altar. Tiene acabados de hoja de oro, muy desgastados, apenas visibles. La silla del escritorio tiene un respaldo alto, también está tallada con el mismo material del escritorio, su asiento y cojines son de terciopelo rojo oscuro, también desgastado.

—Siento como si necesitara una biblioteca. No me había dado cuenta de que me hacía falta una —dice Henry en su voz normal, sin susurrar.

—Me estás matando. —Sigo suspirando—. Tratemos de pasar desapercibidos.

—No hay nadie.

—Si alguien cerró esas ventanas, entonces estuvo aquí, o todavía está... —Me acerco a la puerta—. Tal vez por aquí lleguemos al otro cuarto.

—Dame. —Me arrebata su teléfono, abre la puerta y alumbra hacia un corredor—. Esta debe ser la puerta de la fiesta de estatuas. Es el cuarto justo al lado de la biblioteca. —Tira de la perilla de la puerta, pero esta no se mueve. Sigue intentando. Nada.

—Jálala —digo.

Detiene el teléfono con la boca, toma ambas perillas con cada mano y jala. La puerta se abre. Toma el teléfono e ilumina el cuarto.

—¡Lo logramos! Vamos. —Cierra la puerta y nos quedamos ahí de pie mientras alumbra lentamente a nuestro alrededor. Este cuarto es mucho más grande que el de la oficina-biblioteca, pero se siente más pequeño. En parte debido a todas las estatuas, pero también porque el techo es más bajo en este lugar. La luz de su teléfono deja ver todas las motas de polvo. Los muros tienen paneles y el de la izquierda en la entrada tiene una chimenea de piedra. El diseño de las baldosas del piso muestra un patrón decorativo, desgastado en algunas partes, pero donde sigue intacto puedes ver tres bordes que abarcan toda la habitación y están entrelazados, como trenzas, cada una diferente de la otra.

—Me encanta este lugar. —Henry me ve directo a los ojos—. Mudémonos aquí.

Me alegra que en la oscuridad no pueda verme completamente sonrojado. No tiene idea de lo que dice o cómo me afecta, me confunde. Y en un momento en el que no me puedo dar el lujo de lidiar con ello.

En vez de eso, adopto mi modalidad de guía de turistas.

—Déjame mostrarte el lugar. —Hago un gesto pidiéndole el teléfono y con él empiezo a recorrer las estatuas. La luz sobre ellas hace que la piedra se vea aún más espeluznante. Dependiendo del ángulo del haz, los rostros se pueden ver celestiales o amenazantes. La luz entre las estatuas hace que parezca que el aire tiembla.

—Esta con los brazos extendidos encabeza al grupo.

Alumbro la estatua para que pueda verla, sobre todo el rostro. Parece como si los ojos no estuvieran en blanco, sino vivos, y si te mueves despacio, parece que te siguen. Me muevo hacia el frente y dirijo la luz hacia un grupo de tres estatuas de mujeres.

—Estas damas con libros y cálices sostienen mi futuro. Ahora, como puedes ver —lentamente dirijo la luz alrededor de la habitación—, hay muchos tipos que muestran posiciones de batalla. A ellos los llamo el Ejército.

Dirijo el haz hacia Henry, quien mira alrededor y luego me ve directo a los ojos. Está a un brazo de distancia.

—¿Por qué el Ejército? ¿Por qué no... el Pueblo?

Por un momento, vacilo, pero luego, antes de que pueda detenerme, respondo.

—Están luchando por mi vida.

Él no desvía la mirada. Por lo general, que alguien se me quede viendo durante tanto tiempo me hace sentir increíblemente incómodo. Casi nunca puedo sostener la mirada por más de uno o dos segundos. Pero en este momento, uno en el que se me detiene el corazón y me sudan las manos, me obligo a mantener la mirada fija.

—Creo que esto cuenta como algo que no sé de ti. —Sigue viéndome fijamente—. ¿Qué haces cuando vienes acá?

—Algunas veces nada. Otras, dibujo. A veces finjo que todo es normal. Tan solo un día normal en el que no pasa nada malo.

Me pregunto si se le atoran las pestañas cuando parpadea. Tiene muchas, tanto arriba como abajo. No parpadea. Se sienta ahí mismo, en medio del cuarto. Lo imito y me siento frente a él. Cruza las piernas, se inclina hacia delante y descansa los codos en las rodillas. Yo estoy en una posición similar, solo que me recargo hacia atrás con las palmas en el piso.

—¿Por qué no estás tú luchando por tu vida? —Ahora sí susurra.

No digo nada. Miro alrededor de la habitación, luego a él. De su bolsillo trasero saca un pedazo de papel hecho bolita y me lo entrega.

—Ten. Siento que te debo algo más.

Lo tomo y lo desarrugo.

—Es la lista de lugares que prometimos visitar.

Miro el papel y luego lo miro a él. La linterna genera unas sombras en su rostro que, con esos pómulos salidos, parece el de una estatua más. Mi mano empieza a temblar, solo un poco, no tanto como para que él se dé cuenta, pero lo suficiente para que el papel se mueva. Lo agarro con fuerza.

—Recuerdo... —Trato de que no me tiemble la voz—. Recuerdo cuando empezamos esta lista.

—Casi siempre la traigo conmigo. Ev, ¿te acuerdas cuando escribimos los primeros lugares?

—Éramos niños. ¿Teníamos siete?

—Ocho. En ese entonces no nos conocíamos tanto, pero pasaste un fin de semana en mi casa. Dormiste en el piso de mi cuarto, en una bolsa de dormir.

—Ajá.

—Fue difícil que tus padres accedieran. Tu mamá no estaba para nada contenta.

—Ayudó que estuviera hablándoles de la palabra del Señor a tus padres. Pensó que podría convertirlos. Creo que me usaron como Caballo de Troya.

—Fue el primer fin de semana sin Dillon. Quería a ese perro como a nadie más. Jamás he vuelto a llorar como aquella vez. Estaba tan avergonzado. Y frente a... —Deja de hablar y mira el piso, recorre sus bordes entrelazados con los dedos—. Te levantaste, subiste a mi cama y me abrazaste hasta que me quedé dormido. —Me mira. No digo nada—. Ev, todo el fin de semana hiciste eso cuando no podía dejar de llorar; cuando veía su plato de comida o su correa... Dijiste que lo que necesitábamos era ir a un lugar nuevo. Para tener un comienzo nuevo, aunque fuera solo por un día. —Empieza a reír un poco—. Como el acuario donde puedes acariciar a los animales y el aeroplano sumergible en los manantiales de Mermet. —Ambos reímos—. ¿Qué carajos era eso?

—No lo sé. —Miro sus ojos y me siento más cerca de él de lo que me he sentido con cualquier otro ser humano.

—Esta lista... aunque nunca hayamos ido a ningún lado, me hizo sentir mejor. Tú me hiciste sentir mejor.

Ahora es mi turno de ver el piso.

—Ev, ¿cómo te haces esos moretones?

«Mierda».

Trato de acordarme de respirar. Me alegra que casi todo a mi alrededor esté oscuro.

Él se arrastra más cerca de mí.

—Nunca te has tropezado o caído cuando jugamos tenis. Ni una sola vez, tampoco cuando usas la bici.

—Yo suelo...

—Siempre te sucede en casa.

Me quedo mirando las estatuas y me alejo ligeramente. Él toma el resorte de la cintura de mi sudadera y me jala un poco hacia él. Bajo la cabeza y desvío la mirada. Él se inclina un poco más hacia mí y lentamente empieza a subir la sudadera por encima de mi cabeza. Estoy paralizado, asustado, entusiasmado. Lo detengo.

—Henry, por favor.

¿Cómo es posible tener frío y sudar al mismo tiempo? Está tan cerca que puedo oler el helado de menta en su aliento.

—Ev, quiero ser yo quien te haga sentir mejor —murmura.

Reúno todas mis fuerzas y mi voluntad para alejarme.

—No —digo—. Esto no es lo que quieres. Ni lo que quiero. —La verdad esto es exactamente lo que quiero, pero estoy tan asustado de quererlo y más asustado aún de tenerlo de verdad.

Inmediatamente, él suelta mi sudadera. Y el momento se esfuma.

# Catorce

Mis ojos están cerrados.

—Señor misericordioso, protege a este niño. Protege sus entrañas. Aléjalas del pecado; aléjalo a él del pecado. Haz que su mente y su cuerpo permanezcan puros. —Empieza a hablar diferentes lenguas. Solo aquellos a quienes el Espíritu Santo ha bendecido conocen el lenguaje místico que solo Dios entiende—. *Maaaalaaaaneeekwaannnntaaaa moriiiinaaa.*

Entreabro los ojos y veo que mi madre está sentada en la orilla de la cama. Tiene los ojos cerrados. Su cabeza se mece y ella susurra. Finjo dormir. Ella continúa.

—Dios de la bondad y la venganza, sabemos que Tú no eres solo amor sino también ira. Ira contra los impuros, los lujuriosos, los desobedientes. Haz que este hijo sea Tuyo y guíalo con Tus pensamientos sagrados, no con pensamientos mundanos.

—Vee —ahora mi padre está aquí—, ¿qué haces?

—¡Shhh!

Contengo la respiración y trato de relajar los párpados para que no parezca que finjo dormir.

—Vee, sal.

—Te alabamos, Señor Santísimo. Confiamos en Tu palabra, que nunca falla. Vivimos Tu promesa de purificarnos y librarnos de todo mal. Este niño necesita que lo libres del mal. Palabra de Dios. Amén.

Con esas palabras siento que se levanta de mi cama, sale y cierra la puerta tras de sí. Los oigo susurrando justo afuera de mi puerta.

—¿Y si despierta? Podría...

—Necesita que recemos por él constantemente. Ayer llegó muy tarde.

—Esto se está saliendo de control y...

—¡Shhh! No lo sabes. No puedo confiar en que el pastor haga todo. Nunca sabes, Eli. Nunca sabes. ¿Por qué no echas un vistazo a su cuaderno? Lees mejor que yo. Tal vez haya algo ahí que nos dé indicios de lo que trama.

Al oír esto me enderezo. «Un momento... ¿Dónde está?».

—Vee, no voy a leer sus escritos privados, no es correcto.

—Está cambiando. Ya no me obedece. No escucha.

Siento palpitaciones violentas en el corazón. Y entonces, lo recuerdo.

«¡Mierda! Sigue en el auto de Henry».

—Vee, nunca va a confiar en nosotros, en nadie, si seguimos así.

—De todos modos, ya es hora de levantarse; llévalo por donas. Contigo sí habla. Averigua qué trama, qué hace cuando no está aquí o en la escuela. Estoy cansada.

Puedo oír que ella va a su recámara y papá al baño. Tengo un remolino de pensamientos. Si lo hubiera dejado, ¿Henry me habría besado anoche? ¿Habrá encontrado mi cuaderno? Peor aún: ¿Lo habrá *leído*? ¿Qué le diré cuando lo vea hoy? Me digo que anoche hice lo correcto, pero no se siente así.

# Quince

Cuando mi padre y yo entramos al Dunkin', trato de enfocarme en él, pero es casi imposible. En mi mente sigue el rostro de Henry, muy cerca del mío, su aliento a helado de menta, la manera en que me mira; todo sigue dando vueltas y vueltas en mi cabeza. ¿Por qué lo detuve? Seguramente me odia.

Linda está cerca del extremo de la barra, sirviendo café a una mujer de traje sastre gris y cabello negro perfectamente peinado. Alza la mirada y nos ve. Mi don de ver y oír todo está especialmente potente hoy. Veo y oigo con perfecta claridad todo lo que pasa en este lugar y con esta gente, y todo es demasiado escandaloso.

—Pero si son mis dos guapos. Elias, Evan, ¿cómo están, chicos?

—Estamos bien, corazón. —Nos sentamos cerca de la puerta. Es raro escuchar a mi padre, incluso a mi madre, hablar inglés. Más raro aún es oír a mi padre decirle *corazón* a Linda.

—¿Van a querer lo de siempre? —pregunta ella.

Mi padre me mira y asiento.

—Espera —digo—, esta vez tomaré café.

—¿Qué tal anoche?

—Bien. —Dios, esto es de lo más raro—. ¿Papá?

—¿Qué?

—¿Me siguieron?

Él solo se ve las manos y respira.

—Sip.

—¿Por qué?

—Solo queríamos asegurarnos de que... —se detiene—, no lo sé.

—Papá...

—No volveremos a hacerlo. Lo prometo. —Luego, cambiando de tema y de tono de voz—: Tu tío dice que hiciste un amigo nuevo en el campamento. Un amigo cristiano.

—Gaige. Vino al pueblo a ver qué tal está la Universidad de la Biblia.

—Aquí tienen, chicos. Lo de siempre. —Linda coloca los cafés y las donas frente a nosotros—. Buen provecho. Avísenme si quieren algo más. —Nos guiña el ojo y se va.

—¿Puedo ir a cenar a casa de Henry hoy? Después de ayudarle a mamá con sus rizos.

—¿No tienes tarea?

—Puedo hacerla el fin de semana.

—Que no se te olvide lo del domingo. Es un día completo en la iglesia. Todos irán a casa después.

No pido permiso para ir a la fiesta de alberca de Ali. Una cosa a la vez.

De pronto se ve incómodo.

—Tenemos que hablar de la escuela griega. Las inscripciones son el sábado. También tenemos que hablar de la casa.

Empiezo a comerme la dona y le doy dos tragos a mi café.

—¿Qué sucede con la casa?

—Tal vez ya eres muy grande para la escuela griega y... —Se detiene para beber un poco de su café. No me mira cuando dice lo que sigue—. Tal vez tengamos que vender la casa.

—Ah. —Eso de que estoy demasiado grande para la escuela griega fue mentira. Probablemente no podamos pagar ni la casa ni mis estudios extra. Pero admitirlo lo desanima demasiado. No puedo decir que me decepcione no poder ir a la escuela, pero ¿la casa? ¿Nos vamos a mudar? Espera, ¿nos vamos a mudar lejos de Henry? ¿De mi escuela? Además, mi cuarto... el único lugar de toda la casa en el que me siento seguro. Sacude la cabeza mientras termina su café—. Puedo trabajar los fines de semana en el deli. Tal vez eso...

—Ya luego hablaremos eso de trabajar los fines de semana con tu madre. Hoy en la tarde irá a la casa un agente de bienes raíces de la iglesia. Estaré ahí a las tres. Ya no tengo el trabajo del restaurante... Me despidieron. Dijeron que no había muchos clientes. Ahora solo trabajo en la panadería. —Toma otro trago de su café. La cuestión con mi padre es que aunque pasen cosas malas nunca reacciona. Pero puedo ver que está furioso, fastidiado. Se le nota en todo el cuerpo—. La persona de bienes raíces habla tanto inglés como griego, así que no vas a tener que lidiar con el papeleo.

—Sí sabes que no soy un abogado inmobiliario, ¿verdad?

—Me estoy pasando de la raya, pero es que no puede ser.

Le da la primera mordida a la dona tipo buñuelo.

—Pero hablas bien inglés —dice con la boca llena—. No entiendo por qué no puedes explicarnos estos temas y llenar los papeles. Yo apenas entiendo y tu madre... tu madre tiene razón en algunas cosas. A veces holgazaneas.

«No te vuelvas ahora esa persona, papá. Necesito que estés por encima de esto».

—No holgazaneo.

—No me contestes así. —Baja la voz a un susurro furioso y mira alrededor para asegurarse de que nadie nos vea ni nos oiga—. Perdí mi trabajo. Probablemente perdamos la casa y solo te preocupas por ti.

Me quedo callado; la culpa se apodera de mí inmediatamente porque no pensé en cómo se sentiría él con todo esto. Quiero que me salve, pero apenas puede salvarse a sí mismo.

Su voz se suaviza, aunque con un dejo de amargura.

—No te preocupes. No tienes que traducir los documentos inmobiliarios. El agente lo hará. —Ambos nos quedamos en silencio viendo al frente por unos cuantos minutos—. Perdón por haberte seguido ayer. —Se oye sincero. Asiento—. Ella se preocupa.

—¿Y tú?

—No. ¿A qué hora es la cena en casa de Henry? Puedo llevarte si él te trae de regreso.

—Le preguntaré.

—¿Más café? —Linda siempre aparece justo cuando la necesitas.

—Sí, para los dos. —Papá apunta a nuestras tazas, casi vacías—. ¿Henry sigue saliendo con...?

—No, pero ayer una de las chicas que trabaja en Bugle's lo invitó a una fiesta de alberca el domingo y piensa ir.

—¿Y tú?

—Gaige también estaba en Bugle's. Mamá me pidió que lo invitara. Ella cree que es buena influencia.

Mi padre habla en voz baja.

—Está bien tener un... ya sabes. Estar con alguien que te cae bien. Deberías ir a la fiesta de la alberca. Si Gaige va, a tu madre no le molestará. Él viene de una buena familia cristiana.

—Es verdad. Es buen chico y todavía no nos conocemos muy bien. Además, yo no...

—Tal vez si se muda acá para ir a la universidad, podrían conocerse mejor.

Estoy tratando con todas mis fuerzas de no sonrojarme. ¿Él no tiene problema con esto? Me están llegando mensajes mixtos con demasiada fuerza y velocidad. Cada quien se termina su café y su dona, y silenciosamente nos dirigimos al auto.

—Será bueno tener un grupo.

—¿Cómo?

—Si acaso Gaige es alguien con quien puedes hablar. Además, tendrías a Jeremy y a Henry. Eso es bueno.

No sé a dónde va con todo esto, pero concuerdo.

—Sip.

—Eso mismo significa la gente de la iglesia para tu madre, ¿sabes?

—¿Y para ti?

Él niega con la cabeza.

—No sé. Nunca me he sentido así. ¿Quieres que te lleve a casa o directo a la escuela?

Quiero decir algo. Algo que de alguna forma consuele a mi padre.

—A la escuela —es lo único que digo al final—, puedo adelantar tarea en la biblioteca.

Salimos del estacionamiento del Dunkin' y empieza a manejar muy rápido.

—¿Estás enojado? —me pregunta.

—Estoy... frustrado, sí. Enojado. Es que, por favor, papá, ¿de veras crees que soy flojo? Le das la razón a mi madre y de la nada me dices que tienes que vender la casa. Me pides perdón por seguirme, pero... —Dejo de hablar y lo miro con atención. Su rostro está en blanco, como suele suceder cuando lo confrontas con un asunto incómodo, pero sus ojos para nada están en blanco—. Tienes razón en que solo me preocupo por mí. Tú también debes estar muy enojado... preocupado.

—No tengo una buena razón para haberte seguido ayer. Solo hago lo que creo que es correcto. Siempre. Trabajo duro. Me esfuerzo por pagar las deudas, por que vayas a la escuela y todo funcione. Y sin importar cuánto... o qué tan difícil sea... todo me sigue rebasando. Estamos expuestos. Más tú.

Toda la furia que yo sentía se vuelve tristeza. Por él y por cuán difícil debe ser equilibrar todo mientras intenta que funcione. Nos quedamos callados las siguientes cuadras, que de pronto se sienten como si fueran kilómetros enteros.

—El tío Tasos dice que Gaige es muy educado y bien parecido. ¿Practica algún deporte?

Así es como funcionamos, simplemente damos vuelta a la página. Sin transiciones.

—No, más bien le gustan los libros y la tecnología. Creo que quiere estudiar algo que tenga que ver con la ciencia.

—¿Te cae bien?

Ay. Por. Dios. Esto es demasiado extraño.

—Es amable. Nos llevamos bien. Y es... amable.

—¿Henry y los demás ya lo conocieron?

—Bugle's estaba lleno. Conoció a mucha gente.

—Mmm.

Siento calor y frío al mismo tiempo. Utilizo la técnica exclusiva de la familia Panos para desviar la conversación.

—¿Vas a buscar otro trabajo? ¿Sabes?, si termino trabajando los fines de semana...

—Sí. El dinero que ganes de tu trabajo debe ser para tu universidad. Lo vas a necesitar. No sé qué tanto pueda ayudarte.

—No espero que me ayudes.

Más silencio.

Saco mi celular del bolsillo.

—Que tengas buen día. Le diré a tu madre sobre la cena de hoy y la fiesta del sábado. Ve directo a casa saliendo de la escuela para que puedas ayudarla con su cabello.

—Sí, está bien. Gracias.


En cuanto entro a la escuela, corro hacia el atrio. Un basurero de plástico, grande y redondo, mantiene la puerta abierta. Necesito aclarar mis pensamientos. Lo mejor de llegar temprano a la escuela es que no hay nadie.

Me siento en la banca más lejana a la puerta y le envío un mensaje a Henry.

EVAN:

¡Hola! Creo que dejé mi cuaderno en tu auto. Bajo el asiento. ¿Lo traes? Estoy en el atrio.

«Por favor, por favor, no lo leas. Por favor, Henry, te lo pido». Una parte de mí también quiere escribirle: «Oye, así que... ¿cómo te sientes sobre lo de anoche? Porque desde este lado no puedo dejar de pensar en eso. De pensar en ti».

Hoy se siente como uno de esos días en que es difícil estar en la escuela. El tipo de día en que fingir es más difícil que de costumbre. Creo que si les preguntaran a otros chicos qué piensan de mí, habría dos extremos. Un grupo se preguntaría si me conoce. O sea, literalmente se preguntaría si en verdad existo, si soy de carne y hueso y si asisto a la escuela o si más bien solo soy un chico que la persona que pregunta ha inventado como parte de un experimento social. Otro grupo diría que soy un chico tímido, raro, extremadamente reservado.

Respiro profundo para mandar el siguiente mensaje.

EVAN:

Hola, Gaige. Soy Evan. Tendré info de la fiesta hoy más tarde. Te mando mensaje. Espero que estés disfrutando Chicago. Perdón por lo de ayer.

Me recargo hacia atrás. Pienso en el peor escenario:

Henry lee mi diario.

Se entera de mi beso con Gaige.

Descubre lo del maltrato.

Se entera del grado de locura religiosa.

Decide que es demasiado.

Me expone (¿es posible?).

Henry se esfuma.

Los mundos colisionan por completo.

Mi teléfono suena. Gaige.

GAIGE:

Genial. Manda info. Hablemos.

Sigo recargado en la banca pensando en Henry. En el monasterio. Otra vez en Henry. En lo que casi pasa. En lo que sí pasó.

Si nos besáramos, ¿sería diferente a Gaige? Detesto pensar en esto, pero Gaige fue casi una prueba. ¿Por qué no lo vi antes? «¡Porque aún no habías besado a Henry!». Era una prueba para saber si... «¿Acaso...? ¿Lo soy?».

Mi teléfono suena.

HENRY:

Tengo tu cuaderno. Voy.

Por Dios. Un emoticón. Nunca los manda. Nunca. ¿Qué le digo cuando lo vea? «¿Qué tal? Oye, ¿de casualidad leíste mi diario?». ¿Y luego qué? ¿Qué me va a decir si lo leyó? ¿Qué va a decir de todo lo que hay ahí? Me pregunto si piensa acerca de anoche tanto como yo. Tal vez lo curé de espanto y ya nunca más va a intentar besarme. Estoy al borde del colapso.

—¡Ev!

Henry entra con su sonrisa y esos hoyuelos acentuados. Hoy no. Hoy no. «Basta, Henry».

Le sonrío.

—Hola. —Se para frente a mí, jadeando un poco—. ¿Corriste hasta acá?

—Sip. Estaba hasta el otro lado del edificio. Ten. —Me extiende el cuaderno. Estamos tan cerca uno del otro que al estirarse casi me pega en el pecho.

Tomo el cuaderno y lo meto en mi mochila.

—Muchas gracias. Ayer estaba tan cansado que no me acordé...

—Y, entonces...

Antes de que pueda agregar algo más, digo de prisa:

—Me dieron permiso para cenar hoy. —Trato de leer su rostro para ver si hay algún indicio de que ahora sabe más que lo que sabía anoche.

—Genial. Le diré a mamá.

«Nada». Creo. No sé bien. Tengo las señales cruzadas. No pudo haberlo leído. No es tan bueno para mentir.

—¿Quieres que pase por ti?

—Mi papá me va a llevar. ¿Podrías regresarme a casa?

—Claro. Y, tal vez, deberíamos hablar acerca de lo que pasó...

Ahí está.

—Definitivamente. Sí, claro. *Muy* importante. —No tenía la intención de que sonara tan fingido—. Estoy de acuerdo. Deberíamos. Hablar.

Él pone cara de desánimo. ¿Fue mi culpa?

—Tengo que ir a mi clase. Nos vemos.

Y con eso, se va y yo me quedo como esos globos de feria que, sin importar cuán hermosos y brillantes se vean mientras están ahí, cuando llegas a casa se ven completamente desinflados.

# Dieciséis

—¿Esto parece algo?

—¿Debería? —Me inclino hacia el caballete de Jeremy y entrecierro los ojos al ver el lienzo.

—No sé, Panos.

—Jeremy, solo pinta lo que sientes. No se trata de que parezca algo.

—Ash. Siento que tú deberías hacer esto por mí.

—Jeremy, Evan, ¿cómo van? —Es posible que el profesor Quiñones, nuestro maestro de Arte, esté o no al tanto de que yo hago muchos (casi todos) de los proyectos de Arte de Jeremy.

—Trato de averiguar la mejor manera de hacer un collage, profe Q.

Claro que Jeremy no ayuda. Suena culpable. El profesor Quiñones se acerca a nuestra mesa.

—Está tomando forma. Esto no es un examen, Jeremy. Los collages son una de las formas más libres de autoexpresión. No te sientas limitado. Puedes mezclar materiales. —Entonces ve el mío, que quizá sea demasiado *collageoso*—. Como puedes ver, el joven Panos no tiene ningún miedo de mezclar elementos. Es decidido y audaz al escoger sus materiales. —Camina hacia el resto del grupo y regresa a su escritorio—. Terminemos antes de que finalice la clase y déjenlos en su lugar. Nada de trabajar sus proyectos en casa durante el fin de semana.

—Tal vez el joven Panos debería ser más decidido y audaz para otras cosas. —Tommy voltea hacia donde estoy y lleva la mano izquierda hasta su boca, simulando sexo oral.

—¡Goliski! —El profesor Quiñones le hace a Tommy un gesto autoritario para que vaya a su escritorio—. Te acabas de ganar nuevas actividades extracurriculares.

Tommy pone los ojos en blanco y se dirige al escritorio.

—Creo que lo sabe, Panos —dice Jeremy.

Siento unas cuantas gotas de sudor en el labio superior.

—Dios mío —susurro.

—Creo que sabe que haces mi trabajo.

—¿Qué?

—Panos, te dije que le bajaras a la calidad. Mis trabajos te quedan demasiado bien. Tienes que seguir la regla de oro: siempre, siempre que hagas mi trabajo, que sea para una calificación media.

—Baja la voz.

—¿Vas a ir a la fiesta de Ali mañana o tienes escuela griega?

Ahora soy yo quien pone los ojos en blanco.

—Al parecer, ya no iré a la escuela griega.

—¡Mierda! ¿Desde cuándo?

—Ludecker, ¿todo bien?

—Perdón, profe Q, Panos me acaba de dar una superidea para el collage. Estoy emocionado.

—Bajemos el volumen al conversar. Los demás están tratando de concentrarse.

Volteo a ver a Tommy, que me enseña el dedo medio. Jeremy se acerca a mí.

—Esto es histórico, toda una nueva era —susurra. En todo el tiempo que Jeremy y yo llevamos de ser amigos, he ido a la escuela griega los sábados. Entre eso y ayudar a mi madre a limpiar la casa, era casi imposible que nos viéramos los fines de semana.

—Creo que voy a pedir tiempo extra en el deli. Tengo que ahorrar para la universidad y para un auto.

—Aun así, no tenemos tarea extra. Podemos aprovechar el tiempo para dar un paseíto y así. ¿Cómo es que pasó todo esto?

—Mi papá ahora solo tiene un trabajo y…

—El típico recorte de personal. Ya lo he visto. El año pasado mis padres nos amenazaron a mi hermana y a mí por tener que compartir celular; ambos estaban preocupados con que los despidieran. ¿Te imaginas? ¿Compartir teléfono? Me jodieron la vida con eso, pero a ti en lugar de joderte te hicieron un favor.

Ay, ¿en serio? Jeremy es el típico narcisista y estoy demasiado cansado para lidiar con él ahora.

—Así que creo que iré a la fiesta de Ali. —Es lo único que le digo.

—Creo que yo también. Aprovechando que todavía hay buen clima. ¿El chico de tu campamento también irá?

—Sip. Tess también, ¿cierto?

—¿A quién le importa? Oíste lo que dijo en Bugle's. Todos la oyeron. —Baja aún más la voz—. Fue una estúpida pérdida de tiempo.

—Tal vez debas intentar con alguien menos sabelotodo y más…

111

—Yo debería tener opciones. Estoy en mi mejor momento. —Se recarga en la silla y examina cuidadosamente su proyecto artístico, luego el mío—. Tú entiendes esto, no sé cómo, pero así es.

El profesor Quiñones toma la palabra.

—Bien, empiecen a recoger. No olviden la meta para este fin de semana. Traigan algo de su vida, algo que no tenga que ver con la escuela, para agregarlo al collage. —Nos mira a Jeremy y a mí y hace un gesto para que yo vaya con él. Le da un papel a Tommy y lo despacha, quizá a la Dirección. Tommy me dirige una mirada pervertida.

—Ni se te ocurra admitir algo —suelta Jeremy.

—Qué bien. Gracias. —Todos salen mientras yo guardo mis cosas y voy con el profesor.

—Evan, hay un proyecto en el que me gustaría que participaras.

—Okey.

—Soy parte del consejo de una galería en Chicago que está organizando una práctica educativa. Admitimos a tres alumnos cada año. Incluso esto te puede ayudar a conseguir algunos trabajos pagados, pero sobre todo es una buena forma de que te vayan conociendo en el mundo del arte y se abran algunas oportunidades. Además, se verá bien en tu currículum cuando solicites entrar a la universidad. Vas a hacer examen para el Instituto de Arte, ¿cierto? —Me quedo ahí parado sin poder creer que tenga esta conversación—. ¿Te interesa?

—Eh, ¿sí?

Él suelta una risa.

—Es una buena oportunidad. Van a querer ver muestras de tu trabajo y tendrás que llenar algunos papeles.

—¿Qué es lo que…?

—¿Podrías darme algunos de tus esbozos, algo que no haya visto en clase, para el lunes? Algo que ya tengas. No tienes que preparar nada nuevo.

—No he terminado. O sea, tengo algunas cosas, pero... todo es muy...

—Está bien. Reúne lo que puedas. Estamos acostumbrados a ver artistas en diferentes etapas de su trabajo. No se trata tanto de que estén terminados, sino del proceso y la técnica. —Dijo que soy un *artista*. Ni siquiera yo me digo así.

Trato de pensar en lo que tengo. En lo que no me importaría que alguien más viera, mucho menos todo un grupo de personas.

—Déjeme ver qué puedo reunir. —Hago una pausa—. Gracias.

—Eres muy talentoso. Esto puede servirte mucho. No solo como práctica educativa, sino para tu vida. Quizá te dediques al arte.

Ahora creo que lo dice en broma. Una broma cruel.

—Gracias.

—Estoy emocionado por ti.

Regreso a mi escritorio, tomo mi mochila y salgo del salón. Por un instante no sé a dónde tengo que ir. Mi cerebro está en blanco.

—¿Y? ¿Te regañó?

Doy un brinco de casi un metro.

—Jesús, Jeremy. ¿Me estabas esperando?

—¿Qué pasó? Me cuentas en lo que almorzamos. ¿Tengo que renunciar a mi sueño de ser un gran artista?

Hora del almuerzo. Cierto.

—Quiere que me inscriba a una práctica en una galería de arte en la ciudad. Ni siquiera habló de ti.

En eso, llega Henry y se une a nosotros. Recorro su rostro para detectar indicios de... Ya ni sé de qué. Quiero saber qué piensa de lo de anoche.

—Panos aquí presente va a hacer quién sabe qué mierdas elegantemente artísticas. En una galería. En Chicago. El profe Q está más que entusiasmado. Él es gay, ¿verdad?

—¿Por ser maestro de Arte? —Henry contesta retadoramente.

—Pues, sí, y porque no está casado y ya tiene... ¿qué?, ¿treinta y algo?

—No creo que llegue a treinta. Creo que sigue en sus veintes —comento, como si fuera prueba de algo.

—Solo digo que los hechos encajan. Ya tiene sus años, no está casado, tampoco tiene novia, que yo sepa. Es maestro de Arte. Se viste bien y su cabello siempre, siempre está listo para que le tomen una foto.

—Eres un idiota, ¿sabes? —De repente ya no quiero estar con Jeremy. No quiero oír nada más sobre el profesor de Arte—. Tengo hambre y hoy hay tacos, así que... —Acelero el paso y entro al comedor, tomo la charola, la comida y la bebida tan rápido como puedo; tanto que los pierdo entre la gente. Encuentro un lugar apartado, en un rincón.

Me digo que debo calmarme. «Jeremy es un idiota. Enojarte con él es como enojarte con un bebé. Ya déjalo ir».

A pesar de todo, Henry me encuentra.

—¿En serio tienes tanta hambre? —Se sienta frente a mí—. Hay un pequeño cambio de planes. Mis padres tienen su cita semanal. Lo olvidé. Ellos también. De hecho, se irán el fin de semana. Lo habían planeado desde hace meses. Compraron boletos para un espectáculo en la ciudad y se van a quedar allá el fin.

—Ah. ¿Entonces no cenamos?

—Sí. Hay pastel de carne y todo. Mi madre va a cocinar y probablemente estén en casa cuando llegues. Pero solo cenaremos tú y yo. Claire sigue en la escuela.

—Está bien. —No sé bien cómo debería sentirme por esto. En verdad me gustaría que Claire estuviera ahí. Me cae bien. Además, sería un buen amortiguador.

—Los tacos se ven del asco. Panos, no sé cómo los tragas. —Jeremy azota la charola en la mesa. Levanto los hombros, aun sin estar listo para dejarlo ir—. Entonces, Kimball, al parecer Ali quiere contigo. Pude percibir cómo te coqueteaba desde donde me senté en Bugle's.

—¿Tú crees? —dice Henry con la boca llena de frijoles—. Ev, tú estabas ahí, en plena acción, en el epicentro, de hecho. ¿Qué piensas?

Me meto casi el taco entero y asiento.

—Hmmm.

—La ardilla griega y esquiva aquí presente está de acuerdo. Esta fiesta de alberca es una buena oportunidad para ti, Kimball. Un nuevo ligue. Una chica para pasar el rato en este nuevo año escolar. Te ayudará a olvidar a Amanda.

—Eso ya pasó.

—¿Qué? —A veces Jeremy no es de lo más ágil.

—Que ya olvidé a Amanda.

—Con más razón esto se va a poner bueno. Panos y yo iremos solos. —Sonrío de manera extraña, aunque no debería, porque tengo la boca llena con la carne del taco. Jeremy me ve y pone los ojos en blanco—. Y esta es una de las razones por la que está soltero. Ah, pero, oigan, supongo que Panos tendrá a alguien ahí. Olvidé a su nuevo mejor-amigo-del-mundo-mundial, Cage.

Me trago el bocado con fuerza.

—Gaige.

—Eso dije.

—Entonces, ¿va a ir? —pregunta Henry con aparente desinterés.

—¿Quién?

—Gaige.

—Creo que sí.

El volumen de la voz de Henry es un poco más alto de lo normal.

—Genial.

Siento que mi teléfono empieza a vibrar. «Probablemente ese sea el mismísimo Gaige».

—Los veo al rato. —Tomo la charola con una mano y con la otra saco el celular. Espero unos cuantos pasos lejos de ellos para revisarlo.

Es mi madre.

# Diecisiete

Hay un auto desconocido en nuestra entrada. Entro a la casa aterrado.

—Evan, llegas justo a tiempo. Ven, cariño, saluda a Tina. —Ella siempre es encantadora cuando fingimos ser el modelo de la familia griega ideal.

Subo las escaleras tan lento como puedo, un... paso... a... la... vez. Ella se acerca a mí al final de las escaleras.

—Traté de llamarte. La de bienes raíces ya llegó. Compórtate —me dice medio susurrando, medio moviendo la boca. Luego me fulmina con la mirada. Mi padre está sentado en el sofá de la sala; hay charolas con comida en la mesa de centro. Tina, que seguramente es la agente de bienes raíces, se sienta frente a mis padres, en el sillón individual. Suelto mi mochila y le sonrío, porque yo también puedo fingir.

—Ven, amor. —Mi madre se sienta junto a mi padre y le da unas palmadas al asiento del sofá junto a ella.

Tina voltea a verme. Sonríe. Es demasiado rubia. El mismo tipo de color que muchas mujeres de cabello oscuro de mi familia tienen. Es casi blanco en algunas partes; en otras, rojizo amarillento. El maquillaje de sus ojos se ve cargadísimo, demasiadas pestañas y labios brillosos. Sé que este no es el estilo que mi madre aprueba, pero la recibe con bombos y platillos y hace que todo parezca muy *lindo*. Le sonrío a mi padre y me siento junto a mi madre. Muy tarde, me doy cuenta de dónde dejé la mochila. En medio de la sala. La mochila que debí llevar a mi cuarto.

—Evan, cariño, no olvides quitar tus cosas. —Cuando Tina se voltea para ver mi mochila en el piso, mi madre me entierra las uñas en el brazo izquierdo con más y más fuerza. Me quedo ahí sentado. En silencio. Ya sé cómo funciona esto. «No te inmutes. No te muevas. No digas nada». Tina regresa la mirada hacia nosotros y mi madre deja de encajarme las uñas. Parece como si me estuviera acariciando.

—Voula, deberías ver mi casa. Da vergüenza. No logro que mis hijos acomoden sus cosas —ríe—. Ya me di por vencida. ¿Qué puedes hacer, cierto? —Sacude la cabeza de una forma en la que te das cuenta de que ama a sus hijos, a pesar del reguero que dejan.

—Tienes razón, Tina. Es solo una casa. —Su voz fingida es muy obvia para mí, aunque nadie más lo note.

—Tus padres tienen una casa encantadora —me dice—. Tu recámara es hermosa. Me dijo tu mamá que tú mismo la decoraste.

—Hace cosas artísticas —dice mi madre, riendo y viéndome con cara *amorosa*.

—Bueno, ya estamos por terminar esto. Voula, Eli, ¿tienen más preguntas?

—Podemos comentarlo entre nosotros y hablarlo contigo cuando volvamos a vernos en una semana, ¿verdad, Voula y Evan? —Papá nos ve; yo tengo muchas preguntas, que no hago porque no tengo nada que ver aquí.

—Gracias al Señor estás aquí para ayudarnos, Tina. —Mi madre se levanta para abrazarla—. Por favor, llévate lo que quedó de *spanakopita* y las galletas. —Se va a la cocina.

—Ay, Voula, ¡cómo crees! Están deliciosas, pero Evan acaba de llegar de la escuela. Seguramente muere de hambre.

—En serio, llévatelas. Las hice para tu familia. Tienes que llevarles a tu esposo y a tus hermosos hijos. Evan tiene qué comer. —Entra a la sala con varios contenedores de plástico y una bolsa—. Mira, aquí puedo meter la comida, no te arruines las uñas, las tienes muy bonitas para que te las raspes con las tareas de la cocina.

—Tu madre es muy buena cocinera. ¿Cómo es que no estás gordo? —Tina me señala moviendo el brazo, su mano huele a rosas. No a rosas verdaderas, sino al olor de los perfumes de farmacia. Huele rico. Luego su mano sube hacia el curita que tengo en la frente, como si fuera a tocarlo y me hago para atrás—. ¿Qué te pasó?

—Jugando tenis. También anda en bicicleta. —Mi madre le extiende a Tina la bolsa con la comida empacada—. Es un niño torpe. Pero está bien. —Se acerca a donde estoy yo y me baja la manga del brazo derecho para emparejarla con la manga del izquierdo. Mangas largas. Siempre de mangas largas—. Eli, ayuda a Tina a llevar las cosas a su coche. —Mi sumiso padre obedece como siempre.

—Gracias de nuevo, Voula. Mucho gusto, Evan.

—Igualmente. —Recojo mi mochila y voy hacia mi cuarto.

—¡Evan! —En cuanto ellos salen, mi madre susurra con un volumen un poco alto.

—Ya voy.

La encuentro limpiando la cocina.

—Sabes que no debes dejar tus cosas por todos lados. ¿Qué te pareció ella? Ayúdame a limpiar antes de que empieces con mi cabello.

—Se ve buena persona.

—Es una zorra. ¿Viste cuánto maquillaje usa? ¿Cómo trae pintado el cabello con tinte barato? Pásame ese vaso, le dejó labial pintado por todos lados; lo tengo que tallar bien.

—¿Va a nuestra iglesia? Nunca la he…

—El pastor nos comentó sobre ella. Su familia asiste los domingos en la noche. Son demasiado flojos para estar con el Señor en la mañana. Al menos es griega. Mitad griega, pero entiende el idioma.

—Mi padre entra y empieza a subir las escaleras.

—Estamos acá, Eli. ¿Qué te dijo?

—No cree que haya problema. —Se estira hacia el horno, donde queda un poco de *spanakopita*; mi madre le suelta un manotazo—. Pero tengo hambre. Le diste toda la comida.

—Esto es para la cena. Voy a acompañarlo con ensalada.

—Está bien. —Se voltea hacia mí—. ¿A qué hora quieres que te lleve a casa de Henry?

—Podemos salir como a las cinco y media.

—¿Vas a ir? ¿Otra vez vas a salir?

—Mamá, es solo comida con la familia —miento—. Nada especial. Puedo ayudarte con…

—No son cristianos.

—Van a la iglesia.

—No a la correcta, lo sabes. He tratado por años de hablarles de la palabra del Señor. La madre y la hija usan pantalones y dejan que el niño lleve el cabello largo. ¡Como un *pousti*! ¿Te gusta llevarte con *poustis*?

—¡Voula!

—El niño ese, Gaige, viene de una familia más apropiada. ¿Por qué no pasas más tiempo con él? De la manera adecuada. —Me fulmina con la mirada—. Evitas el bien y siempre andas buscando el mal. —Escupe tres veces hacia donde estoy—. Ojalá nunca hubieras nacido.

Esto es algo típico. Lo he oído tantas veces que es como si me dijera: «Buenos días». Ya no tiene el impacto que solía tener. «Yo también habría querido no haber nacido. Al menos no haber nacido para vivir esto».

—¡Ya basta, Voula! ¿Qué te he dicho?

—¿Qué? ¿No tengo derecho a molestarme? Estamos vendiendo la casa y... —Empieza a llorar—. Voy a darme un baño rápido. Te aviso cuando esté lista para que me ayudes. —Se va limpiándose los ojos.

—¿Sabes?, es solo que está... alterada. Esto de vender la casa es difícil.

—Está bien, papá.

—La cuestión es que... No, no está bien.

Abro los ojos de par en par.

—¿Qué?

—Tiene que parar. Ya le dije. Tiene que dejar de hacerlo.

—¿Le dijiste? —Puedo sentir cómo contengo el aliento.

—Ya no más. ¿Verdad? No más. Tienes que decirme si...

—¿Qué dijo ella?

—¿Te gusta Gaige? —Entrecierra los ojos.

—¿Papá?

—Tienes que tener cuidado con lo que dices y escribes.

—Ah. —¿Y qué es lo que él sabe?

—Quiere que lea tu diario. No voy a hacerlo. Quiero que lo sepas. —Me asombra que esté hablando así. De hecho, que esté hablando. Continúa—: Hace mucho tiempo prometí protegerla y asegurarme de que ya no sufriera. Debí haberte prometido lo mismo.

—Papá.

—Evan. —Se acerca y me susurra—: Me está costando lidiar con todo. No debería ser así. Tú no tendrías que... —Se aleja—. Estaré en el patio. Avísame cuando estés listo para salir.

«Respira».

Oigo desde el baño:

—¿Estás listo?

—Dame unos minutos.

Tomo los tubos para rizar del clóset del pasillo y me dirijo al baño. Ella está sentada en la tina, de espaldas a mí, frente al azulejo. Miro su nuca mientras ella se quita la gorra de baño. Su cabello es grueso y brillante. Quiero quererla. Quiero que ella me quiera, pero odia quién soy. Lo que soy.

—Apresúrate. Me está dando frío. No hagas las cosas como una niñita floja.

—¿Quieres que te ponga una toalla sobre los hombros?

—¿No crees que me la habría puesto yo si así lo quisiera? Conecta los tubos.

—Ya los conecté. —Me siento en el borde de la tina y empiezo a peinar el cabello que cae por su espalda. Solía fantasear con que la estrangulaba. Una verdadera salvajada. Aún hoy, pensarlo me hace temblar un poco. ¿Cómo es que un pensamiento así puede vivir dentro de mí? En lugar de eso, heme aquí, peinándola.

—¿Qué tal la escuela hoy?

Procedo con precaución.

—Bien. —Me espero. Cuando veo que no responde nada, continúo—: El profesor Quiñones, el de Arte, quiere ver más dibujos míos.

Mi arte es un detonador para ella. Sé que lo es y, sin embargo, le hablo de ello. Tal vez quiero provocarla. Me espero.

—¿Por qué? —es lo único que dice.

—Cree que tal vez una galería de Chicago esté interesada en contratarme como aprendiz.

—Ajá.

—Cree que tengo talento. Podría servirme para conseguir un trabajo. —Sigo pasando el peine por su cabello.

—Es verdad. Un talento que Dios te dio. —Su voz es suave y precisa.

Mis manos tiemblan un poco.

—Sí.

—Tanto tu padre como yo estamos orgullosos del talento con el que Dios te ha bendecido. En serio. Ambos te cuidamos. Yo te cuido. Tal vez no me creas, pero lo único que quiero es lo mejor para ti.

«Lo único que quieres es lo mejor para ti».

Mece la cabeza hacia atrás y hacia delante para recordarme que tengo que peinar todo su cabello, no solo una parte. Durante un rato, ninguno habla.

—Creo que puedo lograr algo con mi arte —digo al fin—. Hacer una carrera.

—¿Estás seguro de que Dios quiere que uses lo que Él te dio de esta forma? ¿Una forma que deshonra a tu familia?

—¿Cómo puede deshonrar a mi familia? —Me arriesgo a insistir. Mi corazón se acelera—. ¿Podrías al menos hablar con mi papá?

Se quita, voltea y frunce el ceño.

—No le dirás nada a tu padre. Lo convenciste con engaños de que te diera permiso de ir a cenar hoy a esa casa y de ir a la fiesta de mañana.

—No lo enga... —De inmediato, se levanta y sus manos están en mi cabeza. Me agarra del cabello y estrella mi cabeza contra el azulejo con todas sus fuerzas. La aleja y vuelve a estrellarla. «Dios, ¿esta es una prueba?». Me suelta y caigo al suelo.

Me quedo tirado, sosteniendo un lado de mi cabeza.

Ella, de pie junto a mí, me mira mientras se acomoda la toalla. Se agacha hasta que su rostro está casi junto al mío. Me acaricia la mejilla con ternura, se agacha y me besa la frente. Mientras sigue apretando los labios en mi frente me dice, casi como rezando, en un murmullo:

—Dios te ha bendecido con tanto. Estoy aquí para proteger todas esas bendiciones. Te quiero. Muchísimo. Voy a rezar con respecto a tu arte para ver qué quiere Dios que hagamos. —En el mismo volumen bajo continúa—: No le dirás nada a tu padre ni a nadie más. Usa el baño de abajo para limpiarte. —Aleja sus labios de mi piel y me ve directamente a los ojos—: Te caíste de tu bicicleta.


En el baño de visitas me miro al espejo. En estos momentos es cuando me sirve tener este tipo de cabello. Este cabello ridículo que, aun corto, puede camuflar la peor de las marcas. Con la punta de los dedos toco por debajo de mi cabello, en donde me di contra el azulejo. Chichones. Me veo los dedos: un poco de sangre, pero nada con lo que no pueda lidiar. He soportado cosas peores. Y sé cómo adormecer el dolor. Abro el botiquín, saco las aspirinas y me meto dos a la boca, abro la llave y me agacho. Tomo un gran trago de agua. Meto la cabeza debajo del chorro de agua fría y muevo la cabeza de un lado al otro. Se siente bien. Todo se escurre por el desagüe, tal como lo que acaba de suceder.

—¿Evan? ¿Estás abajo?

—Solo me estoy lavando, papá.

—Estaré en la cocina.

Quiere que le diga. Quiere algo diferente. Pero en este momento temo lo que algo diferente puede significar. Me seco el rostro y el cabello con una toalla. Me acomodo el pelo con las manos, por aquí y por allá, tratando de verme presentable. Doy un paso hacia atrás y me veo al espejo.

Trato de verme como si nada.

Sonrío.

Demasiados dientes.

Sonrío mostrando pocos dientes.

Practico cómo verme normal.

Corro a mi cuarto tan rápido como puedo y cierro la puerta tras de mí. Me quito la camiseta y abro mi clóset. ¿Qué puedes ponerte que refleje que «todo está bien»? Mientras paso los ganchos por aquí y por allá, me doy cuenta de que tengo un uniforme: casi toda mi ropa es oscura, camisetas de manga larga y jeans oscuros. No hay colores. Todo es negro o azul marino. Tomo una camisa azul marino y me la pongo. Veo mi reflejo en el espejo de cuerpo completo que está en una de las puertas del clóset. Probablemente deba cambiar la curita de mi frente. Me la quito. La herida se ve mucho mejor. Tal vez sin curita. Tomo mi mochila, luego me detengo. Abro el cajón que tiene todos mis libros. Entre las hojas tengo algunas sueltas con docenas de mis dibujos, de todo tipo, que alguna vez formaron parte de diferentes cuadernos. Las arranqué y las guardé ahí. Las hojeo rápidamente. ¿Podría darle algunos de estos al profe Q?

Me gusta cómo huele el auto de papá cuando las ventanas están abiertas; una mezcla de aceite de motor y piel. No huele tanto a cigarro cuando el viento sopla hacia adentro.

—Gracias por peinar a tu madre. Significa mucho para ella.

Asiento, pero no digo nada.

—¿De qué hablaron?

Mi mirada sigue viendo al frente.

—Casi todo lo que hablamos fue de la casa.

—¿Necesitas dinero para algo?

—No, solo vamos a cenar en su casa. No planeamos salir ni nada parecido.

—Deberíamos llevar algo. Deberías llevar algo, ¿cierto? Casi siempre tu mamá generalmente hornea algo, pero hoy estuvo ocupada. —«Ocupada en hacer cosas horribles»—. Haremos una escala en Geffy's para comprar un postre. —Se orilla hacia el estacionamiento de la tienda de abarrotes—. Voy contigo. Tengo que comprar mantequilla. Tú puedes escoger lo que te parezca adecuado.

Lo sabe. Sabe que pasó algo en el baño. Trata de compensarlo. Probablemente me daría su auto si se lo pidiera.

—Tú escoge algo, yo me quedo aquí. El pay de queso siempre es una buena elección.

—¿Seguro?

—Sí. Si no hay pay de queso, entonces un pastel. A todos les gusta el pastel. Gracias, papá. —Mi corazón está completamente roto, pero sé que él está tratando de compensarlo a su muy jodida manera de hacerlo. Veo cómo este hombre alto, fornido, bien parecido, que no ha tenido agallas durante tanto tiempo, se aleja por el estacionamiento.

«No quiero ser como él. La mayor parte del tiempo está anestesiado. Yo quiero sentir».

Bajo el visor del lado del copiloto y me veo al espejo. Estoy practicando aparentar ser *normal*. Le sonrío al espejo. ¿Qué le diré a Henry? El problema son mis ojos; por lo general me delatan. Estoy perdiendo la habilidad para separar los distintos aspectos de mi vida. Saco el teléfono de mi mochila y empiezo a escribirle a Gaige.

EVAN:

Solo para saber: ¿sí quieres ir mañana?

Ojalá que se presente algo. Lo último que necesito es que se empiecen a mezclar todas estas áreas de mi vida. ¿Qué más daría invitar a toda mi familia a la fiesta de mañana? Carajo, invitemos al pastor y a la gente de la iglesia también. Vuelvo a verme en el espejo. Sonrío. Ampliamente. Trato de sonreír con los ojos, pero mis cejas hacen ese gesto extraño cuando lo intento. ¿Mi madre tiene razón? ¿Soy tan feo? Mi teléfono empieza a sonar. Es Gaige. Por alguna razón, contesto.

—Hola.

—Me encanta la idea de la fiesta de mañana. ¿Hay probabilidades de hacer algo hoy?

—Genial. Hoy… eh… no puedo. Tengo otra cosa.

—¡Mierda! ¿Qué tan tarde? Podría pasar por ti después, para… tal vez… ya sabes…

—No puedo. Cosas de la iglesia y de mis padres. —Con los años he aprendido que si quiero zafarme de algo lo único que tengo que mencionar es la palabra *iglesia*. Es una garantía: te vuelve de inmediato la persona menos deseable, incluso para otros chicos que van a la iglesia.

—Qué horror. Qué aguafiestas. Odio tener que esperar en la fila para…

¿Qué? ¿En qué momento un beso se volvió... esto? Miro por la ventana.

—Ya viene mi papá. Te veo mañana, ¿sí? —Termino la llamada y le sonrío a mi padre.

Abre la puerta y se mete.

—Ten. —Me da una bolsa—. Compré un pay de queso y un pastel. Algo para cada quien. También hay mantequilla ahí dentro. Sácala y ponla en el asiento de atrás. No quiero que se me olvide.

—Gracias.

¿Dos postres? «Lo sabe».

—Súbelo.

—¿Eh?

—Tu visor. Lo bajaste. ¿Te acomodaste el cabello?

—Está muy corto y...

—Se te ve bien. ¿Hablabas con Henry por el celular?

Trato de que la situación pase desapercibida.

—Gaige. —¿Cómo es que de pronto él está al pendiente de todo?

Salimos del estacionamiento de Geffy's y nos incorporamos a la avenida.

—El cabello se te ve bien. Él hizo un buen trabajo. Nada de qué preocuparte.

# Dieciocho

—¿Henry? —llama la señora Kimball desde la cocina, mientras el señor Kimball va pasando, bolsas en mano, para llenar la cajuela—. Ya llegó Evan.

—Ahora bajo.

La señora Kimball voltea, me ve y ve la bolsa que traigo.

—¿Y eso?

—El postre.

—No debiste molestarte. Tenemos brownies —dice ella, mientras le doy la bolsa.

—Con hacernos de cenar es suficiente, no debió…

—Ella no los hizo; fui yo —dice el padre de Henry desde el garage. Oigo que cierra la cajuela y entra—. Son de cajita, pero quedaron buenos.

Henry baja las escaleras corriendo.

—Evan trajo comida, al parecer —le dice su padre.

—Pastel y pay de queso —dice la madre y le da un abrazo a Henry, luego se les une el papá y acaban en un abrazo de oso. Antes de que yo pueda zafarme, ella se acerca y me rodea con sus brazos—. Disfruten el pastel de carne.

—Muchas gracias. Es mi favorito.

—Lo sé. No pudieron estar juntos este verano. —Ella me mira fijamente. Muy fijamente. Y de repente siento como si los chichones en mi cabeza crecieran. Tal vez se me escurre un poco de sangre de nuevo y ella lo nota.

—No hagamos esta despedida tan larga —dice Henry con suavidad.

Los señores Kimball se despiden agitando las manos efusivos. Henry cierra la puerta y empieza a subir las escaleras. A la mitad del camino, se detiene, baja y va directo a la cocina. Yo estoy recargado en la barra. Él se queda en la esquina de la mesa de trabajo, exhala y permanece en silencio.

—¿Qué?

—Estoy nervioso.

—Yo también. —Mi teléfono empieza a vibrar. Está en la barra. Antes de que pueda tomarlo, Henry lo hace.

Lee el texto en voz alta.

GAIGE:
Fue en serio lo que te dije. ¡Puedo pasar por ti!

«Mierda».

—Es solo… esto de mañana. Tú vas a ir y… —No tengo idea de qué decirle.

—¿Es Gaige?

—Estaba averiguando si pensaba ir para ver si tenía la dirección.

—Parece que sí va. ¿Va a pasar por ti? —Se sienta en un banco y se inclina hacia mí. Yo sigo inmóvil en la barra, cerca del fregadero.

—Él se ofreció. Le dije que me iba a ir en bici.

—Cuéntame de él.

—Nada. En serio. Es de California.

—¿Qué parte de California?

—No estoy del todo seguro, creo que del norte. —Es de Sacramento. Por alguna razón no quiero que sepa que yo lo sé.

—¿Por qué dice que te extraña? ¿Qué hay con él, Evan?

—¿Qué? No me escribió eso. No sé. Nos conocimos en el campamento y ahora él está aquí visitando escuelas. Ya te lo había dicho. Eso es todo.

¿Acaso está celoso? ¿Me gusta la idea de que lo esté? Henry se queda viendo la tabla de picar sobre la mesa.

—Creo que mis padres ya saben —dice.

—¿Saben qué? —Alza la mirada para verme—. Henry, ¿de qué hablas?

—Este verano fue diferente, ¿no? El que no estuviéramos juntos me puso a pensar. —Se ríe nervioso y se rasca las sienes—. Yo iba por ti a tu casa casi todos los días.

Me esmero por que las palabras salgan con toda calma de mi boca.

—¿Qué hay con tus padres? O sea, ¿qué es lo que ellos ya saben?

—Que soy gay.

Y ahí está. Tengo miedo de decir cualquier cosa. Así que me quedo callado.

—Creo que saben que soy gay y lo peor de todo es que creo que ellos parecen estar más tranquilos al respecto que yo. —Sus ojos se llenan de lágrimas. La última vez que lo vi llorar fue cuando se murió su perro.

—Y cuando estábamos en el monasterio... —Se limpia la nariz con la mano. Luego se queda callado y me mira como si quisiera que yo terminara esa oración.

Debo estar en shock, porque me quedo casi congelado.

—Perdón —es lo único que logro responder. Quiero ir a abrazarlo, pero no puedo moverme.

Él suspira y vuelve a limpiarse la nariz, esta vez con la manga.

—Este año te sentí distante… no sé. Y Claire está, literalmente, muy lejos, en la escuela. Y sé que ahora está este chico nuevo, Gaige. —Empieza a llorar con todas sus fuerzas por un momento y luego se contiene.

Y entonces puedo sentir cómo se me empiezan a llenar los ojos de lágrimas; me acerco a él.

—Hen…

—No. —Estira la mano para que me detenga. Retoma el control de sus emociones—. Sé que es una estupidez, pero Claire… Debería alegrarme que esté en la universidad en lugar de estar aquí abrazándome, pero no es así. Ella me da… fuerzas.

Jamás pensé que Henry pudiera ser débil. Él es el único que siempre es tan *seguro*. Tan *fuerte*.

Me mira directamente a los ojos.

—Yo también te extraño. Gaige no tiene control sobre eso. —No sé qué decirle. Sobre todo esto, en realidad. La emoción me abruma tanto que tengo un miedo del demonio de permitirme sentir—. Supongo que estoy celoso. Puta madre. Ya, ahí lo tienes. Esa es la razón.

—¿De Gaige?

—Quiero que seas el chico que me abraza toda la noche. Como en mi cuarto, cuando no podía dejar de llorar. Y en el monasterio, me rechazaste. Eso me dolió. —Respira profundo—. Y tengo miedo de querer eso.

—Henry, no es fácil.

—¿Me has estado evadiendo? ¿Por eso te fuiste al campamento?

—Pero ¿qué hay de Amanda? ¿Y Ali? Se la pasó coqueteando contigo en Bugle's.

—No siempre me queda todo claro.

—Exactamente.

—Ev, tú nunca me cuentas nada. ¡Tengo que enterarme mediante Jeremy de que ya no irás a la escuela griega y que posiblemente hagas prácticas en la ciudad! En Chicago, maldita sea. Es como si tuvieras una vida alterna. ¡Vidas alternas! Creo que no entiendes que esto es, o debería ser, una amistad recíproca. No sé cómo estar contigo porque no me dices nada. Yo lo intento.

—¿Qué quieres que haga?

—Quiero estar contigo.

Lo veo y me pregunto cómo es que alguien tan listo no se da cuenta de nada.

—¿Quieres que pase lo que casi pasa en el monasterio? Así no es como funciona el mundo. En el mundo las cosas son blanco y negro. Claras y directas. Y lo entiendo. Esto es un puto desastre.

—La vida es un puto desastre.

Los ojos de Henry están muy despiertos y se enfocan por completo en mí. Yo desvío la mirada.

—Yo no funciono así.

—Soy gay y quiero ser más que tu compañero de tenis. ¿Esto es suficientemente claro y directo para ti?

Me quedo callado. El corazón me late con tanta fuerza que siento que se me va a salir por las orejas.

—Todas las veces que besé a Amanda, todas las veces que tuvimos sexo, jamás sentí lo que sentí cuando tú y yo estuvimos a punto de besarnos. Carajo, apenas nos tocamos y yo me sentí tan... vivo. —Me quedo ahí, callado y estupefacto con este chico frente a mí que dice todo tan a

133

flor de piel, con tanta seguridad y apertura. Él es la única persona que nunca me ha juzgado—. Dime algo. No me dejes así y ni se te ocurra irte.

—¿Qué?

—Eso es lo que siempre haces. Simplemente te vas. No me hagas esto. No ahora. Me estoy abriendo contigo, si tan solo reunieras el valor para…

Estoy furioso de que él sepa esto de mí.

—Henry, quizá en este momento las cosas no sucedan como tú quieres.

—¿Qué es lo que tú quieres?

No lo sé. Lo examino así como está y veo esos ojos brillantes, tristes y hermosos que me ven como siempre quise que me vieran, de una manera que jamás pensé viable, y me asusta un montón. Y, carajo, tiene razón: quiero irme de aquí.

—Tengo miedo —es lo que digo en vez de irme.

—Yo también, pero otra parte de mí no tiene miedo.

Se acerca a donde estoy. Quedamos frente a frente. Siento que mi piel hormiguea. Él toma el dobladillo de mi camiseta con ambas manos y me jala hacia él. Yo dejo de respirar. Él da un paso más cerca y lentamente desliza su mano bajo mi camiseta hacia mi espalda. Estoy paralizado, asustado, emocionado, como si en vez de sangre bombeara agua helada por mi cuerpo. Se estira para acercarse aún más. Puedo sentir su aliento sobre mi piel.

—Ev —susurra—, quiero ser en quien confíes.

Y con eso desliza la mano hacia mi nuca. Estoy aferrado a su cintura. Se estira y me besa con fuerza y ternura, sin titubear. Le correspondo. Todo esto se siente como ese momento en que finalmente llegas a la cima de la montaña rusa y entonces abres los ojos.

Siempre que salgo de casa de Henry para ir a la mía siento un cambio de humor brusco. Esta vez es más intenso. Siento terror bajo mi piel cuando entro sigilosamente a casa.

Es temprano para que ambos estén dormidos. Camino con toda precaución a lo largo del pasillo hacia mi habitación y me detengo a la entrada de la recámara de mis padres. Contengo el aliento y escucho. Ambos roncan. Estoy a salvo.

Mi mente sigue reviviendo ese beso. Me alegra que no haya nadie para verme sonriendo como un idiota.

Entro a mi cuarto y enciendo la luz. Veo el cajón de mi escritorio abierto y siento una punzada en el estómago. Tiro la mochila y camino lentamente hacia mi cama. Sobre ella hay una pila bien acomodada de mis dibujos y trabajos artísticos hechos pedazos. Hasta arriba hay una nota.

«El Señor da la espalda a aquellos que hacen el mal, para cortar toda memoria de ellos de la Tierra. Salmo 34:16».

# Diecinueve

Camino en círculos afuera de los ventanales del monasterio.

La ira es una emoción que siento con frecuencia, pero que nunca quiero reconocer. Tal vez es porque tengo miedo de lo que podría hacer. Miedo a ser como ella. Miedo a ya ser como ella.

Mis bolsillos están repletos de los pedazos de papel. Aquellos que eran mis dibujos. Los que quería darle al profesor Quiñones.

Hay una luz cálida que brilla en el monasterio. No durará mucho, tal vez unas cuantas semanas, después entrará la época gris.

Sigo caminando en círculos. Estoy haciendo tiempo. No tengo un plan.

«¿Qué hago con respecto a mis dibujos deshechos? ¿Con respecto a ella? ¿A Henry? ¿A Gaige?».

Me había esforzado tanto para mantener los ánimos en calma. Para no sentir el dolor. No reaccionar. Pasar desapercibido. Pero ya no está funcionando. Me duele. Lo estoy sintiendo. Mi cuerpo está adolorido. Siento punzadas en la cabeza. Empiezo a llorar. Me siento y miro por los ventanales. Puedo ver las estatuas de siempre. Juro que alguien las está moviendo. Recorro los rostros. Me siento un rato y luego me levanto del pequeño patio y voy hacia el pasto. Me muevo directamente hacia el árbol más cercano y empiezo a cavar por la base del tronco. La tierra superficial es suave, pero se vuelve más densa conforme sigo cavando. Tomo una rama gruesa que estaba por ahí y la uso para cavar más profundo. Sigo hasta que me topo con algo más duro que la tierra.

Con la rama hago un círculo alrededor de la caja metálica azul oscuro. Está más oxidada que la vez pasada. Saco la tierra con mis propias manos hasta que puedo mover la caja y la pongo en mis piernas. Es del tamaño de un pequeño horno de microondas. Abro la tapa.

Dentro hay cinco cuadernos iguales al que traigo conmigo. No tienen nada que te haga pensar que son diarios; son simples cuadernos con tapas en blanco y negro y tienen los bordes desgastados. Cada uno está amarrado con una liga grande a lo largo. En cada portada hay un recuadro para titularlo. Muchas veces pensé y pensé qué podría escribir ahí. No he encontrado la frase perfecta.

Por dentro están llenos de todo lo contrario. He documentado todos los horribles momentos de abuso con tal detalle, tanto con escritos en las entradas del diario como con dibujos, que a la primera hojeada se ve hermoso. La caligrafía es clara y perfecta. Los esbozos e ilustraciones coloreadas tienen un estilo casi mítico.

Levanto los cinco cuadernos, los meto a mi mochila y entierro la caja. Saco los pedazos de papel de mis bolsillos y también los meto en la mochila. Me quito la camiseta holgada y de mangas largas y la aviento encima de la caja.

Mi madre la compró en el almacén donde trabaja porque es una camiseta que no mostrará mi cuerpo, sino que lo mantendrá cubierto. Y me mantendrá bueno y sacrosantamente puro. «Este es el tipo de camiseta con la que no puedes seducir a otro chico». Cubro de tierra la camiseta y la caja, luego saco de mi mochila la camiseta negra que metí (que sí me queda bien) y me la pongo.

# Veinte

La casa de Ali es la típica casa ranchera de los ochenta. No hay nada diferente en ella excepto que su madre es paisajista, por lo que la entrada y la parte trasera se ven ridículamente fantásticas. Los jardines parecen una combinación entre algo de *Alicia en el país de las maravillas* y los Jardines Botánicos de Chicago. Ya he venido antes y caminé por ellos como zombi. Le hice quién sabe cuántas preguntas a la mamá de Ali sobre cómo diseñó esto, cuál fue su inspiración, cuánto tiempo le tomó, los nombres de las plantas. Estaba en mi modalidad de *geek*.

—¡Paaaanos! —Jeremy sale apresurado de la casa para saludarme. Trae unos shorts amarillos brillantes, viene en camiseta y con el cabello hacia atrás—. He estado en esa alberca la última hora. Ven, déjame mostrarte dónde puedes poner tu bici.

—¿Tú estás a cargo acá o qué?

—Ya sabes cómo soy. Soy el mandamás del lugar.

—¿Ah, sí?

—Y tú eres el más buscado. Gaige. Kimball. Me gustaría que la otra Kimball estuviera aquí… Claire.

—Ella te haría pedazos. Así que ¿todos están acá?

—Casi todos.

Recargo mi bici en el garage y sigo a Jeremy a la casa. La casa donde veré a Henry por primera vez después de nuestro beso. Estoy a la vez tan nervioso y entusiasmado que cada paso, cada respiración se siente cauteloso y deliberado.

Luego, la pregunta una vez adentro es: «¿Dónde guardo esta mochila?». Jeremy me pregunta dónde está mi traje de baño y si pienso nadar con la ropa puesta como el buen chico griego que soy. A veces me siento como un extraño en mi propio pueblo. Tampoco es que ser griego se sienta muy cómodo.

—¿Sabes?, creo que no voy a nadar. Creo que me va a dar un resfriado.

—¿Qué? No. Dame la mochila y métete a la alberca. Vas a meterte a como dé lugar, Panos.

Abre la puerta del clóset del pasillo, toma mi mochila y la avienta dentro. Veo en cámara lenta cómo se desprende de mí, cómo me estiro para tomarla y luego una voz detrás de mí dice:

—Me preguntaba a qué hora aparecerías.

Es Gaige. De inmediato pienso que quizá es algo muy bueno o tal vez muy malo que Jeremy esté aquí. Pero entonces, así nada más, sale por las puertas corredizas.

—¡Vengan acá, *losers*! ¡Yo estaré por *acáaaaaaaa*! —Y salta a la alberca.

Gaige trae unos shorts de rayas azules y naranjas, y una camiseta blanca. Cuando lo veo pienso que está drogado o solo puso su cara sexy.

Volteo hacia la alberca. Veo a Henry. Lo saludo mientras Gaige observa. Todos mis sentidos están en alerta máxima. Es como si cada objeto y cada persona me estuvieran saludando y demandando atención.

—No creo que nos puedan ver desde afuera por el reflejo. Han estado preguntando por ti. Pensaron que yo sabría dónde estabas.

—Ah.

—¿Te vas a meter?

—¿A la alberca?

Claramente él ya se metió. Sus shorts están empapados, igual que su cabello. Él es normal sin tener que esforzarse. Dudo que practique en el espejo como yo.

—¿Sabes?, a pesar de que pueda sonar a cliché, creo que deberíamos hablar. —Sonríe de esa manera que me cautivó en el campamento. La que me hizo querer besarlo.

—Sip. Eso fue lo que entendí de los mensajes que decían «hablemos».

—No soy sutil.

—No sé si este sea un buen lugar.

—Me voy mañana. Tendrá que ser aquí.

Puedo ver a Henry afuera, de pie, con una bebida en una mano y un hot dog en la otra. Habla con Ali. Se ven bien, como si estuvieran hechos el uno para el otro. Ambos son altos. Casi rubios. Ella trae un bikini aqua y él trae un traje verde esmeralda con una ancha franja blanca y ¡diablos!, se ve muy bien. Están como para foto. ¿Por qué querría interrumpirlos?

—¿Evan?

—¿Eh?

—¿Quieres seguir viendo a aquellos dos o quieres hablar?

—¡Evan! —Tommy Goliski se desliza hacia nuestra órbita. Ay, no.

—Tommy, él es...

—Ya nos presentaron. Gaige es *cool*. Te estás transformando frente a mis ojos, Evan.

—¿Qué?

—Hay alguien ahí dentro. —Me pica el pecho con el dedo. Con fuerza—. Si dejas lo marica de lado. —Vuelve a picarme el pecho—. No seas así, mejor sé... —Señala a Gaige—. Este tipo.

Y se va tan pronto como llegó. Si tan solo supiera...

Gaige pone los ojos en blanco.

—Pero qué idiota.

—Lo siento. Tommy cree que...

—¿Tienes algo con Henry? —Gaige no pierde el tiempo.

—Es mi mejor amigo y debería ir a saludarlo.

Gaige niega con la cabeza.

—Evan, esto no es tan complicado. No tengo problema con que tengas algo con él, si es que hay algo. Me divertí en el campamento. No busco novio, tengo que pensar en la universidad.

—Gaige, perdón, pero no podemos hablar aquí. Qué tal si después de...

Él se acerca a mi oído.

—No. Solo quiero sexo —susurra—. ¿No lo entiendes? Carajo. Solo mándame mensaje más tarde. No hagas de esto algo más grande. —Se endereza y se va a la alberca.

¿Qué carajos acaba de pasar?

Soy un idiota. Un maldito idiota. Todo este tiempo he estado preocupado por entender qué significó el beso con Gaige y para él no fue nada. Mi mente da vueltas. Así debe ser cuando ya sabes. Cuando sabes exactamente quién eres. Estar tan seguro, sin angustias. Me siento de alguna forma desanimado, estúpido, decepcionado, pero aliviado al mismo tiempo.

Salgo para acercarme a donde están Henry y Ali. Él me ve. Lo saludo. Me responde el saludo y luego voltea a platicar con Ali.

—No pensé que vendrías. —Oigo a Tess, que se acercó conmigo—. ¿Quieres algo de comer? Oí que las hamburguesas están buenas. Yo no como carne, pero...

—Eh, no, estoy bien, gracias.

Veo a Henry y a Ali pasándola bien. No estoy nadando, pero vaya que mi cabeza sí.

Tess se inclina hacia mi oreja izquierda.

—Te quiero preguntar algo.

Asiento.

—Oigan, chicos, estamos viendo si organizamos un partido de voleibol acuático. —Jeremy llega de pronto, sin darse cuenta de nada, como siempre. Él está genuinamente interesado en jugar. Toma a Tess del brazo, camina hacia Kris y también la sujeta del brazo. Se las lleva como si fueran concursantes en un show en el que no sabían que estaban participando—. ¡Panos, arrastra tu trasero para acá y juega con nosotros! —Oigo que dice mientras se alejan.

Tess y Kris finalmente se zafan.

—Jeremy, eres un imbécil. No quiero jugar voleibol. ¡Al menos no contigo! —Tess regresa a donde estoy.

Él trata de disimular que no le afecta.

—Empecemos el partido —grita al aire, luego grita en dirección a Kris—: Tal vez quieras unirte, Jorgenson. Después de todo, es tu especialidad.

Tess no pierde el tiempo.

—Okey, ahora que eso terminó, déjame solo...

—Está babeando por Henry —suelta Kris, luego mira a Tess y alza los hombros—. Perdón, tenía que hacerlo, me temo que tú nunca lo ibas a hacer.

Libero un resoplido risueño, aliviado de que esto no se trata de mí. Tess me fulmina con la mirada y luego hace lo mismo con Kris. Yo estoy completamente abrumado.

—¿Qué pasa?

Tess me mira fijamente.

—Okey. Así están las cosas: Henry me gusta desde que entré a esta aburridísima escuela. Tú siempre estás con él. Lo conoces mejor que nadie y ahora que Amanda no está con él…

—Bueno, ahora está Ali.

—Ali es una mera distracción. Ya me encargaré de eso.

—Mira, tengo que salir a… convivir.

Tess parece entusiasmada con la idea.

—Ah, genial. Ve y separa a Henry de Ali. Ella lo ha estado acaparando desde que llegó.

Allá voy. «Solo hazlo. Actúa normal».

—Hola, Henry. Ali, gracias por invitarme, la fiesta es genial. El lugar es fantástico.

Ambos se me quedan viendo. Es obvio que ella no está feliz con mi intromisión.

—Hola, Kevin.

—Evan.

—Cierto —se ríe—. Tú eres al que le encantó el diseño de mi mamá. Está allá por la fuente. *Tenía* que estar presente. —Pone los ojos en blanco antes de continuar—. La última fiesta se salió un poco de control, así que ahora nos vigila. Genial. Como sea, a ella le encantaría contarte más del diseño.

Qué bien. Claramente está tratando de que me vaya. Henry se queda con la chica y yo con el diseño de paisajes.

—Deberías ir por algo de comer antes de que se acabe lo bueno. Yo podría rellenar mi plato. Ahora vengo. —Henry le sonríe a Ali. Me mira y hace un gesto para que lo siga a la cocina.

—Supuse que no vendrías.

—Por un momento lo pensé... —Trato de que se oiga tranquilo, pero se escuchó triste.

—¿En serio? —Se oye sorprendido.

—¿Podemos entrar a la casa un momento?

Al principio creo que dirá que no, pero después accede. De alguna manera pasamos por donde están Tess y Kris y ahora estamos dentro del baño más ochentero del mundo. Hay un jacuzzi en la esquina con dos enormes focos arriba. La regadera es de latón, al igual que el balastro al estilo Hollywood arriba del espejo y del lavabo. Ni siquiera sé qué le voy a decir, pero con todos allá afuera y todo este ir y venir, este ven-detente-habla-cállate me está abrumando.

De pronto se inclina abruptamente hacia mí, pone ambas manos en mi nuca y me planta un torpe y extraño beso. Lo alejo. Su aliento huele a alcohol.

—Henry. —Me distancio.

Lentamente se endereza y me mira, aún con las manos en mi nuca.

—¿Qué?

—No quiero que nos descubran aquí. —Menos así, y en la casa de Ali—. ¿Has estado bebiendo?

Quita las manos y se tapa la boca con los dedos.

—Shhh. —Se ríe.

—Bebiste. ¿Dónde tienen el alcohol? La mamá de Ali está...

—Shhh. —Se agacha para intentar besarme otra vez. Yo me retuerzo mientras él pone las manos en mi nuca de nuevo, ahora acariciando torpemente mi cabello. «Mierda, va a sentir los chichones». Hago una mueca de dolor y me alejo.

De repente él se ve más despierto.

—¿Estás bien? ¿Qué pasó?

—Nada. Es de cuando me caí. —Me alejo.

—Ev.

Me estiro, como para tratar de aliviar la tensión. O lo que sea.

—No estaba seguro de venir hoy y, cuando decidí que sí lo haría, no sabía qué podría hacer. Decir.

—Okey.

—Y tú estás borracho.

—No estoy borracho. Solo tomé unos cuantos tragos. Necesitaba relajarme.

—Este no es el momento para hablar de eso.

—¡Puta madre! Nunca es el momento adecuado.

Abro los ojos al máximo y, por un momento, me asusto. No de que alguien nos escuche aquí dentro, sino de él.

Inmediatamente él suaviza el rostro.

—Perdón. Perdón. No lo dije en serio.

Él no tiene idea de que yo vivo todo el tiempo con miedo a que cualquier tipo de confrontación desemboque en violencia.

—Lo arruiné todo, ¿verdad, Ev? —Trata de acercarse.

—Tenías razón, Henry. Hay mucho que no te he contado. —Nos miramos—. Tengo algo que mostrarte, explicará muchas cosas y probablemente surgirán más preguntas, pero es lo único que se me ocurre.

—¿Henry? —La voz de Ali se escucha del otro lado de la puerta. «Mierda».

—Ya salgo. —Él me ve con cara de «¿Y ahora qué hacemos?». Le hago un gesto para que salga—. Un segundo.

—¿Qué? —Se oye del otro lado. Él sale cerrando la puerta tras de sí. Me quedo ahí, escuchando—. Te he buscado por todas partes. Espérame. No te vayas. —Se abre la puerta y yo estoy ahí.

—Hola, Ali.

A ella se le cae la quijada.

—¿Evan?

Henry vuelve a entrar al baño.

—Estábamos buscando una curita. —Ahora se ve perfectamente sobrio.

—¿Qué?

De inmediato subo la mano a la frente donde mi cortada casi ha sanado.

—Pensé que había mejorado, pero…

—Se le volvió a abrir —comenta él.

—No quise meterme a la alberca y soltar un chorro de sangre por todos lados, así que…

—¿Por qué no me preguntaron y ya?

—No sé.

—¿Saben? Qué tonto, creo que tengo una en mi mochila. —Salgo volando del baño hacia el clóset del pasillo.

Henry me sigue y Ali permanece en el baño. «Por favor, que la curita siga ahí». Saco mi mochila y encuentro una en el bolsillo exterior. Porque, desde luego que tengo una. Siempre traigo, por si acaso. La abro y me la pongo en la cabeza.

—Ya me voy.

—No es necesario. En cuanto Ali venga todos podríamos…

—Solo hará que todo se vuelva más incómodo. Además, pedí el día en el deli para venir; tal vez pueda apresurarme allá y trabajar unas cuantas horas. Necesito el dinero. —Abro el cierre de la mochila y meto la mano—. Podemos hablar después. Ten, toma esto. Para bien o para mal, estos diarios explicarán muchas cosas. —Le doy mis cinco cuadernos. El sexto, el actual, sigue en mi mochila. ¿También se lo doy? Él me mira. Entonces mi mano saca el número seis. Si todo va a colisionar, que suceda de una vez—. Ten.

—¿Henry? —Ali se acerca.

Él se agacha dentro del clóset, mete los cuadernos a su maleta y saca una toalla.

—Olvidaba la toalla. —Cierra la puerta del clóset y le sonríe a Ali—. ¿Lista para nadar?

—¿Ya te vas? —Ella me mira con suspicacia.

—Tengo que trabajar. La fiesta estuvo genial. Gracias.

# Veintiuno

Alistarse para ir a la iglesia siempre es todo un suceso. Debemos levantarnos supertemprano para que todos tengamos la ropa bien planchada y nos veamos lo más perfectos posible. Mi padre y yo vestimos de traje y mi madre se pone un vestido o un conjunto de falda, saco y blusa. Parecemos una familia griega política a punto de dar una conferencia de prensa.

Mi madre entra a mi cuarto. Aún no hablamos de lo que hizo con mis dibujos. Al parecer ella ya dijo todo lo que había que decirse. Siento náuseas e ira.

—Déjame verte. ¿Todavía no escoges una corbata?

—Esta. —Le muestro una corbata azul marino estampada con florecitas color turquesa delineadas en blanco.

—No. Esta. —Abre el cajón de arriba y saca una de político: a rayas. Como bandera griega, de franjas azul y blanco—. Es más apropiada. —Se acerca a mí, me levanta el cuello y empieza a anudar la corbata—. Tu padre y yo estamos muy contentos de saber que trabajaste ayer. —Trabajar es lo único que puede zafarme de ir a la iglesia y de otras actividades que parecieran merecedoras de mi tiempo. Ser flojo es simplemente ir en contra de Dios—. Lo malo es que no pudiste pasar mucho tiempo con Gaige, ¿verdad?

Mi mente da vueltas. ¿Qué está pasando?

Da un paso hacia atrás para admirar su trabajo.

—Se ve bien. —Y luego—: La ropa disimula mucha fealdad. —Me da una palmada en la cabeza y luego recorre con un solo dedo el puente de mi nariz y se detiene justo en la punta—. ¿Viste a tu amigo Gaige? —Y entonces junta su mano con la mía, empieza a tararear y me guía a bailar. Está sonriendo. La sigo, pero estoy confundido por completo. Bailamos por todo mi cuarto, ella sigue tarareando y a mí me dan punzadas en la cabeza—. Podrías pasar por guapo si lo intentaras.

—Mírense nada más, sonriendo, bailando y bien vestidos. —Papá entra. Mi madre me suelta y da una vuelta mostrando su atuendo y su cabello recién peinado—. Qué linda, Vee.

Apenas puedo escuchar lo que dice por estar tan enfocado en tratar de averiguar lo que ella sabe.

—Te ves muy guapo, jovencito —dice mi padre.

—El traje le ayuda. Danos un minuto, Eli. —Le sonríe y él se va.

Me vuelve a tomar de las manos y esta vez bailamos despacio, mejilla con mejilla.

—¿Extrañaste a tu novio? ¿A ese que sedujiste? —Mis manos se enfrían al instante. El tono en su voz no cambia—. Le mostré tu diario al pastor y me contó lo que había en él. —Da un paso atrás y me ve con ojos fríos y severos.

—Pero cuándo… ¿Cómo…? —Se me cierra la garganta.

—No eres el único que guarda secretos. A veces se te olvida esa cosa en casa. Tengo que saber lo que haces a escondidas de mí.

—No es lo que… No pasó nada.

—Es mi culpa. Supuse que el campamento bíblico sería un lugar para estar con la gente correcta. De bien. Pero el mal puede estar en cualquier lugar. Siempre está en ti, así que no importa a dónde te llevemos. —Se sienta en la orilla de mi cama y se ajusta con suavidad el cabello con la mano izquierda.

—Mamá, no fue nada.

Ni siquiera me mira. Su voz es firme.

—No sé bien qué hacer. Es decir, claramente Gaige no es un chico de Dios. Y nunca volverás a verlo, pero no sé bien sobre...

—¿Sobre qué?

Alza la cabeza.

—Sobre ti. —Suspira, se levanta y se para frente a mí. Con los tacones puestos nuestros ojos están casi a la misma altura. Coloca las palmas en mis hombros—. El pastor Kiriaditis dijo que probablemente sea una etapa. Quiere hablar contigo después de la ceremonia. —Sacude el polvo imaginario de mi hombro—. Como si tan solo, ¡puf!, se pudiera quitar con la mano.

—Fue un error. Hablaré con él. Podemos rezar —le propongo con desesperación.

¿Qué otra cosa le habrá dicho el pastor? ¿Leyó todo? Tuvo que haber sido el último diario. Los otros estaban enterrados. «Demonios, Evan, acuérdate de qué más había ahí».

Me toma el rostro con ambas manos.

—Vámonos a la iglesia. Te ves muy guapo.

Se da la vuelta y sale. Me quedo ahí, aterrado.

Mi padre entra.

—¿Dormiste bien?

Sigo petrificado.

—Sí.

—¿Qué pasa? Te ves pálido. ¿Estás enfermo?

—Es mi estómago.

—De seguro fue algo que comiste en la fiesta. Te esperamos en el auto.

Saco el teléfono de mi bolsillo. Nada. Ni un solo mensaje. Nada de Gaige ni de Henry.


Sentado en la iglesia, pienso en todos los chicos de mi edad que vienen aquí. Solo los veo cuando asistimos a la ceremonia. Me pregunto cuántos de ellos serán gays. Al menos uno.

Una etapa… Así lo llamó el pastor Kiriaditis. *Gay*. ¿Alguna vez podré escuchar esa palabra sin el estigma? ¿Sin la vergüenza?

Las uñas de mi madre se encajan en mi pierna izquierda. Se inclina hacia mí, sonriendo y recorriendo los alrededores con la mirada para asegurarse de que nadie esté viendo.

—Deja de soñar despierto. —Se da cuenta de que alguien la ve, amplía la sonrisa y saluda—. No me avergüences. —Toma un libro de cánticos y me hace un gesto para que haga lo mismo. Todos nos ponemos de pie. Empezamos a cantar. Desvío los ojos disimuladamente. Ella canta con más fuerza.

Siendo objetivo, mi madre no distingue tonos. Yo tampoco, pero me doy cuenta. Ella cree que tiene una hermosa voz al cantar. Oírla cantar es una cosa, pero verla haciéndolo es algo para contemplar. Tal como su cantante favorita, Céline Dion, canta con soltura, con los ojos cerrados y meciendo la cabeza. Miro más allá de ella y cruzo miradas con mi padre. Él me ve, sonríe y se pone el dedo índice sobre los labios.

Una vez que termina la ceremonia, todos empiezan a salir y mi madre se vuelve la persona más sociable del lugar.

—Voy a ver al pastor Kiriaditis —le aviso.

—Bien. —Asiente.

—Te veo aquí en cuanto termine.

Toco la puerta de la oficina del pastor.

—Pasa. Siéntate —dice desde su sencillo escritorio de madera. Para ser una iglesia con tanta parafernalia, la decoración es bastante austera. Es una de las cosas que extraño de la Iglesia Griega Ortodoxa, la pomposidad, la solemnidad, los exagerados interiores y toda la faramalla.

Nos vemos el uno al otro y, aunque estoy furioso y lo único que quiero es darle la vuelta al asunto, tengo que llenar el silencio.

—¿Todo bien, pastor?

—No sé bien por dónde empezar, Evan.

—Oí que leyó mi diario. —De pronto, en esta habitación, ya no me importa lo que piense. Que se entere de todo. Absolutamente de todo.

—¿Te lo dijo?

—Hoy en la mañana. —Mi voz es firme.

—Tu madre me pidió que lo leyera. En mi opinión, no era lo correcto, pero entonces me dijo que estaba preocupada por ti, temía que estuvieras en problemas y que trataras de infligirte daño, así que...

—Yo no me iba a lastimar, pastor. Solo así logró que usted lo leyera.

—Ahora me doy cuenta. —Se ve incómodo.

—¿Le contó lo que pasó con Gaige?

Él asiente.

—Le dije que necesitabas plegarias, como la mayoría de los chicos de tu edad, pues probablemente estabas confundido con respecto a tu sexualidad.

—¿Qué más? —Se queda callado—. ¿Pastor?

—Nada más. Le dije todo lo que mencionabas sobre la escuela. Sobre tu futuro. Cosas así.

—¿Le preguntó alguna otra cosa?

—Ella vio los dibujos que hiciste de ella. Uno en el que ella está de pie por encima de ti. —Se ve conflictuado, pero no porque no sepa qué decir, más bien porque no sabe qué hacer—. Quería saber si había algo más sobre ella. Sobre su relación contigo. Le dije que no había algo en específico. —Me ve directo a los ojos cuando dice—: Le conté cosas en general, lo que la mayoría de los chicos sienten sobre sus padres.

Le mintió. No hay nada *general* en esos diarios. Tal vez es más astuto de lo que creo.

—¿Ella le confesó algo?

—Hay un voto de confianza entre un pastor y sus...

—Usted leyó mi diario. Ella lo sacó de mi cuarto. ¿Dónde está ese voto de confianza conmigo?

Él suspira.

—Dijo que ella suele ser estricta contigo, pero que es solo porque quiere que seas un buen hijo. Un hombre de Dios. —Hace una pausa, luego agrega con gentileza—: Y no un homosexual.

Puedo sentir cómo empiezo a enfurecer.

—Evan, le dije a tu madre, y es lo que creo, que la Biblia nos dice que la homosexualidad es un pecado.

—Los rezos no cambiaron nada.

—Tienes que seguir rezando y acercarte a Dios para que te dé las respuestas y la fortaleza.

Me froto las palmas de las manos en los pantalones en un intento por secarlas. Entre mis nervios, la furia y luego la confusión mi cuerpo ha decidido responder con mucho sudor.

—¿No le dijo nada más? ¿No le dijo cómo es nuestra relación?

—Cuando se trata de un pecado, a veces se necesitan medidas severas y una acción constante es lo adecuado.

—Sus palabras se oyen planas.

Puedo sentir que la furia aumenta con cada frase.

—Pastor, con todo respeto, creo que usted no entiende.

—Mi teléfono empieza a vibrar en el bolsillo de mi saco.

—Tal vez podamos conversar en familia. Todos en el mismo cuarto, con la palabra de Dios. —Baja la cabeza. Yo lo miro. Mi teléfono sigue vibrando.

«Carajo».

—Evan, Dios puede ayudarte —dice con toda sinceridad mientras se mira las manos.

—¿Y dónde ha estado Él?

Levanta la cabeza y me mira.

—Él siempre está aquí. Somos nosotros quienes le damos la espalda.

—Yo siempre he hecho lo correcto. Casi siempre. —Se me quiebra la voz. Mi teléfono vuelve a vibrar. Empiezo a llorar, pero rápidamente retomo la compostura—. ¿Dónde está Dios cuando ella me golpea? —Y entonces empiezo a llorar de nuevo—. Usted leyó eso, ¿cierto? Sé que lo leyó.

—Ella quiere que seas la mejor persona que puedas ser frente a Dios —dice y los ojos se le llenan de lágrimas—.

Ella cree que tú intentaste engatusar a un chico en el campamento.

—Ni engatusé, ni seduje, ni le hice nada a nadie. Fue un beso. Solo un beso. —Ahora sí estoy sollozando y con la voz quebrada—. Y usted se lo dijo. No tenía que hacerlo. Usted... —Me detengo porque las lágrimas me rebasan y ya no me sale la voz.

—Eso es pecado. Ella tiene derecho a preocuparse y a...

—Usted leyó lo que ella cree que es mejor para mí. Es solo un cuaderno. Tengo otros. Repletos de eso. Repletos de todo lo que me ha hecho.

Durante unos segundos me mira con el rostro de alguien que podría entender. Alguien que puede hablar de esto más allá de lo que la Iglesia le ha enseñado que tiene que decir. Pero dura solo unos segundos.

—Todos podemos rezar juntos por esto —dice—. Hay algo sanador en rezar juntos.

—Ella se ha salido con la suya desde que tengo cinco años.

Su voz empieza a temblar.

—Evan, podemos encontrar la manera de resolverlo. Creo que todos queremos lo mismo, lo mejor para ti. Lo mejor que Dios puede ofrecer. Podemos hablar todos sobre esto.

—Está bien. —Intento recobrar la compostura, aunque el nivel de ira que siento acelere mi respiración—. Sé cómo hacerlo. Lo hago todo el tiempo. De hecho, esto es lo que hago. Hago que todo esté bien. Hago que todo sea normal cuando no lo es. —Respiro lenta y profundamente.

—Las plegarias pueden ser muy poderosas.

—Cumpliré dieciocho años en menos de dos meses. Puedo lidiar con ello.

El pastor suspira.

—Esa no es la mejor manera de lidiar con esto.

Ahora estoy furioso.

—No. *Esta* —señalo con la mano todo el cuarto alrededor— no es la mejor manera. Usted y esta iglesia no son la mejor manera. Aun cuando se enfrentan a la verdad, porque está ahí en sus narices tal y como es, fingen que es otra cosa. Yo no voy a seguir con este juego.

Salgo de ahí.

# Veintidós

En cuanto regresamos a casa, corro al baño de la planta baja y cierro la puerta con llave. No he tenido un momento para estar solo desde que salimos a la iglesia. En el camino de regreso ella estuvo observándome desde el asiento trasero. Finalmente puedo sacar el teléfono de mi bolsillo. Tengo un montón de mensajes de Henry.

HENRY:

¿Cuándo te veo?
¿Hoy en la noche?
Traté de llamar. Sé que estás en la iglesia.
Llama cuando puedas. Al menos manda mensaje.
Quiero lastimarla como ella te lastima a ti.
Lo lamento mucho. Porfa, márcame.

Y otro de Gaige.

GAIGE:

Ya me voy. Si vengo a la escuela por acá,
tal vez podamos vernos.

Y otro mensaje de Jeremy que incluye un video.

JEREMY:

Panos, ¡tu amigo regresó al juego! Te fuiste
cuando se empezó a poner buenooooo.
Te marco mañana.

¿De qué carajos habla Jeremy? Le doy clic al video. No quiere descargarse. La señal aquí es una lata. Salgo del baño de visitas y sigilosamente abro la puerta de junto, que lleva al garage. Vuelvo a intentar y ahora sí el video empieza a reproducirse. Es de Henry, la toma es de un acercamiento a su rostro. ¿Qué está haciendo? La toma se aleja y mi corazón se detiene; todo el cuerpo se me congela. Es un video de él besuqueándose con Ali. Se ven muy entrados en lo que están haciendo. Puedo oír la risa de Jeremy, luego una mano cubre la cámara y se oye la voz de Henry diciendo: «¡Apaga esa cosa, imbécil!».

Me dejo caer en el piso del garage, empiezo a sentir náuseas. Le revelé demasiadas cosas a Henry. Sentí que podía confiar en él. Tal vez ese sea el problema. Le di demasiado muy pronto. Más de lo que él podía soportar. Siento náuseas, me siento como un estúpido. Me levanto y luego me agacho para vomitar.

—¡Evan! —Oigo desde las escaleras.

Entro a la casa.

—Ya voy. Estoy en el baño —grito desde abajo. Corro por una toalla para limpiar el vómito. Luego abro la llave y pongo la toalla sucia bajo el chorro de agua fría, la aviento a la lavadora que está del otro lado del baño y la enciendo.

—¡Evan, apresúrate!

—Voy. —Me echo agua al rostro en el lavabo del baño, tomo un trago de agua de la llave, me enjuago, escupo y entonces subo las escaleras.

Mi madre está muy aturdida. Se mueve de aquí para allá, sacudiendo las manos y gritonéandome órdenes. Me muevo como un robot, tratando de sacar de mi mente la imagen de Henry y Ali.

Alguien toca la puerta.

—Ese probablemente es tu padre y seguro trae las manos llenas. Ábrele.

Voy a la puerta y abro.

Al principio creo que lo invoqué. *Es Henry.*

—Sé que no te gusta que vengan a visitarte, pero estoy…

Abro los ojos del tamaño de dos platos.

—No puedes estar aquí.

—¿Es tu papá? —Oigo que pregunta mi madre.

—No, es Henry, me trajo algo que hay que llevar mañana a la escuela. Olvidé una parte de la tarea en su casa. —Le hago a él una cara de: «¿Es una puta broma?», lo fulmino con la mirada, entrecierro la puerta lo más que puedo y susurro—: Este es el peor momento.

—Lo sé. —Su voz se oye muy quedo.

—¡Idiota! En veinte minutos vendrá toda la gente de la iglesia. Es domingo. Todos los domingos es lo mismo. Ya lo sabes.

Enseguida aparece mi padre, cargando dos bolsas de hielo que sacó de la cajuela y llamándonos para que le ayudemos.

—Henry vino a dejarme una cosa para la escuela. Mamá te necesita. En un momento te ayudo —le digo en lo que camina del garage hacia la casa.

—Está bien. ¿Cómo estás, Henry?

Henry le sonríe.

—Papá, mi mamá en serio te necesita. La gente llegará pronto.

—Sí, sí, ya te entendí. Cálmate. Ahora voy. —Entra a la casa.

—Ev, no respondiste mis mensajes y traté de llamarte muchas veces.

—Ahora no.

Se detiene para mirarme, como si solo me mirara.

—Te ves muy guapo de traje. —Sonríe. Esa sonrisa. Esa puta sonrisa.

—¿Qué? Vete a la mierda.

—¿No puedo decir algo lindo? ¿Qué sucede?

—¿Dijiste algo lindo antes de empezar a besuquearte con Ali? ¿Justo en cuanto me fui?

Cierra los ojos.

—Ev, no es lo que…

—Jeremy me mandó un video. Fue fantástico. De hecho, me estremeció. Soy un idiota.

—Ev, no. —Trata de acercarse.

Doy un paso hacia atrás.

—¿Qué haces? ¿Quién eres?

—Me alteré, ¿okey? —Intenta tocarme y me quito. Él retrocede.

—Hay una razón por la que no le cuento cosas a la gente. No puedo confiar en nadie.

—No. ¡Sí puedes!

—Tienes que irte, por un montón de razones. Y si leíste todo lo que hay ahí… Te confié la verdad… El chico que pensé que eras… —Se me quiebra la voz—. Ya no importa. Por favor, lleva mis cuadernos a la escuela mañana. Al menos me debes no decirle nada a nadie de lo que te enteraste.

—Sí, claro, lo entiendo. Ev, por favor, ¡déjame explicarte!

—No, es mi culpa. Ya sabía lo que podía pasar. —Trato de mantenerme firme—. *¡No me llames ni me mandes mensajes!* —Cierro la puerta en su cara y subo a mi cuarto tan rápido como puedo. Me quito el traje y la corbata, y me pongo jeans y los Converse.

—¿Evan?

—Ahora salgo, papá, me estoy cambiando.

—Ya puse la mesa, pero revisa si no falta nada.

Abro la puerta bruscamente.

—Ahora la reviso. —Voy hacia el comedor, mi padre viene detrás de mí.

—Es bueno ver a Henry.

—Sip.

—¿Todo bien?

—¿Dónde está mamá? —pregunto mientras recorro con los ojos la mesa.

—Se está cambiando.

—Creo que vamos a necesitar platos para el postre. Voy por ellos.

—Hubieras invitado a Henry a que se quedara. Su familia te invitó a cenar el otro día. Pudimos haber hecho lo mismo…

—¿Es en serio, Eli? —Mi madre entra con la muñeca izquierda alzada, por lo que mi padre se acerca a ponerle el brazalete mientras yo traigo los platos para el postre.

—Sí, creo que habría sido agradable.

—Esta es una reunión para buenos cristianos. Los cristianos adecuados. No necesitamos un elemento como él en nuestra casa. De por sí ya lo ve en la escuela y cuando juegan tenis. —Revisa la mesa y luego me examina—. Esos jeans están demasiado ajustados.

—Son los únicos que no están sucios —empiezo a decirle mientras coloco los platos para el postre en la mesa.

Alguien toca a la puerta. Ve a mi padre con el ceño fruncido.

—Ash. Eli, ve quién es. —Mi madre me mira fijamente—. Entonces sácate la camisa, la gente no tiene por qué ver todo eso. —Se acerca para sacarme la camisa de los pantalones y yo, por puro instinto, me quito, lo que ocasiona que se me caigan los platos que aún tenía en las manos. Se estrellan contra el piso muy rápido, pero yo veo todo en cámara lenta. Volteo para verla. Su rostro se ve calmado y me sonríe.

—Bienvenidos. Pasen, pasen —oigo a mi padre decir del otro lado del corredor—. Qué bueno que vinieron.


La velada es nuestra versión de ir al teatro con la cena incluida, excepto que no hay errores. Todos recuerdan sus diálogos y sus movimientos. Una vez que la cena termina y que todos los invitados salen con elegancia por la puerta, ayudo a mi madre a limpiar.

Me mira mientras recojo todos los platos de la mesa.

—Cariño, hoy te ves muy bien. —Me acaricia la mejilla izquierda—. Gracias por portarte tan bien en la reunión.

—De nada. —Aunque no sé qué habré hecho diferente. Sigo recogiendo la mesa. Papá está afuera, fumando.

—Te pareces mucho a mí. A ambos nos gusta la belleza y entendemos su poder. Por eso dibujas y decoras tu cuarto tan hermoso. —Está guardando las sobras en contenedores individuales para hacer una comida completa con todos ellos, que, en conjunto, parecen un pequeño pueblo—. Quiero que sepas que lo aprecio. Me doy cuenta. Eres especial. —Baja el plato que está usando y se acerca para abrazarme. Seguramente sigue procesando lo de mi beso con Gaige. Tal vez esta sea una nueva técnica, pero me aterra por completo.

—Mamá, no me siento muy bien. ¿Está bien si me voy a acostar?

—Ve. ¿Quieres que te haga un té de manzanilla?

—No. Solo necesito dormir.

—Está bien. Buenas noches, amor, y gracias de nuevo por lo de esta noche.

Este comportamiento hace que me cague de miedo. Cierro la puerta detrás de mí, tomo papel y lápiz, y me meto a la cama.

# Tres meses después

# Veintitrés

A veces todo se mueve tan lento que un día se siente como un año entero. Los últimos meses se han sentido como todo lo contrario.

Nuestra casa se vendió rapidísimo en cuanto salió al mercado. Ahora estamos en un departamento al otro lado del lago. Los Departamentos de Terrazas de Lakebridge en los Condominios de Lakebridge. Ni parecen condominios ni parecen terrazas. Son casas de interés social, todas prácticamente iguales, con cinco diferentes planos y exteriores para escoger. Todas tienen nombres como Woodbury, Castle Glen, Montague, Burling Crest y Fawn Meadow. Una comunidad hecha al estilo inglés que tiene un 7-Eleven y Pizza Box como estandartes en el pequeño centro comercial de la comunidad.

Halloween llegó y se fue, y ya nos estamos preparando para el Día de Acción de Gracias. Pasé mi cumpleaños con la incómoda celebración familiar de siempre. De acuerdo con mis padres, ahora que ya soy un «hombre», y debido a la fragilidad de nuestras finanzas, trabajo en el deli los fines de semana, y también por las tardes todos los martes, jueves y viernes. No me molesta, me gusta trabajar. Logré ahorrar mil dólares y estaba pensando comprar un Toyota Tercel 94, dos puertas, estándar, azul claro. La carrocería está en buenas condiciones, tan solo tiene unos raspones. El asiento del conductor tiene una rajada larga y simple que «arreglaron» con cinta de aislar. Lo tienen en exhibición en el lote de autos y camiones usados de Dick en Wolf Road, la calle principal que cruza con nuestro lote.

Sin embargo, mi madre encontró el dinero. Me obligó a dárselo, según esto para pagar las deudas. Pensé en decirle a papá, pero una parte de mí se sintió bien. No por haberle ocultado el asunto, sino por haber contribuido a la casa de alguna manera. Según mi madre: «No necesito un auto, ¿a dónde iría?».

Me dieron mis diarios de vuelta y ahora todos (excepto uno) están otra vez enterrados en el monasterio.

Evito a Henry, a pesar de que no he podido borrar el recuerdo, el sentimiento de ese primer beso, sin importar cuánto me esfuerce.

He estado dibujando más que nunca.

Voy a la iglesia los domingos.

Pero después de aquel día con el pastor, pareciera que la verdad lo asustó. Él y mi madre ya no hablan tanto como antes. Tal vez se sienta culpable. Debería. No estoy seguro de que sepa cómo hablar con alguno de nosotros. En vez de eso, nos evita.

Gaige solo me mandó tres mensajes de texto más y nunca le respondí. Dejó de escribirme.

Todo ha vuelto a ser como antes.

Y, al fin, cumplí dieciocho.

# Veinticuatro

Una de las cosas que más me gusta de trabajar en un deli es hacer sándwiches. Tengo un estilo propio para crear un sándwich delicioso, aunque casi siempre los clientes tienen ideas específicas de lo que quieren. No tengo problema con eso porque la mejor parte de todo es ver cómo la gente da el primer bocado de algo que disfrutan. Lo gozan tanto que hasta mueven los ojos. Saber que hice eso, que hice algo que alguien más realmente goza, es un sentimiento genial. Y me hace pensar que tal vez no sea tan mala persona después de todo.

Hoy es domingo y puedo estar aquí todo el día, lo cual me gusta. Por lo general es el día maratónico en la iglesia, pero cuando mis padres ¡ llegan a darme permiso para faltar a la iglesia es para trabajar. El deli cierra temprano los domingos, y después de limpiar todo, puedo irme a casa y estar solo.

El señor Lowell es el dueño. Era un cliente del 7-Eleven de nuestros condominios, cuando trabajaba ahí. Iba casi diario y un día me preguntó si me gustaba trabajar ahí. Le dije que no estaba mal, pero que quería algo con más horas, más dinero, más cosas que hacer. Me ofreció trabajar con él.

—Evan, revisa el inventario por si no hay suficiente jamón y quesos de todo tipo para la próxima semana. Es semana de reuniones en casa. Vamos a recibir pedidos de botanas.

—Sí, ahora mismo.

Me encamino al congelador bodega.

—Disculpe, ¿está Evan Panos? —Oigo antes de entrar al congelador.

No volteo. En cuanto reconozco la voz empiezo a sentirme emocionado e inquieto. Rápidamente entro a la bodega. Hace frío, pero no me importa. Me gusta aquí adentro. Inventé un juego para hacer el inventario: una agencia de espías rival me ha capturado, porque soy un espía, y tengo un plan para escapar de este congelador en donde me tienen atrapado. Tan solo tengo unos minutos (casi siempre tres) para encontrar la salida y robar los secretos de la agencia, que están escondidos entre las carnes y los quesos.

Se abre la puerta. Es el señor Lowell.

—Henry te está buscando. ¿Cómo vas con el inventario?

—Necesitamos tres jamones más y al menos dos bloques más de cheddar. De lo demás hay suficiente, pero quiero revisar de nuevo. Dígale que estoy ocupado y que puede irse, no es necesario que me espere, puedo llamarle después —miento.

Regreso a hacer un inventario visual del pavo ahumado, del provolone, del salami. Oigo que la puerta se cierra. Me quedo ahí tanto tiempo como puedo soportar.

—Sip, parece que hay de todo excepto por el jamón y el cheddar —digo al salir. Examino el lugar, Henry no está. Cerramos en cinco minutos, así que estoy a salvo.

Al salir, recuerdo lo mucho que me gusta el otoño. Siempre que me es posible, trato de caminar para poder disfrutar de la luz, el cielo, las hojas. Además, es la combinación perfecta de frío y sol. No tengo que usar abrigos pesados ni todo lo demás para sobrellevar ese tipo de clima. Puedo oler la leña quemándose. Tal vez pase al 7-Eleven por un dulce.

Al dar vuelta en Wolf Road y encaminarme a nuestro lote, oigo que un auto baja la velocidad y se estaciona tras de mí. Lo apagan.

Miro por encima del hombro y regreso la mirada al frente.

—Evan.

Me detengo y al mismo tiempo intento apaciguar las emociones que siento. Detesto que él siga teniendo ese efecto en mí. Lentamente me doy la vuelta.

—Henry.

—No quise asustarte. —Sale del auto y camina hacia mí.

—¿Qué haces aquí?

—Te acoso.

—Vete a la mierda.

Henry no hace contacto visual conmigo.

—Soy un imbécil.

—¿Y qué más? —Es difícil resistirme a su encanto, así que guardo mi distancia.

—Te extraño.

—¿De veras? —Sigo furioso, así que, si sale en tono sarcástico, qué bueno.

—No. En serio. —Empieza a acercarse.

—No, detente. No te acerques más.

Él asiente.

—Claire está verdaderamente furiosa conmigo. Cree que la cagué muchísimo y es cierto. Mis padres piensan lo mismo.

—¿Les dijiste de nosotros?

—Ev, siento que estoy perdiendo algo, a alguien.

—Bueno, pues tal vez así sea. Tal vez ya lo perdiste.

—¡Paaaaaaanos!

Me lleva el diablo. Es Jeremy. O está superbién sincronizado o es de lo más inoportuno. En este momento no puedo discernir. Oigo el sonido de las llantas de una bici por el pavimento empedrado.

—¡Kimbaaaaaaall!

Jeremy sale volando, me rebasa y casi me tira al suelo por la inercia. Frena bruscamente y se derrapa bastante, hasta que logra detenerse y entonces voltea a vernos. Está a unos cuantos metros de donde permanecemos parados. Sigo tratando de esclarecer si estoy abrumado por completo con su interrupción o si siento alivio.

—¿Qué carajos haces? —le grito—. ¡Casi nos atropellas!

Empieza a pedalear hacia mí a velocidad normal y nos saluda con la mano. Aun a la distancia, puedo ver su estúpida sonrisa sarcástica. Sacudo la cabeza y lo miro con esos ridículos ojos como si fuera la mirada de un padre decepcionado, no de su amigo. A veces sí me siento como un anciano atrapado en el cuerpo de este adolescente.

—¡Panos! —dice Jeremy ya frente a nosotros, luego por encima de mi hombro—: Señor Kimball. —Finge una especie de reverencia—. ¿Vienes del trabajo, Panos? ¿O están dando un paseo romántico? —Si tan solo entendiera la ironía de sus palabras.

—¿Qué quieres, además de atropellar gente? —le pregunto.

Se baja de la bicicleta.

—Solo estoy paseando, estaba aburrido. Últimamente has trabajado mucho. —Voltea de nuevo a ver a Henry, quien intenta sonreír, pero no logra disimular la mirada de descontento—. En serio, ¿qué haces aquí, Kimball? ¿Te estás codeando con la clase obrera?

—Nada. Me topé con Evan de camino a...

—Mierda. —Jeremy arruga el rostro.

—¿Qué?

—Carajo, Panos, en serio te gusta el jamón. —Exhala con fuerza.

Yo respiro profundamente.

—No huelo a nada.

—Felicidades, Panos, te has vuelto un animal aún más antisocial. El olor no te ayudará mucho.

—¿De qué hablas?

—Kimball aquí presente no deja de preguntar por ti. Lo evitas en la escuela, pero le digo que no debe tomárselo personal porque estás evitando a todo el mundo. —Vuelve a arrugar el rostro—. ¡Oye, hermano! ¿Acaso te untas el jamón? Hueles asqueroso. A jamón asqueroso.

Henry se recarga en un pie y luego en otro, mientras se queda ahí parado. Ahora se frota la nuca y mira el piso. Casi me siento mal por él. Casi.

—Tal vez sean los quesos. También me los unto. —Me acerco a Jeremy—. A ver, ¿quieres una buena olisqueada?

Da un paso hacia atrás y casi se cae.

—¿Qué carajos te sucede? —Sacude la cabeza, mira a Henry y luego me mira a mí antes de cambiar de tema en su estilo veloz—. ¿Sabes?, creo que Kimball... este... ay, bueno. —Voltea hacia Henry—. No es secreto que nunca hemos sido cercanos, pero tampoco nos odiamos.

Henry no dice nada. Jeremy se dirige hacia mí.

—¿Qué pasó? ¿Tuvieron un pleito de amantes? ¿Heriste los sentimientos de tu novio? —dice fingiendo voz de niña.

—No es chistoso. Eres un idiota.

—¿Sabes qué? —Henry se acerca a mí y, se queda tan solo a unos cuantos centímetros de mi cara—. Quiero que volvamos a ser amigos como antes. —Me mira fijamente como si estuviéramos solos. ¿A qué se refiere con «como antes»? ¿Antes de besuquearse con Ali? ¿Antes de confiarle mis cosas? ¿Solo amigos?—. Se me hace tarde. Ev, me gustaría hablar. —Fulmina a Jeremy con la mirada. De hecho, lo mira como si quisiera hacerlo desaparecer. Cuando se da cuenta de que él seguirá ahí, suspira—. Nos vemos luego, Ev.

—Nos vemos luego.

Jeremy se queda callado, boquiabierto. Henry se da la vuelta, sube al auto y se va. Trato de romper el silencio incómodo.

—Jeremy, no fue su intención.

Él vuelve a ser el de siempre.

—Qué bueno. Hablar después es bueno. Par de locos, resuelvan su asunto. Ah, y lo de Tess *definitivamente se a-ca-bó*. —Hace una «X» con las manos para enfatizar—. ¡A la mierda!

No siempre aprecio lo egocéntrico que es Jeremy, pero en momentos como este resulta útil.

—¿A la mierda cómo? —Empezamos a caminar.

—Supongo que no puedes decir que algo se acabó cuando realmente nunca empezó, pero aparentemente a ella le gusta alguien más. Como sea. A la mierda como siempre. —Suelta las palabras como si no le importara—. Entonces, ¿qué hay contigo? ¿A partir de ahora eres un hombre trabajador?

—Necesito el dinero. —Veo el 7-Eleven. Ya estamos cerca.

—Sabes que era broma lo de que Kimball es tu novio, ¿verdad?

«Y ahí está de nuevo».

—Sí.

—Porque hay un rumor en la escuela de que es gay. Bueno, yo no creo, porque ese chico tiene habilidades impresionantes con las chicas y sé que se estaba cogiendo a Amanda, además de que Ali estaba... —Baja la voz y deja de caminar—. Pubis, la única razón por lo que te digo esto es porque se rumora que es gay y que le gustas.

«Ay, puta madre». Siento como si me hubieran sacado el aire.

—¿De dónde sacas...?

—De Tommy. Ah, y Ali dijo que los descubrió en el baño de sus padres. Pensó que estabas en la movida con...

—Esto es una locura. —Trato de parecer despreocupado.

—Eso fue lo que dije. Si fueras gay, lo sabría. Hemos sido amigos desde siempre y, hombre, si te gustaran los tipos, le habrías hecho la movida a esto —señala todo su cuerpo con la mano derecha—, un buen trozo de jamón.

—¿Crees que si fuera gay me gustarías?

—Son simples matemáticas: Tú gay, más este galán, es igual a por supuesto.

—A los gays no les gustan todos los chicos con los que se topan.

—No podrías resistirte. No te preocupes, los callé a todos. —Jeremy está completamente fuera de sintonía.

Niego con la cabeza.

—Voy al 7-Eleven por un dulce. ¿Quieres uno?

—Nah, gracias. Me tengo que ir porque mis padres nos van a llevar a cenar y necesito bañarme. —Se sube a la bici y hace una pausa—. ¿Tú y Henry estaban solos en el baño?

—Buscábamos una curita para mi cabeza.

—Claro. Es lógico. Eres un accidente andando. —Empieza a pedalear—. Te veo mañana.

# Veinticinco

Mi cuarto en el departamento no me genera el mismo sentimiento que cuando estábamos en la casa. No puedo pintar, poner tapiz ni nada demasiado permanente. Por suerte, todos mis libreros cupieron y en las paredes puedo pegar con cinta los dibujos que mi mamá aprueba, para que este espacio estéril se sienta cerrado y seguro. Casi.

El dulce que me compré no fue suficiente, así que voy a la cocina para ver qué hay y me dirijo a la alacena a buscar en mi lugar favorito: el gabinete de la pasta. La mayoría de las casas tienen algo de pasta, pero nosotros tenemos todo un lugar dedicado a esta en la cocina. Tres estantes completos, desde el fondo hasta el frente, de punta a punta. Tanto es así que, si quitas uno de los paquetes individuales, inevitablemente el resto se caerá al piso. Tenemos pasta de todo tipo, desde el básico macarrón con queso de Kraft, hasta una marca genérica de una pasta de extraño color que mi madre consiguió gratis en su trabajo porque iban a tirarla.

Pongo a hervir agua en una olla y me doy cuenta de que hay un pedazo de pastel de vainilla con betún de chocolate. Solo un pedazo en un plato desechable redondo y pequeño, cubierto con plástico. Muero de ganas de comérmelo, pero esto no es algo que mi mamá horneó; alguien lo trajo y, por lo que puedo ver, lo hicieron de cajita. Esto nunca sería una opción para nosotros. Alguna vez metí de contrabando una caja de harina preparada para hacer pastel de vainilla clásico de Duncan Hines. Lo probé en casa de un vecino y me encantó. Sabía lo que pasaría si le pedía a mi madre que lo hiciera, así que un día compré una caja en Geffy's saliendo de la escuela. Esperé a que todos se fueran a dormir y horneé el pastel. Como no sabía que el betún no estaba incluido, solo pude hacer el pastel sin betún. Lavé y sequé toda la evidencia y me comí el pastel completo en mi cuarto.

Si me como este pedazo que tengo enfrente, se generaría una «situación» y ningún pastel lo vale. Veo qué más hay en el refri; debe de haber algo más para picar en lo que hierve el agua. En la segunda charola del refri hay un sartén. Lo abro: son lentejas. En esta casa siempre hay lentejas. Me echo una cucharada para calmar el hambre. *¡Guácala!* Estúpidas lentejas.

—¡Ya llegamos! —Papá enciende la luz de la entrada.

—Estoy en la cocina, esperando a que hierva el agua.

—Ponte un abrigo, ¡tu padre nos va a llevar a N-Joy Suey! ¡Tenemos que celebrar! —Mi madre se oye un poco eufórica y su voz se oye más aguda que de costumbre.

Inmediatamente subo la guardia.


Entramos a N-Joy; enseguida me siento en el lugar cerca de la ventana. Generalmente este restaurante está lleno los domingos en la tarde, pero aún es temprano. Me quito el abrigo y lo pongo al lado de mí sobre el gabinete. Mi padre se quita el suyo y me lo pasa.

—Pon el mío también.

Mi madre se queda con el suyo puesto. Siempre tiene frío. Su abrigo es color camel, entallado, bien ajustado a sus medidas y con un cuello de peluche artificial. Es una de sus prendas favoritas y una de las más caras. Le enorgullece mucho tenerla y la forma en que la luce. Pagó casi doscientos dólares por ella, la compró en oferta en Linderfield's; no la sucursal del centro del pueblo, sino la del centro comercial. Se frota las manos y les sopla.

—Aún no hace tanto frío, mamá.

—Tú no conoces el frío. Eres joven. Tu sangre está hirviendo. Cuando tenía tu edad, pasaba todo el invierno en un vestido delgado, a veces sin zapatos, y no sentía el frío.

—Bueno, no es como si nevara en Grecia —responde mi padre en voz tan baja que apenas lo oímos. Toma un poco de agua en cuanto el mesero trae la jarra y mete la cara al menú.

—¡Estaba llena de vida! —Mi madre levanta un puño cerrado y aprieta los labios. Yo también meto la cara al menú—. Era fuerte y trabajaba duro. No como ahora. Todos nada más miran, siempre están mirando los teléfonos y las máquinas, con la mirada perdida. Veo a los chicos caminando como robots sin mente mirando hacia abajo. ¿Qué futuro...?

—¿Cuáles son las buenas noticias? —interrumpo, genuinamente interesado, porque casi nunca hay noticias buenas y porque quiero que se calle.

—Tú dile, Elias —dice mientras le soba la nuca.

Rara vez son juguetones o se demuestran cariño. Mi padre lo intenta más que mi madre, pero la verdad es que tampoco me gusta cuando los veo así.

—Los hermanos y las hermanas de la iglesia quieren ayudarme a abrir un restaurante. —Ambos sonríen y se ven tan felices como... bueno, no recuerdo la última vez que los vi así.

El mesero se acerca.

—¿Listos para ordenar?

Ni siquiera hemos visto el menú, pero no es necesario. Siempre pedimos lo mismo.

Mi madre empieza a ordenar.

—Yo quiero el chop suey de camarones y dos rollos primavera de vegetales, y una limonada. Gracias. —Le entrega el menú al mesero y le sonríe con calidez..

Él le sonríe también. Mi papá empieza a ordenar y yo me quedo viendo a través de la ventana.

*Mi-er-da.* Veo a Henry y a su familia saliendo de un auto. Él, sus padres, incluso Claire. Todos están aquí. «¿A dónde van? ¿Quizás a la pizzería? ¿O tal vez decidieron pasar en familia al 7-Eleven por un helado para cada uno?». Por favor, que sea una de esas opciones.

Pero no. Están entrando al N-Joy.

—¡Oye, soñador! El señor te está esperando. —Los ojos de mi madre están enfocados directamente en mí.

—Ah, sí, lo siento, para mí el pollo a la naranja. —Trato de no ver a *toda* la familia Kimball conforme entran al restaurante. Se sientan en un gabinete. ¿Acaso esto fue planeado?

—Pedí el paquete de Doble felicidad para el centro.

«Más felicidad no pudimos haber pedido», estuve a punto de decir. Mi estómago está tan tenso que comer parece imposible. Entonces, Henry nos ve y se le ilumina el rostro. Me obligo a sonreír y saludarlo; es demasiado tarde para fingir que no lo veo. De cualquier forma, no serviría de nada, Henry vendría hasta acá y sería el de siempre.

Mi madre voltea y ve a la familia Kimball. Sonríe y los saluda. Luego voltea hacia nosotros, frunce el entrecejo y pone los ojos en blanco. De pronto, todos sonríen; los Kimball, nosotros. Este es uno de esos momentos en los que crees que ya nada puede salir peor, pero sí: Henry se separa de su familia y se dirige hacia nuestra mesa. Conforme se acerca se va quitando el abrigo; por supuesto, trae shorts, además de una camisa tipo polo azul claro que acentúa el color de sus ojos.

—Hola, señor y señora Panos. Es un placer verlos. —Sonríe ampliamente, sobre todo a mí y a mi padre, tanto que parece que quiere ponernos nerviosos. Despacio, jalo mi abrigo y el de mi padre hacia el asiento del gabinete, incluso los alzo para que parezca que no hay lugar.

Henry voltea hacia mí.

—Hola, Ev. —Su sonrisa ya no es tan grande y ahora se ve un poco más tierno—. Mira nada más, nos encontramos aquí.

Trato de parecer muy despreocupado, como si no lo hubiera visto hace apenas unas horas. Como si no estuviera por completo sonrojado.

—Hola.

—Bueno, me alegra que nos hayamos saludado. —Voltea hacia su familia. Sus padres están viendo el menú. Claire nos mira fijamente—. Mejor me voy a mi mesa, todos están muy hambrientos. Evan, ¿luego vamos por un helado? Podrías regresarte con nosotros, si no tienen problema, señores Panos. Lo llevaría temprano a casa. Mañana tenemos que ir a la escuela y…

—Yo creo que no, Henry —lo interrumpe mi madre.

Luego la interrumpe mi padre.

—Solo que no sea muy tarde, Henry.

Me mira fijo y regresa a su mesa. Yo quisiera gritar: «¿Y yo no tengo voto en el asunto? ¿Podrían dejar de decidir por mí? ¿Qué no vieron cómo llegó a exigir que fuéramos por helado? ¡Ni siquiera preguntó!». Debí haber dicho algo. *Debo* decir algo.

—¡Elias! Es domingo ¿y le das permiso de ir con este niño, el Frijol? —Aun cuando susurra el volumen es alto.

—Trabajó todo el fin de semana. Deja que se divierta un poco. —Claramente, mi padre está de buen humor—. Henry es buen chico y es de buena familia. Su hermana va a una escuela muy elegante, ¿verdad, Evan?

—¿A qué iglesia dices que van?

—Su hermana va a la universidad de Brown. Es muy buena escuela. Ellos son presbiterianos. Asisten a la Primera Iglesia Presbiteriana de Kalakee, creo —respondo como si fuera una máquina.

—Esa no es una verdadera iglesia. Creen en los gays y en otros pecados. Es solo para gente que quiere sentirse bien. Ese tipo de iglesia no es iglesia. —Ella cree que deberías sentirte perseguido todo el tiempo para poder ser un hijo de Dios—. Al menos parece que la chica sí tiene la cabeza bien puesta. Además, ¿quién usa shorts en el invierno? —Me mira como si fuera mi culpa.

Ni siquiera me dejan responder o al menos recordarle que ella misma acaba de decir que «yo no conozco el frío». Hay tantas cosas mal aquí...

—Deberías convivir con la chica. Es bonita. Muy bonita, a pesar de no ser griega ni cristiana. Necesita comer bien para fortalecer sus huesos. —Me mira de nuevo—. ¿Así te gustan? ¿Escuálidas?

—Ay, mamá. —Trato de frenar esta avalancha—: Entonces ¿qué es eso de poner un restaurante?

Nuestro mesero y otro que lo ayuda llegan a la mesa con varios platos. Empiezan a acomodarlos frente a nosotros. Yo echo un vistazo a la mesa de los Kimball. Henry está volteando hacia donde estamos. ¿Ha estado viéndonos todo este tiempo? ¿Qué está pensando? ¿Se siente herido? ¿Piensa que por haber leído mis diarios ya es algún tipo de salvador o héroe? «¿Crees que puedes salvarme, Henry Luther Kimball? Piensa de nuevo. Dios no pudo salvarme aunque se lo pedí. ¡Y se lo pedí muchísimo!».

Regreso la mirada a nuestra mesa, que ahora está cubierta centímetro a centímetro con platos vacíos y platos humeando con deliciosa comida grasosa y caliente.

—Tu padre y yo vamos a abrir un restaurante. Tula y su esposo, así como Andy y su esposa, Melina, van a invertir y ayudarán a tu padre a abrir un lugarcito. Él tiene una excelente reputación. —Lo mira con cariño y le soba el cuello al mismo tiempo que se sirve una cucharada de chop suey de camarones—. ¿Quieres? —Me pasa la cuchara.

Tomo un plato y me sirvo un poco. Esta es mi madre en su mejor versión. Me digo que debería disfrutarlo, pero no puedo.

Mi padre ya se sirvió un plato con un poco de todo.

—Creo que podemos empezar después de las vacaciones. Ahora no es momento para empezar a buscar, pero esta es nuestra oportunidad. Podemos controlar nuestro futuro. He querido hacer esto durante años. —Sigue comiendo.

«¿Cómo pueden comer?».

—Sabes que tu padre trabaja muy duro. Pero ahora hará dinero para nosotros en vez de para otros malagradecidos. Podemos trabajar ahí como familia y construir algo juntos. Y puedes heredarlo cuando muramos.

No digo nada. Hemos discutido sobre esto cientos de veces. No quiero dedicarme a un restaurante. Tampoco quiero heredar uno. No quiero nada de ninguno de ellos. Terminamos nuestra comida en silencio.

# Veintiséis

Me despido de mis padres, quienes me recuerdan que regrese a casa a una hora decente. Nadie menciona una hora específica.

Me voy con los Kimball hacia su auto.

—Atrás hay espacio suficiente para que quepan los tres —dice el señor Kimball mientras abre las puertas y Claire me abraza.

El auto es una Subaru Outback nueva, beige con interiores del mismo color. Son una familia Subaru, excepto por Claire; su auto es un BMW 2002 que heredó de su abuela. Puesto que soy el más bajo de los tres, me toca en medio.

—Hace mucho tiempo que no te vemos, Evan —dice la señora Kimball volteando para mirarnos directamente. Pone la mano en el brazo de su esposo mientras maneja.

—He estado ocupado. Ahora trabajo cinco días a la semana, a veces siete, si me dan las horas —digo viendo mis piernas.

—¡Vaya! ¿Eso es bueno? —exclama el señor Kimball. Levanto la vista y cruzamos miradas por el espejo retrovisor.

—Es lindo verte, Evan. —Claire choca su hombro ligeramente conmigo cuando me lo dice.

—Gracias. También me da gusto verte. ¿Estás de vacaciones?

—Sip. ¿Tú ya elegiste una universidad? —Se oye preocupada.

—El Instituto de Arte.

—¿Te aceptaron?

—Sí. —Eso es mentira. Ni siquiera me inscribí al examen de admisión. No hay dinero para ello.

—Genial.

—¿Vas a estudiar arte?, ¿pintura? —pregunta la señora Kimball, que, en su actitud positiva de siempre, quiere saber.

—Creo que sí. Aún no estoy del todo seguro.

—Es muy bueno —agrega Henry—. No puedo creer que nunca hayan visto nada de su trabajo en todos estos años.

—No es para tanto.

—¿A dónde van a ir? —pregunta el papá—. No hay nada abierto. ¿Quieren que pasemos a la tienda camino a casa? —Ahora cruza miradas con Henry por el espejo.

—Deja que salgan —dice la señora Kimball—. Les hará bien tomar aire fresco.

—¿Tal vez el IHOP? Abre las veinticuatro horas, ¿no?

Henry está a mi izquierda y desliza su mano derecha hacia mi muslo izquierdo. «¿Acaso eso hacen los amigos?».

—Ya veremos a dónde ir —dice con la mano aún en mi pierna.

Con la sincronía a su favor, justo en ese momento pasamos por el monasterio. Por instinto, miro a Henry y me arrepiento de inmediato. Su mano sigue en mi muslo izquierdo; voltea hacia mí y sonríe. Me enerva que esa sonrisa logre hacerme sentir que todo estará bien. No sé si pueda confiar en ello. «Maldito seas, Henry. No puedes salvarme».

La señora Kimball voltea de nuevo.

—¿Saben?, quizás sea buena idea ir por un postre a la tienda. —Y baja la mirada en cuanto se da cuenta de dónde está la mano de su hijo.

Henry mira por la ventana como si nada.

—Eso estaría bien. —Parece ignorar por completo que su madre nos está viendo.

Ella sonríe amable. No sé bien qué tipo de sonrisa esa.

—Después podrían ir a pasear o lo que sea. —Y voltea de nuevo.

—Suena bien. —Henry me mira—. Tal vez podamos hacer una barra de sundaes.

«¿De qué carajos habla?». Él es el chico del helado de un solo sabor. Sin nueces, sin cereza, sin jarabe. ¿Barra de sundaes? Siento como si todos estuvieran teniendo una conversación sin mí y me enojo conmigo mismo por permitir que esto llegara hasta aquí. Trato de mover mis piernas y mi cuerpo, pero mientras más me muevo, más mueve Henry su mano al interior de mi pierna. Es tan incómodo. Y, bueno, tal vez también me excita un poco, lo cual me hace sentir aún más incómodo.

—Tal vez vaya a casa de Nate —dice Claire.

—¿Está en casa? Creí que jamás «saldría de la universidad de Nueva York». —Su madre marca comillas en el aire, pero mantiene la vista al frente.

—Ya regresó. Bueno, más le vale.

Después de todos los almuerzos y cenas que he tenido en casa de los Kimball, lo lógico sería que me sintiera completamente cómodo con sus bromas, pero todavía me cuesta trabajo entender cómo es que no se dicen cosas horribles entre ellos. En la casa de los Panos no pasa un día sin que alguien se lance contra alguien, física o verbalmente.

Claire y su madre conversan, hasta que el señor Kimball hace un giro brusco en el estacionamiento de Fresh Fred's y todos nos agarramos a algo.

—Cielos. Perdón. Se me fue. —Maniobra el auto para estacionarlo, casi se lleva a dos personas que pasaban por el cruce. La señora Kimball saca una tarjeta de crédito, se remueve en su asiento y me la da. Yo me quedo viéndola.

—Ten. Tú y Henry están a cargo de las compras.

—Gracias, mamá. —Él toma la tarjeta.

Se encamina hacia la tienda y voltea para ver si voy detrás de él. Una vez adentro, voltea hacia mí.

—Nunca vuelvas a desaparecerte así. Por favor. —Su actitud es por completo diferente. Se ve frágil, asustado—. No puedes hacerme eso otra vez. Sé que la cagué, pero, por favor, no des por sentado que ahí estaré siempre.

Sacudo la cabeza.

—Okey, pero por el momento me está costando mucho trabajo confiar en alguien.


Una vez en la casa de los Kimball, todos se van por ahí, solo Henry y yo nos quedamos en la cocina.

—¿Sabes que tu madre vio dónde ponías la mano? —susurro.

Él coloca las compras en la barra de la cocina y me mira.

—Trae los tazones.

—¿En serio? ¿Solo vamos a fingir que esto es algo así como…?

—No me importa quién vio qué. La última vez que te vi, que realmente te vi, fue hace semanas y no quiero volver a pasar por eso.

—Ellos están justo allá arriba. Y me ves en la escuela. Baja la voz. —Estoy temblando y sudando. No puedo verme ahora, pero puedo garantizar que no me veo bien. Es probable que mi cabello se esté esponjando y simplemente sé que mi rostro se sonrojó.

En cambio, él se ve en completa calma.

—En la escuela me evades. *Soy gay*. Mi hermana lo sabe. Mis padres lo saben. Tú lo sabes.

Yo tan solo lo miro un momento.

—Amanda Hester... durante todo el año pasado. —Bajo aún más la voz—. Me dijiste que te acostaste con ella. Y no olvidemos a Ali y el hecho de que estoy jodidamente furioso contigo.

¿A quién trato de convencer? ¿Qué está diciendo? ¿Qué pasó entonces en casa de Ali? ¿Cómo es que tan solo puede... decirlo?

—Trae los tazones, Ev, o el helado se va a derretir.

Sé dónde están las cosas. He hecho pollo con papas a la griega aquí. Hay una isla y bancos a un lado. El resto de la cocina es una especie de «U» invertida alrededor de la isla. Todo el espacio se abre ante una gran y cómoda sala familiar. Pero, de pronto, no tengo la más remota idea de dónde están los putos tazones.

—Ev, ¿estás bien?

—¿Cómo es que puedes decirlo y ya?

—¿Qué?

—«Soy gay». Como si estuvieras tan seguro. Los hechos recientes demuestran lo contrario.

Toma cinco tazones de la alacena y los alinea en la barra.

—Porque lo soy. Nada de lo que sentí con las chicas con las que he estado se acerca a la forma en que tú me haces sentir. Soy gay.

—¿Vamos a calentar el jarabe de chocolate? —pregunto, aún aturdido.

—Claro. —Henry saca de las bolsas todo el helado. Para alguien a quien no le encanta el jarabe, sabe muy bien cómo se preparan los sundaes.

—Tendrán que comerse todo ustedes, chicos. —Claire entra a la cocina, se ve muy linda, como siempre. Es el tipo de chica con la que a mi madre le encantaría que yo saliera. Abraza a Henry por atrás y lo aprieta tanto como puede.

—¡Ash! Guarda tus abrazos para Nate.

La veo. Veo a Henry y la forma en que se quita el cabello de los ojos, la forma en que le sonríe a su hermana, con tanto cariño.

Claire me ve.

—Me alegra mucho que estés aquí. —Se acerca y me da un beso en la mejilla—. Te veo al rato. —Y se va.

Henry echa agua en un sartén que pone en la estufa.

—Esto parece un mundo rarísimo. —Abro un cajón para sacar la cuchara para servir el helado. Él vierte el jarabe en el sartén.

—¿Podrías pasarme uno de esos tazones? Le voy a poner las nueces picadas.

—Ten. —Le paso el que iba a ser el tazón de Claire y empiezo con las nueces—. ¿No te da nervios? ¿Cómo es que ahora estás tan seguro? Nunca hemos hablado de esto. ¿No la pasabas bien con Amanda? ¿Con Ali? Tal vez no eran las chicas para ti. No puedes saber así como así.

Me ve a los ojos.

—Lo de Ali… No es excusa, pero estaba confundido, alterado, un poco borracho y quería que alguien me necesitara. Quería que alguien me deseara. Y quería que fueras tú, pero… Okey, ahí lo tienes. ¿Contento?

Niego con la cabeza.

—¿Así que es mi culpa? Que ni se te ocurra insinuarlo. Estabas borracho y traicionaste por completo mi confianza.

—No es eso. Yo quería que… estuvieras seguro de que querías estar conmigo. Lo de Ali no fue en serio. Fue una estupidez. Bebí demasiado.

Le quito las tapas a los botes de helado. La superficie del helado empieza a derretirse y a suavizarse, la consistencia perfecta para meter la cuchara. Por alguna razón, tal vez los nervios, empiezo a abanicar los botes de helado con las manos.

—No nos acostamos —dice mientras yo trato de poner cara neutral—. Solo nos besuqueamos y así… Las cosas subieron de tono, pero no hubo sexo.

—«Nos besuqueamos. No tuvimos sexo». ¿Para ti da lo mismo?

—Ev, lo que pasó entre tú y yo fue más real para mí que cualquier otra cosa que haya hecho con alguien más. —Se da cuenta de que estoy abanicando el helado—. ¿Qué haces? —Empieza a carcajearse.

Enseguida me doy cuenta de lo que estoy haciendo y me detengo. Pongo ambas manos sobre la barra de la cocina y miro hacia donde está Henry y el sartén en la estufa.

—Okey. Debo confesar que yo también sentí algo, pero ¿cómo puedes saberlo? No confío en ti.

Él me mira de nuevo. Empieza a caminar hacia el otro lado de la isla. Mi lado. Carajo, es mucha distancia.

De pronto siento que mi corazón no va a aguantar esto, mi cuerpo está sudando en serio. Me besa con suavidad, pero yo no le respondo el beso. Él insiste mientras trata de juntar sus manos con las mías. Me resisto un poco, pero luego abro las palmas lentamente. Nuestros dedos se entrelazan y empiezo a corresponder el beso. Un poco. Él se endereza.

—Voy a hacer todo lo que pueda para volver a ganarme tu confianza —dice aún con nuestras manos entrelazadas.

Tomo un golpe de aire fresco.

—Deberíamos revisar el jarabe. —¿Y si sus padres llegan de repente? Ni siquiera se me ocurrió durante el beso. Lo miro y le digo—: Quiero creerte.

—Créeme. —Da un paso hacia atrás y hacia la estufa—. El jarabe está listo.

Detrás de mí oigo una voz.

—Este es el servicio más lento del mundo.

De un brinco regreso a la realidad.

—Ay, no quise asustarte. —Es el señor Kimball.

«Maldita sea, eso estuvo cerca».

Henry les da dos sundaes a sus padres.

—Dos clásicos para ustedes. Uno con nueces y otro sin.

—¿Quieren ver una película con nosotros? Podemos elegir una que a ustedes les guste —dice el papá.

—Gracias, pero creo que vamos a platicar un rato antes de que tenga que llevar a Evan a su casa.

Entramos al cuarto de Henry. Cierra la puerta, coloca el tazón en su escritorio y, antes de que pueda decir algo, me besa otra vez.

Doy unos pasos hacia atrás.

—Tus papás.

—Está bien.

—Henry. —De veras quiero besarlo, en serio. Y de qué manera me ve ahora mismo. Esto es lo que ves en las películas y pienso que qué cursi es todo eso, pero cuando te sucede no hay palabras lo suficientemente poéticas para capturar ese sentimiento—. Henry, leíste mis diarios, ¿cierto?

Él asiente y me jala hacia él.

—Lo lamento tanto. Entre lo que pasó en la fiesta con Ali, no poder explicártelo y luego leer todo eso... y tus dibujos...

—Jamás había compartido eso con nadie. Toda mi vida he tenido que asegurarme de poder separar todo. De mantenerlo contenido. Esto entre nosotros altera las cosas. Tengo que poder confiar en ti. Ahora más que nunca.

—Te lo prometo. —Me mira directo a los ojos—. Nada vale lo suficiente como para que te lastime.

Sé que son solo unos segundos, pero este momento... este momento en silencio es todo mi mundo.

—Ev, he visto marcas en tu cuello, en tus brazos y piernas. A veces en tu rostro. No quería creerlo.

—Yo no quería que ni tú ni nadie lo creyera. Solo habría hecho las cosas más difíciles para mí.

—Hubo muchas partes difíciles de leer, verlas en una página y saber que tú las habías escrito. Pero lo más difícil fue leer que querías morir. —Pone las manos en mi cintura—. ¿Aún te sientes así? —No digo nada. Me siento avergonzado. Tengo miedo de que Henry crea que soy débil, alguien que no es capaz de luchar por sí mismo, menos aún de luchar por alguien más—. Te necesito. Te quiero cerca. —Sigo callado—. ¿Sigues pensando en morir?

—Ya no. Sueño con escapar. —Quiero decirle «aunque no quiero escaparme de ti», pero no lo digo.

—¿Y con Gaige…?

—Con él tuve mi primer beso.

—Había tantos dibujos de mí en tus diarios. No vi ninguno de Gaige… —Me ve con cara de una pregunta implícita.

—No seas un cabrón egoísta. A ti te conozco desde hace años. —Vuelve a  besarme. Luego me besa el cuello y una de sus manos se desliza hacia mi espalda. Puedo sentir que sus dedos me recorren la columna de arriba abajo. Su otra mano sube por mi pierna. Me acerco más, aunque físicamente sea imposible que estemos más cerca—. Oh, por Dios… —sueno como si estuviera drogado, pero no me detengo. Él sigue besándome el cuello y se regresa a mi boca—. No, no podemos… —digo—, nunca me he acostado con nadie. —Ash. Pero qué comentario tan poco sexy. Me enderezo un poco para tratar de recobrar el aliento—. Lo siento.

—No te preocupes. Mírame. —Ahora sus manos están en mis hombros—. No tienes que decir ni hacer nada ahora. Solo no quiero volver a perderte.

La persona que se supone debía quererme más que nadie (al menos de manera incondicional) siempre me ha querido lejos, sin importar cuánto me esfuerce por ser perfecto. Y ahora, este chico, que conoce todos mis defectos y que ha visto mi dolor en su forma más cruda, me quiere cerca.

# Veintisiete

Hoy soy un completo inútil.

Estar en la escuela al día siguiente de estar con Henry se vuelve un verdadero esfuerzo para encontrar nuevas formas de fingir que estoy poniendo atención. Y no lo estoy logrando.

—Señor Ludecker, puedo escucharlo.

—Perdón, profe Q.

Jeremy voltea hacia mí y mueve la boca diciendo algo. Yo solamente levanto los hombros. Vuelve a mover la boca. No entiendo nada. Escribe en la orilla de su dibujo: «¡Haz esto por mí!», pero yo niego con la cabeza. Él pone los ojos en blanco.

—Evan, ¿me das un minuto?

—Perdón, amigo. —Jeremy parece sincero.

Voy con el profesor Quiñones.

—¿Ya tienes algo para mostrarme? —pregunta.

Tenía la esperanza de que lo hubiera olvidado.

—Sé que le pedí una prórroga, pero…

—¿Aún te interesa hacer tus prácticas? —No sé cómo responder—. Tu trabajo en clase es bueno. Tenía la esperanza de que…

Miro al suelo.

—No es buena idea. Esas prácticas no son para mí.

—Nada. Solo una mirada en blanco del profe Q, como si alguien lo hubiera apagado. Intento arreglar el asunto—: Tal vez cuando me gradúe, si el programa sigue disponible y el arte es algo que yo...

—¿No te interesa? —Me doy cuenta de que no me cree—. Evan —el interruptor se enciende de nuevo—, no tienes que hacer esto, nada de esto, todo el trabajo, el arte y demás. Tú decides. Las prácticas no son un compromiso de por vida. Creo que es una buena forma de saber qué quieres y qué no quieres.

Tiene razón. Cada opción, cada decisión me parece demasiado importante. Tal vez me sentiría mejor si optara por algo, aun si no fuera la situación perfecta.

—Lo pensaré —asiento.

—Bien.


Estoy en la fila del almuerzo y me doy cuenta de que Henry y Jeremy ya están sentados. Henry sonríe y Jeremy hace un gesto para que me acerque. Asiento y saludo con la mano, tratando de parecer alguien normal por si acaso alguien nos mira y tan solo al verme puede darse cuenta de que cambié, de que Henry y yo nos vemos diferentes.

El receso del almuerzo no es algo que me encante. La cafetería es un lugar social, donde la gente comparte historias y surgen rumores. Pasar desapercibido siempre ha sido una estrategia relativamente buena, pero durante los últimos meses he llamado la atención más de lo que puedo soportar. Además, luego de los muy, muy recientes sucesos, estoy supernervioso, no solo porque mis mundos están colisionando, sino porque todo mi universo está increíblemente desordenado.

En cuanto pongo mi charola sobre la mesa, Jeremy aprovecha para iniciar la conversación. Se inclina hacia Henry, que está sentado frente a él.

—Prepárate, Kimball: Panos se va a codear con supuestos artistas de la ciudad; tal vez al fin tenga sexo. —Y entonces se dirige a mí—: Solo ten cuidado o acabarás seducido por uno de los profes Q del mundo.

Justo en ese momento Tommy Goliski pasa por ahí.

—¿Que qué? —Lo acompaña su séquito de siempre, además de Ali.

Ali le sonríe con sarcasmo a Henry.

—Hola, Henry.

—Hola, Ali.

—Oye, Evan, dime ¿qué hay con tu vida sexual? —Tommy rodea la cintura de Ali con un brazo. Me esfuerzo por mantener la compostura—. Entonces, ¿al profe Q le gusta la posición donde él queda arriba?

Henry se entromete apretando la quijada.

—Vámonos.

—Esta conversación no es contigo. —Tommy se inclina hacia Henry—. Hablo con tu novio, a quien al parecer le gustan los hombres mayores. —Los chicos que siguen a Tommy sueltan unas risitas tontas. Literalmente.

Intento aligerar la situación.

—Oye, Tommy, Jeremy es un idiota. Creo que todos estamos de acuerdo con eso. —Miro a Jeremy—. ¿Cierto?

Él asiente.

—No, en realidad me da curiosidad. ¿Acaso hay un escándalo maestro-alumno?

—Probablemente en el baño de mis padres. —Ali cree que se está saliendo con la suya.

La quijada de Henry se aprieta más.

—Ali, no empieces.

Tommy le da un manotazo al hombro de Henry.

—No le digas lo que tiene que hacer. El hecho de que no seas un verdadero hombre no te da el derecho de hablarle así a una chica. —Henry alza la mirada para verme. Disimuladamente, niego con la cabeza—. Evan, contéstame —exige Tommy.

—No. —Sigo mirando a Henry.

—¿No vas a contestar o no has tenido sexo?

—La segunda premisa.

—¿Qué carajos es eso de «la segunda premisa»? Con ese lenguaje por supuesto que nadie va a querer acostarse contigo.

—¿Qué está pasando aquí? —La profesora Lynwood aparece de la nada y ahora todo el mundo nos ve—. Todos a sus lugares a disfrutar de la pizza.

Tommy y su banda de zombis se esfuman. Suelto una bocanada de aire.

—Eso estuvo cerca. —Jeremy se embute casi una rebanada entera de pizza.

—Entonces, ¿de qué estaba hablando Jeremy? —Poco a poco parece que Henry se calma.

—De sus prácticas, Kimball; pon atención. El profe Q le está insistiendo y es probable… —Jeremy escupe pizza mientras habla.

Henry se limpia el rostro con una servilleta.

—Oye, hasta acá llegó tu pizza.

—Perdón.

Miro fijamente a Jeremy.

—Basta de toda esa mierda del profe Q, ¿sí? No viene al caso. ¿Por qué siempre tienes que ser tan hijo de puta? ¿Y te preguntas por qué Tess no se interesó en ti? ¿En serio no sabes? —Me levanto—. Tengo que ir a mi clase.

—Te acompaño. —Henry también se levanta y dejamos a Jeremy solo en la mesa. Entre la agresión de Tommy y las idioteces de Jeremy, estoy que me lleva el diablo. Ni siquiera volteo a ver cómo reacciona y, la verdad, ni me importa.

# Veintiocho

Los días anteriores al Día de Acción de Gracias son de los más ocupados en el deli y la próxima semana será aún peor. Trabajo todos los días, lo cual es bueno por varias razones:

1. Me sirve el dinero.
2. Mientras estoy trabajando, nadie me molesta en casa.
3. No me deja tiempo para la vida social.

El poco tiempo libre que tengo lo paso en el monasterio. Estar rodeado de estatuas me hace sentir acompañado y, al mismo tiempo, no tengo que entablar una conversación real. Además, no hay sorpresas. El clima aún es lo suficientemente agradable para llegar en bicicleta. Y otra cosa buena es que paso por el vecindario de Henry de camino. He mantenido el contacto al mínimo con él desde el incidente de la cafetería. Él lo entiende. Por el momento, ninguno de nosotros quiere arriesgarse a los dramas extremos. Pero mi mente juega conmigo: creo verlo y oírlo a dondequiera que voy. Es un hecho, aún puedo olerlo y eso me hace extrañarlo aún más. Saco mi diario y empiezo a hacer un bosquejo de Henry, de cómo se veía cuando estábamos en su cuarto.

Cuando nos besamos. Cómo me veían esos ojos, como si necesitaran verme para poder seguir brillando.

Pedaleo por la cuadra de Henry de regreso a casa. Esta es la cuarta vez que paso. Tengo la esperanza de que aparezca, pero al mismo tiempo no quiero que lo haga. Cuando sale, me detengo y parpadeo para asegurarme de que sí sea él. Giro la bici hacia su casa y nos encontramos en la esquina. Estoy sin aliento.

Él muestra su sonrisa y sus dos hoyuelos.

—¿Qué haces?

—Acosándote.

—Sabes que puedes entrar, ¿no? Claire está aquí. Mis padres están…

—Debo regresar a casa antes de que se haga tarde.

—¿Quieres ir a pasear en auto mañana?

—Tengo una fiesta familiar en casa de mi tío. Ya sabes. La de todos los años.

Tiene ambas manos en los bolsillos y empieza a hablar entre dientes.

—Creo que… me tomaré unos días… Iré a uno de esos lugares… de la lista.

—¿Qué? —Trato de hacer contacto visual. ¿Necesita alejarse *de mí*?

—Necesito descansar.

—Claro. —No estoy nada convencido.

Ambos permanecemos callados.

—Otra vez estás con eso de evadirme. —No digo nada—. Y lo entiendo. Ya empiezo a conocerte. Es un estira y afloja. —Me alborota el cabello, que de por sí ya me alborotó el viento—. Tan solo me tomó varios años. Claire va a ir conmigo. No quería ir solo. Quiero reflexionar sobre algunas cosas.

—Está bien. Eh…

—¿Qué?

—Quiero ir contigo. Muero de ganas —suelto de repente.

—Ev, yo también quiero que vengas. No te lo propuse porque conozco la situación de tu casa.

—Odio que me excluyan. —Me río de mí mismo incómodamente—. Sabes que evado las cosas porque quiero estar contigo.

—Sí, lo sé. Ya te dije que te entiendo cada vez más. —Sonríe.

—¿A dónde vas a ir?

—A ver a las ardillas albinas en Olney, Illinois. Está como a tres horas de aquí.

Me río entre dientes.

—Bueno, eso suena superbién. Creo que fui yo quien lo propuso.

Él asiente.

—Tomaré fotos.

—¿Y tus padres están bien con esto?

—Me dijeron que sí. También ayuda que Claire venga conmigo.

—Claro. Ella es su favorita. —Sonrío.

—Imbécil. —De manera juguetona me golpea con un hombro.

—Me alegra que puedas irte.

—Tú tienes el monasterio y tus dibujos. Yo necesito algo así. —Su voz se va desvaneciendo—. Tal vez ahora más que nunca.

Lo miro a los ojos.

—¿Qué se siente? ¿Salir del clóset con tu familia?

—A veces, como si nada. Todos actuamos como siempre: gruñones, ruidosos, contentos, tontos. Ya sabes. Otros días, se vuelve un asunto.

—¿Un mal asunto?

—No. Es solo que… quisiera que fuera como antes —responde en voz muy baja y desviando la mirada—. No quiero ser *el hijo gay*, ¿sabes?, con el que tienen que esforzarse de más.

—No, no sé. O sea, creo que entiendo, pero, ya sabes —digo, en vez de abrazarlo y consolarlo como quisiera.

—Sí, ya sé. Por cierto, ¿cómo va todo?, ¿qué tal se porta ella? —Por su voz me doy cuenta de sus nervios.

—Bien. Sin incidentes mayores. Trato de pasar desapercibido, de seguir las reglas, de ser…

—¿Un buen soldadito? —Sus ojos se oscurecen—. Sabes que quiero ir allá, ¿verdad? A tu casa, para hablar con ella y decirle que jamás vuelva a tocarte. De hecho, creo que no hablaría mucho.

Al oír esto de Henry, algo en mí siente calor. En el buen sentido. Nunca nadie me ha defendido así.

—Henry, no puedes involucrarte en esto, ¿eh? Mírame.

Él mira al cielo, al suelo y, por último, a mí. Sus ojos están húmedos.

—Pienso en ti en ese departamento y siento tanta puta rabia.

—No te involucres.

—Ya lo estoy. Quiero que se detenga.

—Puedo cuidarme solo.

Él suspira. Finalmente, baja la cabeza y toca mi frente con la suya. Estamos afuera. En la esquina. Frente a su casa. Y yo no me quito.

# Veintinueve

Es el domingo antes del Día de Acción de Gracias. Busco un lugar donde asegurar mi bici en el estacionamiento del restaurante de mi tío. El lugar está repleto. Esta puede ser la concurrencia más grande que jamás se haya reunido. Reconozco algunos de los autos, pero hay unos cuantos que no. Miro hacia el interior del restaurante. Casi puedo distinguir a la gente. Parece que todas las personas que he conocido en mi vida, excepto por mis amigos de la escuela, están aquí. Mientras más pronto entre al lugar, más pronto podré tachar de la lista este día.

En cuanto entro, mi madre me identifica. Viste una falda entallada azul oscuro y un suéter tejido con un pendiente en forma de cruz. La cadena es modesta y de buen gusto, tal como el estilo que a mi madre le encanta proyectar. Trae el cabello suelto, hermosamente alaciado. Se maquilló con su lápiz labial natural de siempre y muy poco rubor. Está sonriendo y camina hacia mí con los brazos completamente abiertos. ¿Es para aparentar o es en serio? Nunca puedo distinguirlo.

Me abraza y me besa la mejilla.

—Cariño, te ves tan guapo —me dice hablando muy alto. Luego se acerca más, aún sonriendo, y susurra—: Pareces prostituta con esos pantalones.

De regreso a su papel de la anfitriona perfecta, me lleva del brazo a través del restaurante. Caminamos hasta donde está una pareja de espaldas a nosotros. El hombre aún conserva toda la cabellera, de color oscuro, y la mujer viste un chaleco de piel sobre un suéter blanco y botas a la altura de la rodilla, también de piel. Tiene el cabello recogido.

—Helen, Dean, este es mi hermoso hijo, de quien tanto les hablé —dice mi madre en tono cantarín y gestos elaborados para presentarme, solo faltó que gritara: «¡Tarán!».

Ambos voltean sonriendo.

—Tu hijo es mucho más guapo de como lo describiste, un verdadero hombre griego, ¿no crees, Dean? —Voltea hacia su marido antes de terminar con—: ¿Cómo es que no tienes novia?

—Ah, bueno, ¡eso se puede arreglar! —Mi madre ríe—. Helen y Dean acaban de llegar al pueblo y a nuestra iglesia, pero son viejos amigos de tu tío. Hoy nos conocimos en la iglesia. ¡Son una familia maravillosa! Griegos que alaban al Señor y que tienen tres hermosos hijos, también para el Señor. —Bien, supongo que uno de esos hijos es una chica más o menos de mi edad y la pobre, sin saberlo, ha sido elegida para desposarme—. Dean es un doctor exitoso de Chicago y Helen es estilista. Tenía su propia estética en la ciudad y está buscando abrir una aquí, ¡en Kalakee! ¡No es maravilloso? —Mi madre está eufórica. Cuando se encuentra así, es todo un espectáculo. Mira alrededor del lugar—. Helen, ¿dónde está tu hermosa hija?

Lotería.

—Iré a buscarla, Voula. Tú quédate aquí, jovencito. —Helen me arregla el cabello como si fuera su hijo.

—Dean, cuéntale a Evan cómo es que tú y tu esposa llegaron a Estados Unidos desde Grecia sin nada. Solo que su fe y su arduo trabajo ¡y mírense ahora! ¡Tan bendecidos! —Mi madre voltea hacia mí, como si de pronto fuera sordo. A todo volumen y lentamente repite lo que dijo, y hace su versión de lenguaje de señas en griego—. *No tenían nada. Nada. Fueron bendecidos gracias a Dios y a su arduo trabajo.*

Justo a tiempo, llegan Helen y su hija.

—Ella es María. —La presenta de la misma manera que mi madre me presentó hace unos minutos. A esta edad, hubiera dado lo mismo que nos sentaran en una bandeja giratoria gigante y le dieran vueltas en todas las reuniones de griegos. Se habrían ahorrado tanto «tiempo de presentaciones».

—María, él es Evan —dice Helen.

La emoción de mi madre chorrea como una fuente.

—Ay, María, qué chica tan linda. Me encanta tu cabello. ¿No es hermosa, Evan?

La chica sonríe.

—Mucho gusto, María. —Le extiendo la mano como perfecto caballero griego.

—Igualmente, Evan.

No es que ella no sea atractiva. Es solo que toda esta situación es ridícula. Trae puesto algo que parece un disfraz de Halloween para una niña que quiere ser la princesa del reino pastel. Le aprieta tanto que las partes que no cubre la tela del vestido se ven moradas. La parte de abajo del vestido está esponjada y tiene capa tras capa de blanco, rosa, verde y azul. Quién sabe si ella lo escogió o si es cosa de Helen.

Es increíble lo que mi madre está dispuesta a perdonar si eres griego y «el tipo correcto de cristiano». Si esta misma situación se diera con alguien de mi escuela que fuera, digamos, luterano, habría un interminable sermón con referencias apocalípticas después de la presentación.

—¿En qué año de la escuela estás? —pregunto tratando de entablar conversación.

—Voy a empezar la preparatoria el próximo año. —María se ve entusiasmada con todo esto y yo estoy más que avergonzado. Es una niña. Literalmente, es una niña.

—Genial. Debes de estar muy emocionada. Me alegro por ti.

—Evan se gradúa en la primavera. —Ahora mi madre voltea a verme con el rostro iluminado, como si estuviera orgullosa.

Helen parece impresionada y también orgullosa, lo cual es muy raro. Claramente no tiene problema con presentarle a su hija, que ni siquiera ha cumplido catorce años, a un tipo que se va a ir a la universidad.

—Acabo de llegar y me gustaría comer algo —digo, todavía sonriendo—. Me da mucho gusto conocerlos, bienvenidos a Kalakee.

Sonrío y empiezo a caminar lejos de ahí. Mi madre me sigue.

—¿Qué haces? —dice en un grito-susurro.

—Perdón, pero tengo que comer.

Camino en busca de comida sonriendo a todos. Mi madre permanece a mi lado.

—Siempre has creído que eres alguien especial. —Ve a alguien conocido, lo saluda sonriendo y le grita—: Voy contigo en un minuto, querido. Debo alimentar al niño. —Voltea hacia mí—: Tal vez sea un poco joven, pero deberías esperarla. ¿Quién más querría estar contigo? Debes conseguirte una mientras todavía estén en edad de impresionarlas y piensen que eres mejor de lo que realmente eres. —Saluda a mi tío—. Qué fiesta *tan* linda. —De regreso conmigo—: En cinco años podrías estar casado. Es el momento perfecto para ti y para ella. No seas idiota. Tampoco te sientas tan orgulloso de ti mismo porque Helen te hizo un cumplido. La gente te hace cumplidos porque siente lástima de que seas tan feo.

Al fin veo la comida. Está en una mesa rebosante con todo lo que una persona quisiera. Digan lo que digan sobre esta caótica reunión, es un hecho que saben cómo alimentar a una multitud. Tomo un plato y me voy al extremo de la mesa.

—Mamá, por favor, déjame comer algo. Tuve un día pesado en el trabajo. Había mucha gente y estoy muy cansado.

—¿De qué estás cansado? No sabes lo que es estar cansado. —También toma un plato—. ¡En cuanto comas algo regresarás allá a socializar con esa familia y su hija! ¿Quedó claro?

Se está mordiendo el labio inferior. Con fuerza. Solía hacer esto todo el tiempo cuando yo era más joven y estábamos en público. Si yo hacía, decía o vestía algo que a ella no le gustaba, hacía esto del otro lado de la habitación y así yo sabía que en cuanto regresáramos a casa, me golpearía hasta que me quedara inmóvil en algún rincón.

—Ahí estás. —Papá aparece. También toma un plato. Se adelanta para besarme la mejilla.

—Mamá me acaba de presentar a Helen, Dean y su hija María. —Me sirvo seis triángulos de pasta de hojaldre rellenos con queso feta.

—Ah.

—¡Tú no te metas, Eli! Estoy pensando en nuestro futuro. Alguien de nosotros debe hacerlo. —Toma su plato, con solo una pieza de *spanakopita*, y se va furiosa, pero, por supuesto, sonriente.

Papá suspira.

—¿Qué tal el trabajo hoy?

—Muy atareado. La locura. No hubo un momento en que no tuviéramos al menos diez clientes en el deli. Deben de estar transportándolos desde otros pueblos. —Me sirvo otra capa de comida en el plato.

—Es la temporada. Acuérdate de hacer rondas y saludar a todos. Puedes irte a casa una vez que termines, ¿sí?

—Se sirve un poco de melón y se va. Mi madre se cuela, me toma del brazo y me guía a un rincón específico. Se mueve tan rápido que tiro mi plato de comida. Ni siquiera se da cuenta. Me jala hacia delante.

—Qué bueno que ya terminaste de comer. —«Ni siquiera empecé». Mi madre hace olas entre la multitud. Nos detenemos en un cubículo de una esquina que da hacia el estacionamiento. Ahí están sentados Helen, Dean y María, junto con otros dos niños—. Aquí está. No podía esperar a estar con ustedes. Ellos son sus otros dos maravillosos hijos, Mani y Toula. Seis y nueve años, ¿cierto?

—Sí, qué buena memoria, Voula —responde Helen—. Evan, ¿qué vas a estudiar en la universidad?

He aquí mi oportunidad para aniquilar cualquier esperanza que estas dos madres griegas tengan de mezclar a nuestras familias. Es mi manera pasivo-agresiva de defenderme.

—Voy a estudiar arte.

—En realidad todavía no se decide. —Se muerde el labio inferior—. La verdad es que quiere ser un hombre de negocios. —Se sienta en el cubículo con ellos y me hace un gesto para que me una.

—De hecho, no. Quiero estudiar arte. Y me encantaría platicar con ustedes, pero es tarde y mañana tengo que ir a la escuela. Tengo que hacer tarea. —Sé que ella no puede objetar abiertamente a esto.

El rostro de Helen se ilumina.

—Pero qué jovencito más dedicado.

De alguna manera, mi madre encuentra su sonrisa.

—Sí, lo es. ¿Sabes? Hoy estuvo todo el día trabajando. —Voltea hacia mí, bajando la barbilla y alzando los ojos para que estén al nivel de los míos—: Que llegues bien a casa, cariño.

# Treinta

Es la semana de Acción de Gracias y caminar a la escuela el lunes antes del día festivo me parece una pérdida de tiempo. La verdad es una semana en la que no hacemos nada. Todos están enfocados en irse de vacaciones y en la comida. Y, sin embargo, no sé si sea que el día está fresco o que recordé el otro día con Henry, el caso es que hoy me siento con energía.

Al acercarme al edificio me doy cuenta de que todos se reunieron en varios grupos.

—¡Oye, Panos! —Jeremy se sale de uno de los grupos y se acerca a mí—. ¿Dónde está Kimball, hermano?, ¿ya te enteraste? Por lo visto él es un gran chico gay —dice con el suficiente volumen para que todos lo oigan. De pronto me siento intranquilo, nervioso y temeroso por Henry. Y por mí.

Tommy Goliski se entromete desde donde está, muy cerca de la puerta.

—¡No solo es un idiota! ¡Quiere metérsela a uno como él! —Varios se ríen, porque son un montón de estúpidos que se ríen de cualquier estupidez.

Volteo a ver a Jeremy, quien se carcajea. Siento asco.

—Jeremy, ¿qué haces…?

—Panos, es tu amigo. Ustedes pasan taaaaanto tiempo juntos. ¿Cómo es eso, eh? Tú debes saber lo que sucede. De seguro. —Me echa una mirada de «bien que sabes» junto con un guiño. En estos momentos ha sobrepasado los límites de hijodeputez, lo cual tal vez nunca le perdone.

—Sí, son «uña y culo». —Tommy me sonríe, y no es una sonrisa amigable—. ¿Por eso Henry no vino hoy a la escuela? ¿Le duele demasiado el trasero?

Más risas.

—Qué patéticos son —digo—. No saben nada de Henry —sueno calmado, pero las palmas me sudan. Tal vez la nuca también. Y las axilas. Sigo caminando hacia la entrada, concentrándome en poner un pie frente al otro, cuando Tommy me agarra de la mochila y me obliga a voltear.

—Pensé que podía ayudarte, pero no puedo arreglar a un marica. —Sigue dándome vueltas con tanta fuerza como puede.

—A los gays les gusta rudo —grita alguien del montón—. ¡Tíralo al suelo! —No logro ver quién es porque estoy girando como remolino en un juego mecánico del Carnaval de la Cosecha de Kalakee.

De pronto, estoy en el piso y Tommy y Scott Sullivan me están pateando, y Lonny Cho está tratando de zafarme los pantalones. Puedo ver que Jeremy simplemente se queda ahí parado. «¿Por qué carajos no intenta ayudarme?».

—De seguro lo han estado haciendo todo este tiempo —dice alguien más.

Luego varios imitan una conversación entre Henry y yo:

—«¿Quieres jugar tenis el fin de semana?».

—«Solo si tú traes las pelotas».

—«Pero si siempre las traigo, grandulón».

Oleadas de carcajadas y, por lo que puedo ver, más gente se reúne. Es humillante. Mis pantalones están a la altura de las rodillas (afortunadamente mi ropa interior sigue puesta) y Tommy y Scott ahora tratan de girarme bocabajo. He tratado tanto de protegerme, de no exponerme, de evitar que se hagan alborotos. Y ahora siento que todo mi mundo se está derrumbando a mi alrededor.

—¡Seguramente ya está acostumbrado a esa posición!

«¿Ese fue Jeremy?». Ya ni sé. Presionan mi rostro contra el concreto y, así nada más, surgen recuerdos en mi mente. Oigo las recitaciones de mi madre y sus amigos de la iglesia tratando de sacarme al demonio.

«No soy el mal».

«No soy mala persona».

«Las malas personas son ellos».

Mientras más me embarran contra el piso, más enfurezco. En un chispazo veo a mi madre empujándome bajo el agua, en el mar. No puedo respirar. Sus manos sostienen mi rostro mientras yo lucho por salir. De pronto me surgen imágenes, como en una animación cuadro por cuadro y veo:

¡Flash! A mi madre agarrándome del pelo y arrastrándome hacia su cuarto.

¡Flash! Su pie en mi espalda, lanzándome contra el piso de la cocina.

Logro agarrar a Tommy y a Scott y, con una fuerza y una furia que no sabía que tenía, los lanzo lejos de mí y hacia el piso. Me subo los pantalones, me levanto de un brinco y entonces dejo que todo salga: la furia, el dolor, la rabia que había estado conteniendo cada vez que mi madre me lastimaba. Todo se desata.

Y entonces, me desmayo.

Abro los ojos y veo losetas blancas del techo con unos agujeritos. Recorro el cuarto con la vista y me doy cuenta de que estoy sentado en el sofá de la oficina del director. Trato de moverme, pero me duele el pecho.

«¿Por qué me duele el pecho?».

«Ah, sí, me patearon mucho ahí».

De repente, siento punzadas en la quijada, nariz, cabeza, manos y piernas. Cierro los ojos y trato de reunir la voluntad para volver a desmayarme y despertar en otro lugar con otros alrededores y en otras circunstancias. Tal vez en una vida distinta. La puerta se abre y lentamente abro los ojos de nuevo.

—Panos, ya despertaste. —El director Balderini jala una silla y se sienta junto a mí—. ¿Cómo te sientes?

—Eh... —Trato de sentarme e inmediatamente me mareo.

—Evan, por favor, acuéstate. La enfermera que te limpió y vendó dijo que es probable que no tengas nada roto.

—Está bien. —Me quedo ahí acostado, mirando al techo y preguntándome cómo diablos voy a explicar esto.

—¿Quieres contarme qué pasó?

—Me atacaron.

—Los demás dijeron que tú también los atacaste.

Mientras más abro la boca para hablar, más me doy cuenta de cuánto me duele moverla.

—¿Qué otras historias hay?

—Bueno, Scott y Tommy tienen su versión y hay unos cuantos opositores entre la multitud.

—Trataba de protegerme.

—¿Protegerte de qué? ¿Por qué te atacaron?

—No lo sé —miento.

—Vamos a investigar esto. Al parecer alguien grabó todo con su celular.

—Qué bien —murmuro entre dientes.

—¿Disculpa?

—Que no me siento muy bien. Me duele cuando muevo los labios.

—Por fortuna, como dije antes, hasta donde pudimos ver no tienes nada roto. Tus padres están afuera, listos para llevarte al doctor para que te saquen rayos X y luego te vayas a casa. Llegaremos al fondo de esto. En esta escuela no toleraremos ningún tipo de violencia. Pero, por el momento, solo me interesa que estés bien. ¿Hay algo que quieras decirme?

—Lo siento, director.

—Nada más, para que estés enterado, es posible que te suspendamos a ti y a tus amigos durante un largo plazo.

—¿Me van a suspender? —Lentamente me levanto para sentarme en el sofá.

—Hablaremos de eso después.

Desvío la mirada sin decir nada. He aprendido que después de una golpiza debo permanecer tan callado y pequeño como sea posible.

—¿Evan?

Sigo sin hacer contacto visual.

—Yo no empecé. Me atacaron.

Ahora lo veo. Él me está examinando.

—¿Quién? ¿Quién fue el que empezó? Dime.

No digo nada.

—Vamos a investigar y a descubrir lo que pasó. Habrá por lo menos una expulsión. Lo someteré ante el consejo. Es una semana de días festivos y por el momento tú y los demás involucrados serán suspendidos de la escuela hasta el lunes después de Acción de Gracias. Voy a revisar todo lo que pasó y retomaremos el asunto la próxima semana. —Su voz es firme pero serena.

—No es justo —susurro, mientras sacudo la cabeza ligeramente.

—Este es el mejor momento para que empieces a hablar.

—Es difícil.

—Evan, eres un buen chico. Nunca te metes en problemas. Sueles ser ecuánime. No dejes que este único error te defina. Solo dime qué pasó.

—No sé. Me desmayé.

Él se queda callado un momento.

—Tal vez el video tenga algunas respuestas, ¿sí? Quizá tengas que hablar con la policía acerca de esto. Pelear dentro de la escuela es una falta grave. Te mantendré informado, a ti y a tu familia.

—Está bien.

El director Balderini se levanta y regresa la silla a su lugar; luego me extiende la mano.

—Déjame ayudarte.

Le tomo la mano y me levanto. Hasta ahora me doy cuenta de que mis nudillos están abiertos y mis manos están raspadas.

Me quedo de pie junto al sofá.

—Gracias.

—Evan, si hay algo más, si te acuerdas de algo, por favor, llámame.


Mis padres están justo afuera de la oficina. En cuanto me ven, ambos abren los ojos al máximo. Aún no he visto cómo me veo, pero supongo que esta apariencia habría funcionado mejor hace un mes, para Halloween. Sé que mi madre va a estar supermolesta de que mi apariencia no sea la mejor para el Día de Acción de Gracias.

—Evan, vámonos a casa. Mañana tienes cita con el doctor. —Papá me extiende la mano.

—Puedo caminar, no muy rápido, pero puedo caminar solo. —Trato de sonreír un poco para demostrar que estoy bien. Mi madre se ve horrorizada.

Llegamos al auto y en cuanto se cierran las puertas ella rompe en llanto.

—¿Qué pasó, mi hermoso hijo?

Me quedo congelado.

—Evan, ¿estás bien? ¿Qué pasó? —Papá me mira por el espejo retrovisor.

—¿Dónde está mi mochila?

—En la cajuela.

—¿Quién te la dio?

—El director. La tenemos.

Me toco los bolsillos y mi teléfono sigue ahí.

—Estoy segura de que Frijol tiene que ver en esto. Ya no puedes ser amigo de ese chico, ¿entiendes?

—Vee, ¿cómo crees? Es su mejor...

—Ay, no seas tonto.

Me quedo callado.

—Estos chicos nos arruinaron Acción de Gracias. Completamente arruinado. ¿Cómo lo vamos a llevar así? ¿Cómo vas a regresar a trabajar? ¡No puedes trabajar si te ves así!

He aquí la cuestión de que tus padres no te amen auténticamente: el más mínimo y jodido gesto de compasión se siente como una cobija calientita.

Permanecemos callados el resto del viaje.

En mi cuarto, abro la mochila. Suelto un gran suspiro de alivio y enseguida me doy cuenta de que me duele inhalar o exhalar, a menos que dé pequeños respiros. El diario sigue ahí.

Puedo oír a mis padres discutir en la sala. Por lo general, cuando pelean me acerco tanto como puedo a mi puerta para escuchar si ella está enojada con él. Es extrañamente reconfortante escuchar que pelean por razones que no tienen que ver conmigo. Esta vez, sé que se trata de mí. No me pongo a escuchar. Voy hacia mi clóset, abro una de las puertas y me miro en el espejo de cuerpo completo. No es tan malo como pensé. He estado en peores situaciones. Tengo una curita en la nariz con un poco de sangre seca. Ambos ojos están morados. Mi quijada se ve hinchada y un poco amoratada, mis labios están golpeados y creo que tengo una cortada en el ojo izquierdo, porque también tengo una curita ahí.

Mi teléfono empieza a vibrar. Lo saco y miro la pantalla. Es Henry. No respondo. Saco el diario de mi mochila y empiezo a dibujar. Dibujo mi rostro. No como lo tengo ahora, sino sin cortadas, moretones ni cicatrices. Está limpio, fuerte, calmado.

Mis padres ya no discuten. Espero. Escucho. No puedo oírlos. Mierda, eso significa que tendré compañía. Rápidamente meto el teléfono en mi bolsillo. Abren mi puerta y entran.

—Helen y Dean Boutouri nos invitaron a su casa —dice mi madre como si la hubieran invitado a la Casa Blanca y no lo supiéramos. Repetir las buenas noticias es una de sus manías.

En mi familia, por mucho que amemos la comida, tratándose del Día de Acción de Gracias, no planeamos nada hasta el último minuto; no hacemos el festejo tradicional, sino que nos esperamos a ver si alguien nos invita a su casa. Si nadie lo hace, entonces vagamos por las calles de Illinois buscando un restaurante abierto.

Esta es la misma familia que, literalmente, no deja pasar un miércoles sin planear un menú y festival de comida, por mucho trabajo que haya. Irán de compras, cocinarán y celebrarán, ¡siempre y cuando no sea Día de Acción de Gracias!

Desde que tengo memoria he deseado un festejo de Acción de Gracias tradicional. Solo que no con mi familia.

—Estoy tan cansado y me siento tan...

—¿Preferirías quedarte en casa? —Mi madre me acaricia el cabello y posa la palma de su mano en mi mejilla. Voltea a ver a papá—: Tal vez sea mejor que se quede a descansar. —Él me mira, asiente y suspira. Ella regresa su atención a mí—: Te voy a hacer tu plato favorito, *pastitsio*, ¿qué te parece?

Mi bolsillo empieza a vibrar. Trato de poner disimuladamente mi mano sobre él y subo el volumen de mi voz para amortiguar el sonido.

—Mamá, no es necesario. Sé que estás ocupada...

—Ay, por favor. Quiero hacerlo. Mírate. Deberías descansar y comer. —Se agacha hacia mi cama y jala las cobijas. Le da palmadas a la almohada—. Métete a la cama. Tienes que descansar. Voy a prepararte la comida para celebrar. Lo único que tendrás que hacer es recalentarla.

—Creo que lo mejor es que descanses. —Papá se aclara la garganta—. Tu madre y yo vamos a hacer las compras de la semana. Descansa. Por favor.

—Mañana a las 12:15 tienes cita en el consultorio de Dean.

—¿Qué?

—Dean es doctor y es nuestro amigo. Llamamos a Helen cuando pasó todo esto y…

—*Tú* llamaste a Helen, no nosotros —interrumpe mi padre.

—Hice una cita en su consultorio. Te revisará mañana para asegurarse de que todo esté bien. Yo tengo que cocinar y tu padre debe trabajar. Lo siento, pero tendrás que ir en autobús. —Señala la cama. Me quito los zapatos y me meto con todo y ropa—. Ah, por cierto, no les dijimos lo que pasó. Dijimos que habías tenido un accidente de auto.

—Perdón, ¿qué dijiste?

—Dile que ibas en el auto de alguien más y que alguien chocó contra ustedes y huyó. No queremos que se enteren de esto tan terrible que te pasó. —Se agacha y me arropa—. Queremos protegerte.

Sonríe y me besa la mejilla. Ambos salen de mi cuarto.

Este tipo de conducta siempre me confunde. Me hace pensar que esto puede ser real. Que esa preocupación, esas consideraciones y cariño pueden ser reales. Quiero que lo sean. Puedo verlo con mis propios ojos. Es la vida normal que quiero, pero no es real. La cuestión es: ¿algún día lo será? Me hace querer que mi madre sea siempre cruel y horrible y que nunca me perdone, porque al menos eso es algo que ya conozco.


Espero a que arranquen el auto. Una vez que están a una distancia segura, saco mi teléfono.

No hay recados, pero tengo varios mensajes:

HENRY:

¡Llámame!

¿Estás bien?

Porfa, márcame.

Claire y yo ya vamos de regreso. Porfa, llama.

Vamos tan rápido como podemos. ¡Estaré de vuelta pronto!

JEREMY:

Panos, ¿estás bien?

Al carajo con Jeremy. Ignoro su mensaje. Pero sí le respondo a Henry.

EVAN:

En casa. Todo bien. ¡Manejen con cuidado!

Él me responde de inmediato:

HENRY:

Estamos como a 1 hr. Voy a verte.

Ay, no. No. Esta no es una buena idea.

EVAN:

No, no es buena idea. Porfa. Acá es la locura.

Con suerte eso lo hará desistir. Pero no.

HENRY:

Voy para allá. Tengo que verte.

«No tienes otra opción más que decirle».

EVAN:

> No tengo permiso de verte.
> Tendré problemas con mis padres.

«Por favor, por favor, que desista». No puedo lidiar con esto y lidiar con todo. Necesito que mi vida vuelva a ser tranquila, que regrese a que todo esté acomodado en diferentes compartimentos.

Pero ¿y si no quiero? ¿Y si eso ya no es lo que soy? Siento esta extraña oleada de pánico.

Pasan unos minutos y no recibo respuesta de Henry. Es una buena señal, pero probablemente se molestó. Tal vez si le llamo puedo explicarle bien.

Cuando estoy a punto de llamarle, recibo otro mensaje:

HENRY:

> Me estaciono lejos de tu casa para que no vean el auto.
> Méteme a escondidas. Te aviso cuando llegue.

# Treinta y uno

Aunque no pude dormir, cuando mi teléfono empieza a vibrar, me sobresalto y suelto de manotazos para tomarlo.

HENRY:
> Ya llegué.
> ¿Hola?
> ¿Evan?

Empiezo a responder, pero estoy atontado.

EVAN:
> Ok.

Me levanto y zigzagueo un poco para llegar hasta la puerta. Retomo fuerzas y me dirijo a la puerta de entrada. Me asomo por la mirilla y lo veo. Aunque la mirilla puede distorsionar las facciones, se sigue viendo como el chico al que quiero besar más que nada en el mundo. Abro la puerta. Me ve y empieza a llorar.

—¿Tan mal me veo?

Se agacha y recarga la cabeza en la mía.

—¿Están aquí? —susurra mientras se endereza—. No sé ni dónde tocarte. No quiero lastimarte.

—No hay forma de que me hagas más daño. Nunca pensé decir esto, pero tenemos que ir a mi cuarto. —Lo guío—. Mis padres fueron a la tienda. No sé a qué hora regresen, pero se supone que ya no puedo verte. Esto es…

—Lo lamento tanto, Ev, perdóname. —Me sigue a mi cuarto. Entramos y cerramos la puerta.

—Tú no hiciste esto. —Me siento en la cama y lo veo.

—Sí lo hice. Salí del clóset ante mis padres y de alguna forma alguien de la escuela se enteró. Esto te sucedió porque eres mi amigo. No debí haber dicho nada. Fui…

—Tú no hiciste esto.

Recorre mi cuarto con la vista.

—Siento como si conociera este lugar, aunque nunca he estado aquí. Todo es tan…

—Me ayuda. Que todo esté limpio y en su lugar me ayuda.

Se acerca y se hinca frente a mí. Con cuidado pone sus manos en mis rodillas.

—Quiero que todos ellos sufran. ¿Quién fue?

—No importa. En serio. Quiero que las cosas se calmen. ¿Podría regresar todo a la normalidad, por favor?

Ahora mismo, aquí en mi cuarto, con él, me siento herido pero valiente al mismo tiempo. Este chico, tan solo con verlo a los ojos, me hace sentir valiente y vulnerable a la vez.

Se pone en cuclillas para levantarse un poco y besarme. Sus manos están en mi nuca y las mías en sus hombros. Me besa los ojos. Se mueve a la cortada del ojo izquierdo y también me besa ahí. Luego en la curita de mi nariz, luego en el chichón morado de mi quijada. Lo último que me besa son las manos.

Mis padres siguen de compras. Me estoy arriesgando muchísimo, pero quiero. Apago mi teléfono. Henry se acuesta junto a mí y nos quedamos dormidos casi enseguida.

De pronto, me despierto y estiro la mano hacia la mesita de noche para encender mi teléfono. Son las 3:19 a. m. Y luego veo que tengo un montón de mensajes. Los ignoro. Henry está hecho bolita detrás de mí. Su cabeza está acomodada en medio de mi nuca y su mano izquierda abraza mi cintura. Lentamente trato de zafarme y levantarme de la cama. Me duele todo, mi cuerpo está rígido. Me acerco a la puerta y pego la oreja. Hago la inspección rutinaria para ver si no hay moros en la costa.

—¿Ev?

Regreso a la cama tan rápido y silenciosamente como puedo.

—Shhh —susurro agachándome—. Tenemos que sacarte de aquí antes de que mi papá se despierte. Casi siempre se levanta a las cuatro.

Henry hace una mueca.

—¿Por qué no puede ser así siempre? Excepto por tu dolor y que estamos en casa de tus padres. Fuera de eso, me gustaría que fuera así siempre.

Justo en este momento se ve como se veía todas esas veces que íbamos a acampar con sus padres a Wisconsin. Nos despertábamos temprano en la mañana, antes del amanecer. Su cabello estaba parado en la parte de atrás, como una corona, pero con que se pasara los dedos se le acomodaba.

Sus ojos entrecerrados se curvan hacia abajo en las orillas y sus labios son muy rosas. Lo veo y pienso exactamente lo mismo: «¿Por qué no puede ser así siempre?».

—Veré si hay alguien despierto. Toma tus cosas y prepárate para salir en cuanto regrese.

Voy a la puerta, le quito el seguro y salgo al pasillo. Doy unos pasos y me asomo a la sala. No hay nadie. Hay un baño entre mi cuarto y el de mis padres. Pongo la oreja en su puerta conteniendo la respiración. Puedo oír ronquidos. Definitivamente, papá está dormido. En cuanto a mi madre, estoy cincuenta por ciento seguro. Camino de regreso a la puerta de mi habitación, me asomo y le hago un gesto a Henry para que salga.

El camino hacia la puerta de entrada se siente como el viaje más largo. Una vez en la puerta, le quito el seguro con mucho cuidado y levanto la mirada hacia Henry. Medio sonrío y volteo hacia el pasillo. Él me toma del rostro y me da un beso un poco más largo de lo que me gustaría dadas las circunstancias. Jalo la puerta para abrirla porque sé que así amortiguo cualquier rechinido. Aun así, cruje un poco. Él corre hacia afuera y yo cierro la puerta con seguro. Exhalo. ¿Contuve la respiración todo este tiempo?

De regreso a mi cuarto, oigo que se abre la puerta del cuarto de mis padres. Mi madre se asoma y me ve.

—¿Ya te levantaste? —Sale al pasillo amarrándose el cinturón de la bata y pasa junto a mí para ir a la cocina.

—¿Quieres café? —me pregunta.

—Sí. —Camino al área del comedor, que es abierta y da a la pequeña cocina.

Está de espaldas a mí, frente al fregadero. Llena la jarra con agua, la vierte en la cafetera y la enciende. Se sienta junto a mí en la mesa.

—Oí la puerta. ¿Estabas afuera?

Pienso rápido.

—El aire frío se siente bien en mi rostro. Con eso de que estoy todo hinchado...

Se levanta, va al congelador, saca una bolsa de chícharos y me la da.

—Ten, póntelos en la cara. —Se sienta de nuevo—. Anoche tu padre no quiso despertarte. Llegamos después de las diez porque también pasamos por el centro comercial. ¿Comiste algo?

Niego con la cabeza.

—Estaba cansado. Me dormí. —Puedo escuchar que el café empieza a salir.

—¿Cómo te sientes?

—Bien, creo.

Seguimos sentados, nos vemos uno al otro. El niño de seis años en mi interior no puede evitar pensar: «Tal vez sea una nueva versión de ella. De nosotros. Tal vez a partir de ahora ella cambie y sea como las otras madres. Tal vez todo estará bien».

—Tu vida no es dura. —Me ve directamente a los ojos—. Tienes un techo sobre tu cabeza. Tienes a tus dos padres. Tienes comida. Y ese hombre —señala hacia su recámara— se sacrifica por nosotros.

—Se sacrifica, sí, lo sé.

—Pero tú eres un malagradecido.

Algo se mueve en mi estómago. Pienso: «No, no, no hagas esto. No seas esta persona. No seas como eres».

Se oye calmada. No grita ni hace gestos exagerados con las manos, lo cual, de cierta forma, es peor. Se levanta para tomar tres tazas y azúcar de la alacena arriba del fregadero y la crema del refrigerador. Las coloca en la mesa frente a mí y vuelve a sentarse.

—¿Tú qué vas a hacer por él?

Estoy tan perdido en mis pensamientos que me tardo en entender.

—¿Quién?

«No digas nada más, si lo haces solo empeorarás las cosas. No digas nada».

—Tu padre. No podemos pagar tu universidad. ¿No quieres ayudar en el restaurante? ¿Trabajarías para un extraño, pero no para tu propio padre? No vinimos a este país para esto. ¿No estás orgulloso de tu familia? —Baja la mirada y sacude la cabeza. Aún con la vista en la mesa, empieza a sacudir la superficie (aunque no haya polvo) con la manga de la bata—. Entonces involúcrate. —Levanta la mirada, aún pasando la manga por la mesa, y recorre con la vista todas mis heridas de batalla—. Yo solía verme así.

Dice esta última frase en voz muy, muy baja y lejana. Quiero pedirle que la repita, pero se levanta y toma la cafetera llena de líquido tenue. Su café siempre es aguado y le agrega tanta crema que ni siquiera sabe a café. Esto es algo que sé sobre ella.

Toma un plato de postre de la alacena a la izquierda del fregadero; con una mano lo pone sobre la mesa y con la otra coloca la cafetera encima; de un movimiento, con precisión. Se sienta otra vez.

—Mis hermanos solían golpearme hasta que mis dos ojos quedaban hinchados y mis labios tan cortados que no podía comer. —Vierte casi una taza entera de crema en su taza grande, luego sirve un poco de café. No me muevo. Papá diría que no sé por lo que ella pasó, que su vida no fue fácil. Nunca supe los detalles. Nunca me dio curiosidad preguntar. ¿Acaso soy un hijo terrible?—. Porque no querían que yo deshonrara a la familia. Ellos me criaron. Yo no tuve papás. Ellos sí. Yo tenía grandes ideas. Como tú. Grandes ideas para mí. Quería ser cantante. —Sonríe un poco al recordar eso—. Pero eso se consideraba trabajo de mujeres fáciles. —Su voz se hace plana—. Era un pueblo pequeño. De mentes pequeñas. Yo solía salirme a escondidas cuando ellos estaban trabajando, para tomar clases con una mujer en el pueblo de al lado. —Agrega dos cucharadas de azúcar a su café—. Me descubrieron. Me golpearon para enseñarme acerca del honor. Acerca del lugar de la mujer.

Me ve y la veo. Ninguno dice nada. Las palabras se quedan entre nosotros. Quiero decir algo, pero no sé bien qué. Trato de ver a mi madre como a una niña, como a esa persona que tenía que salirse a escondidas para luchar por sus sueños.

—Nos has deshonrado, ¿no te das cuenta? —dice al fin—. Todos nos miran, todos en la iglesia, aquí en nuestro vecindario. Vivimos en un pueblo pequeño. Todos hablan. ¿Crees que no saben lo que eres? —Empiezo a sentir frío por dentro y por fuera—. La vida contigo es mucho más difícil. Aprendí la lección con las golpizas. Tú... Tú no aprendes nada. —Toma otro trago de café. Luego me dice a mí, a su único hijo—: Te hubieran matado esos chicos.

De algún lugar lejano oigo que se abre la puerta de la recámara y que mi papá carraspea. Cada mañana se aclara la garganta intensamente. Tal vez son tantos años de fumar, o tal vez es lo que pasa cuando envejeces. Se dirige al baño, donde seguro pasa al menos cinco minutos carraspeando, tosiendo, aclarándose la garganta.

Mi madre se agacha, me ve fijamente y baja el volumen de voz al mínimo:

—Muérete. Si esto es lo que eres.

Se me congela la sangre. Ella me examina. Cada parte de mi rostro y todas sus evidencias de violencia. Entrecierra los ojos. Las comisuras de su boca se elevan ligeramente.

Papá entra al comedor.

—Buenos días.

Ella voltea hacia él y sonríe por completo.

—Buenos días, mi amor.

# Treinta y dos

Estoy sentado en la sala de espera de los Consultorios Médicos de Kalakee. Por lo que veo, soy la única persona aquí de menos de ochenta años. Un hombre y una mujer están sentados justo frente a mí; él se recarga ligeramente en ella.

Hay otra mujer sola a mi izquierda, tiene el pie derecho enyesado, de la punta hasta la rodilla. A mi derecha hay dos hombres, probablemente más jóvenes que la pareja, ambos están dormidos. O muertos. Es difícil saber.

«Me siento muerto por dentro».

—¿Evan Panos?

Levanto la mano. Todos, excepto los hombres dormidos-muertos, me ven.

—Entra por aquella puerta y luego vienes acá, corazón. —La enfermera sonríe y señala la puerta junto a la ventanilla de la recepción. Me guía a un cuarto pequeño y me pide que me siente en la mesa de exploración.

—Oí que tuviste un accidente automovilístico. —Examina mi rostro.

—Sí.

—¿Tú ibas manejando? —Coloca ambas manos a los lados de mi cuello y me examina con el tacto.

—No, yo estaba…

—¿Te cuesta trabajo enfocarte?

«Todo el tiempo».

—No. Me siento bien.

—¿Dónde te duele? —Coloca las manos suave pero firmemente en ambos lados de mi pecho.

—Ahí me duele un poco, también las manos.

—¿Cómo es que tus manos están tan lastimadas? —Las toma con las suyas y las revisa.

Las miro. ¿Cómo te las lastimas así en un «accidente automovilístico»? Trato de encontrar una respuesta rápido, pero mi mente no colabora.

—¿Traías puesto el cinturón? ¿La colisión te lanzó hacia el parabrisas o hacia la puerta?

—Al parabrisas.

—Entonces ¿no traías el cinturón?

—Sí lo traía. Siempre lo uso. Es solo que la fuerza del impacto y mis manos simplemente… —Se me va la voz.

Toma la hoja de revisión, la mira y empieza a escribir.

—Bueno, tal vez estrellaste tus manos contra el tablero o algo así. No veo huesos rotos, pero vamos a tomarte radiografías de todo.

—Sí. —Asiento—. Contra el tablero.

—Quítate la camiseta, por favor. —No me muevo—. ¿Evan?

—No tengo…

—Está bien. Hago esto todo el tiempo. Es mi trabajo. La camiseta, por favor. —Señala mi camiseta y yo empiezo a quitármela—. ¿Qué es todo esto? —Acerca la vista para revisarme el pecho, a los lados de mi cuerpo, luego me rodea y me revisa la espalda. Regresa frente a mí y me mira fijamente—. El doctor estará contigo en unos minutos. —Sale.

Me siento sobre una lámina de papel muy delgado que cubre la mesa de exploración y pienso qué demonios le diré al doctor Boutouris. Cuando tomo distancia y observo mi vida en este pueblo (como si no fuera yo, sino más bien un observador), no parece una vida digna de luchar por ella. ¿O sí? No quiero vivir así, entonces ¿para qué seguir luchando?

No sé cuánto tiempo estuve ahí sentado. De pronto, oigo que la puerta se abre y entra el doctor. Se para frente a mí. Parece más alto que la última vez que lo vi, en el restaurante de mi tío, pero en ese entonces no estaba sentado.

—Hola, Evan. Lamento lo del accidente, es una pena que no estarás con nosotros para Acción de Gracias.

Evito hacer contacto visual. Todo mi cuerpo se puso rígido. Por favor, que no me pregunte acerca de las cicatrices. Empieza a tocarme en ambos lados del pecho para revisarme las costillas.

—La enfermera ya me revisó ahí —digo usando un volumen más alto del que hubiera querido.

Mi comentario lo toma por sorpresa y da un paso hacia atrás. Luego se vuelve a acercar y empieza a revisar todos los moretones, las cortadas y las heridas. Es muy cuidadoso, como si temiera romperme. No sabe que ya estoy roto.

—¿Has sufrido otros tipos de accidentes? —Yo nada más parpadeo—. ¿Evan?

—Vine por los rayos X. Eso es lo que mi…

—Hijo, tienes marcas por todo el cuerpo. Esto no es de un accidente de auto. No es posible.

—A veces me caigo de la bicicleta... en general no coordino muy bien. —Él calla y me pregunto si me cree. Me pregunto si ya ha visto a otros chicos como yo—. Ya no siento nada cuando me caigo. —Trato de bromear.

Él frunce el ceño.

—¿Tus padres saben acerca de...?

—¿Que si saben lo torpe que soy? Sí, claro. Siempre he sido así. —Más risas nerviosas—. Lamento no poder ir con ustedes a la cena de Acción de Gracias.

Llamaré a la enfermera para que te lleve a la sala de rayos X. —Sigue frunciendo el ceño.

Una hora después, estoy afuera de los consultorios enviándole un mensaje de texto a Henry.

EVAN:
Ya salí.

Responde casi inmediatamente.

HENRY:
Voy para allá.

—Súbete. —Abre la puerta desde el asiento del conductor.

Me meto al auto. Respiro profundamente por primera vez desde que llegué al consultorio del doctor.

—¿A dónde vamos?

—Tengo que regresar a casa.

Sale del estacionamiento y me mira.

—Y, entonces, ¿qué te...?

—Me sacaron radiografías. Preguntó acerca de todos los demás moretones.

—¿Le dijiste algo? —Lo miro con detenimiento—. Ah, cierto.

—No sé si me creyó.

—¿Alguna vez...? ¿Has pensado en hablar con alguien? ¿Por ejemplo con el doctor o el director de la escuela? ¿O, no sé, alguien además de mí?

Claro que lo he pensado.

—Las cosas en casa de por sí ya son difíciles.

Pasamos varias cuadras en silencio. Puedo sentir que se pone a pensar, que quiere arreglar esto. Pero no puede arreglarlo. Y a mí tampoco.

—Ev, ¿has revisado correos o mensajes además de los míos?

—¿Por? Jeremy me sigue mandando mensajes, pero no quiero leerlos. No quiero lidiar con él ahora. Tal vez nunca más.

—Quizá quieras verlos.

Algo en su voz me hace sacar el teléfono y revisar los mensajes de texto de Jeremy.

—¿Te envió algún video? —A Henry le tiembla la voz.

—Eh... sí, de hecho. —Le doy clic. Henry se queda callado.

A medida que veo el video, mi rostro se enciende más y más. Debo estar del color de una granada.

Ay.

Mierda.

Henry orilla el auto para detenerse.

—¿Estás bien? —Bajo el teléfono. Me quedo viendo hacia el frente. Mis labios y lengua están adormecidos. Siento tanta vergüenza. Tengo las manos sobre las piernas, pero no puedo sentirlas. Sé que están ahí, pero no siento nada—. ¿Ev?

Sigo viendo a través del parabrisas. El cielo está muy despejado, lo cual no tiene lógica en esta época del año, cuando casi siempre está gris y nublado, con esas nubes esponjosas y grandes.

—No recuerdo nada de esto. —Lo cual hace que toda esta experiencia sea aún más humillante. Mantengo la vista fija y sigo sin sentir las manos.

—No tienes que...

—Seguramente ya está por todo internet. En algún momento mis padres se enterarán. O lo verán. —Creo que empiezo a sentir la mano izquierda—. ¿Sabes?, he estado tan preocupado de que mis mundos se mezclen. Tanto esfuerzo para que todo se quede en su lugar y ahora todo se sale de control. —Quito la vista del parabrisas y miro a Henry—. Es chistoso, pero nunca pensé que esto fuera algo por lo que debía preocuparme. Jamás pensé que fuera yo. En todo este tiempo me preocupé por mi madre o Gaige o el pastor o todo el mundo, pero resulta que fui yo.

# Treinta y tres

EVAN:
¿Dónde estás?

JEREMY:
Apenas saliendo.

EVAN:
¿Vienes al depto?

JEREMY:
Voy para allá.

Claramente estoy poseído por una confianza anormal para invitar a Jeremy (a cualquiera en realidad) a donde vivo. Aun cuando mis padres no están, casi nunca tengo el valor para hacerlo.

—Carajo, Panos.

—Pasa.

—¿En serio? ¿«Pasa»? ¿Qué pasó con «jamás pongas un pie dentro de mi casa»? —Entra; sus pies tocan el piso de mi casa. El piso de mi madre—. Nunca había entrado a estos departamentos. No están mal.

—¿Quieres algo de tomar? —Aun enojado, no puedo evitarlo.

—Estoy bien.

—Siéntate —digo.

Jeremy se sienta en medio del sofá (el sofá de mi madre) y se ve completamente fuera de lugar, como si se tratara de una pieza que no pertenece aquí.

Permanezco de pie.

—Hay una mejor manera de decir esto, pero ahora mismo no tengo idea de qué demonios es lo correcto. ¿Cuál es tu puto problema?

—Panos...

—No. He sido tan... He permitido demasiadas veces que te salgas con la tuya. Las tonterías con el profe Q, lo de Tess, todo. Sigo creyendo que ahí dentro hay una mejor persona. —Baja la cabeza—. Y, con todo, ¡sigues encontrando nuevas formas de mierda para demostrarme lo contrario!

—Camino de un lado al otro—. Ni siquiera sé qué hice ese día. No recuerdo nada.

—Seguramente perdiste el conocimiento o una mierda así. —Se talla el cuello, aún con la cabeza baja—. No supe qué hacer. Me asusté. Me sentí responsable y...

—Espera... ¿qué?

—La señora Kimball habló con mi madre sobre Henry. Le dijo que había salido del clóset. Sabes que mi mamá y la suya han sido amigas por...

—¿Y le dijiste a toda la escuela?

—No, cómo crees. No le dije a nadie. —Me mira un segundo, luego vuelve a bajar la cabeza.

—Jeremy, no me jodas. No tengo nada más que perder, así que no…

—Fue mi mamá. —Levanta la mirada y me ve—. No fue a la escuela, pero supongo que llamó a sus amigas y…

—Cuánta discreción y elegancia.

—Perdóname, amigo. Me asusté.

—Sí, ya lo dijiste.

—Así que… ¿viste el video? —Asiento—. ¿Qué…?

—No sé.

—¿Tus padres saben algo?

—Todavía no. No creo. O sea, saben lo de la pelea, pero no sobre el video.

—Qué bueno que no usan internet, ¿no? A veces es bueno ser anticuado. —Trata de aligerar la tensión.

Yo simplemente lo miro con desprecio, como seguramente lo hace mi madre, porque se endereza y se ve todo tieso.

—¡Solo es cuestión de tiempo para que un «amigo» trate de «ayudarlos» contándoles del video sobre su hijo declarándose gay, diciéndole a todo el mundo que está enamorado de Henry Kimball!

—Quiero arreglar las cosas. Mira, no me importa lo que tú y Henry hagan, solo quiero que…

—¿Qué? ¿Qué más quieres que diga, Jeremy? ¿Eh? ¿Cuál es mi problema?

—Panos…

—No. ¿Quieres saber por qué *dejo* que la gente me trate así? —Sigo caminando de un lado al otro y sacudo la cabeza mientras hablo—. ¿Por qué lo permito? ¿Por qué invento excusas? Está bien que ella me golpee porque «su vida ha sido muy dura». —Me detengo frente a Jeremy. Me agacho para verlo cara a cara—. Aun cuando veo lo jodido que está todo, sigo permitiendo más mierda. —Puedo darme cuenta de que está completamente perdido. De nuevo camino de un lado a otro—. Permito que la gente me maltrate y cuando no lo hacen huyo. Doy evasivas. Puta mierda, digo que *no* a algo que en realidad puede ser bueno para mí.

—Evan, ¿qué dijiste? ¿Quién te golpea?

Me detengo y lo veo. Tenía razón en pensar que ahí dentro había una mejor persona. Puedo verla ahí. Es solo que Jeremy aún no la reconoce.

# Treinta y cuatro

Es el Día de Acción de Gracias. Han pasado tres días desde el incidente en la escuela. Hasta ahora, mis padres no han dicho nada.

—¿Quién quiere ir por donas? —dice mi padre cuando entra a mi cuarto.

—Es tarde para nosotros.

—Nunca es tarde para ir por donas. —Mira su reloj—. Apenas pasan de las nueve.

—¿Abren hoy?

—Sí. Siempre.

—Está bien. —Tomo mi chaqueta y mi gorra de beisbol y lo sigo por el pasillo.

—Vee, nos vamos —grita desde la puerta de entrada al abrirla.

Ella sale de su cuarto con un montón de ropa sobre el brazo.

—No regresen tarde. Quiero que ambos me ayuden a decidir qué ponerme para esta tarde.

—No nos tardaremos. —Cierra la puerta tras nosotros.

Linda debió haber tenido el día libre porque hay alguien nuevo en la barra.

—¿Qué les sirvo? —Es mayor que Linda, creo. Es amigable, pero de una manera mucho más reservada. El tinte de su cabello es rojo brillante y hace juego con su lápiz labial. Sus uñas están pintadas en un tono de turquesa.

—Dos cafés, una dona tipo buñuelo y dos de chocolate glaseado —ordena mi padre sin dudar.

—No sé si deba comer dos. —Por alguna razón quiero castigarlo, hacer que se sienta mal.

—La segunda te la puedes llevar a casa para comer más tarde. ¿Cómo te sientes?

—Genial. Increíble.

Él pasa saliva y mira el piso. Cuando levanta la mirada, tiene esa cara tonta y llena de esperanza.

—Estás sanando, puedo verlo.

—Ajá.

—Tu madre tiene puestas todas sus esperanzas en la idea del restaurante. Todas sus emociones están verdaderamente volcadas en ello.

—¿Y tú?

La mesera aparece.

—Dos de chocolate glaseado, cafés y dos al estilo buñuelo. —Coloca todo frente a nosotros.

—Solo quería una de tipo buñuelo.

—Se puede llevar la otra a casa. —Sonríe y se aleja.

Mi padre sonríe y toma un trago de su café.

—Quiero el restaurante, de verdad, y el hecho de que haya gente que desea ayudarnos, pues, es genial.

—¿Estás nervioso?

Asiente mientras come.

—Uno de los cocineros del trabajo tiene una hija que va a tu escuela.

—Ah.

—Estaba ahí el día de la pelea. —Le da otra mordida a la dona y un sorbo más al café.

—Ah. —Tomo mi café con ambas manos y me le quedo viendo a la taza, deseando que sea un portal al cual pueda aventarme. Un portal que me lleve a otro mundo, lejos de este.

La mesera regresa.

—¿Necesitan algo más? ¿Más café?

—Sí, por favor. —Papá levanta su taza para acercarla a la jarra.

—¿Tú, cariño?

—No, gracias.

Ella duda. Me está examinando. «No lo hagas. No preguntes qué me pasó».

—¿Te importa si…? Cariño, ¿qué te pasó? —Examina mi rostro.

—Se defendió. —Papá le sonríe. Es una sonrisa triste. Siento un nudo en la garganta.

Ella también sonríe, se da cuenta de que tiene dos clientes nuevos del otro lado de la barra, los saluda y va con ellos.

—¿Te vas a comer la segunda?

—¿La quieres?

—No. Solo pregunto.

—Lamento lo de la cena de esta noche. Probablemente lo mejor sea que descanses, ¿no?

—Entonces, ¿sabes lo que sucedió?

Y entonces recuerdo el rostro de mi madre y su voz cuando me dijo que desearía que yo estuviera muerto.

Mi padre asiente.

—Ella solo quiere que las cosas sean perfectas y ahora ella cree que…

—Estoy roto.

Él me mira atentamente. Espero a que diga algo, a que me diga que no estoy roto, sino que se trata de ella. Ella es la que lo está. Pero en vez de eso, se recarga en el respaldo, mete la mano en el bolsillo derecho de sus jeans, saca algo y lo pone sobre la barra.

—Sigue en el lote, pero ya se pagó. Logré bajar el precio a setecientos cincuenta dólares. ¿Puedes creerlo? —Toma otro trago de café.

Bajo la vista a donde están las llaves. El llavero tiene una tira de plástico amarillo brillante que dice AUTOS Y CAMIONES USADOS DE DICK con letras negras. La dirección y el teléfono de Dick están del otro lado.

—Desde luego que hoy cerró, pero mañana estará abierto. Para él, el día después de Acción de Gracias es un buen día.

—Papá… —En realidad no sé qué quiero decirle, pero siento la necesidad de decirle algo.

Él mira hacia el frente.

—Lo vas a necesitar.

—¿Y mi mamá qué…?

—Aún no lo sabe. Yo me encargo de decirle. Pasa por él cuando quieras.


En cuanto entramos al departamento, mi padre grita.

—¡Trajimos donas! —Deja la caja en la mesa de la cocina.

Desde el baño se oye la voz de mi madre.

—Ahora salgo. Solo estoy secando mi cabello. —Sale envuelta en una toalla, perfectamente maquillada y peinada—.

Vengan acá. —Camina hacia la sala. Tiene tres faldas y tres blusas en tres ganchos diferentes, todas puestas sobre el respaldo de terciopelo del sillón—. ¿Cuál me pongo? —Saca la primera opción, una falda de lana de cuadros blancos y negros con una modesta abertura a un lado y una blusa de cuello en «V» y manga larga. Levanta el gancho—. ¿Este?

A veces las contradicciones te pueden volver loco. Constantemente me regaña por no ser «el tipo de hombre correcto» y aun así quiere que la peine y le escoja atuendos desde que tengo cinco años.

Mi padre lo examina, se sienta en el sofá.

—Se vería bien. Me gusta. Es clásico.

—¿O este?

Nos muestra la falda color camel, muy cuadrada, casi como costal, con un suéter tejido blanco y un fular de cachemira.

—Se ve desteñido —digo y hago una mueca.

—No juzgues tan pronto. —Vuelve a levantarlo.

—Evan tiene razón. No se ve bien. Muy equis.

Avienta el conjunto y toma la última opción. La levanta.

—¡Esta es la última opción! —Es una falda azul marino, asimétrica, con bordado en los bolsillos y alrededor de la cintura. La blusa tiene un estampado geométrico con blanco, turquesa y verde, de cuello alto y un dobladillo ancho y negro.

—Esta es la mejor —digo y me voy a la cocina por una dona. Tomo la de chocolate glaseado y salgo a la sala—. Me voy a la cama. Estoy cansado. Diviértanse.

Mi madre me sonríe.

—Descansa. No olvides comer cuando te despiertes. Hay un *pastitsio* en el congelador. —Luego se va a planchar su blusa.

# Treinta y cinco

En el sueño, estoy parado en el centro del salón de las estatuas del monasterio, excepto que la única estatua que guía está ahí conmigo. Está más cerca de la ventana que nunca. Tiene los brazos abiertos al cielo y sus dedos tocan el vidrio. Miro alrededor y me pregunto cómo y adónde moverían el resto de las estatuas. Me acerco a la única que queda y veo en la dirección hacia la que está orientada. Ahí está el resto. Están afuera, reunidas en el pasto.

El Ejército está esparcido por todos lados. Las otras están apenas afuera del muro que rodea el terreno. Estoy justo junto a la única al interior. Sigue viendo por la ventana, pero ahora parece aún más cerca de esta. Parece que sus manos podrían romper el vidrio. El cuarto se siente caliente, abrumador. Huelo humo.

Me doy la vuelta y el lugar se está incendiando. Puedo sentir cómo mi cuerpo se empieza a calentar, pero mis piernas están paralizadas. El sonido del vidrio rompiéndose me sobresalta. Miro la estatua a mi lado. Ambas manos salen de la ventana. El Ejército está alineado en el muro exterior y apenas puedo distinguir a los otros.

¡Bum!

¡Bum!

Me despierto del susto al oír los golpes. Por un minuto no sé dónde estoy. La puerta de mi cuarto está abierta. Seguro mis padres la abrieron antes de irse. Los golpes se escuchan con más fuerza. Alguien toca a la puerta de entrada. Siento como si llevara durmiendo una semana. De hecho, tengo que recargarme en la pared del pasillo para recobrar el equilibrio. «¿Qué diablos?».

Me enderezo lo más que puedo, siento todo el lado izquierdo de mi cuerpo entumido. Seguramente de ese lado recibí más golpes.

—¡Ya voy!

Pego la cara a la mirilla. Abro la puerta poco a poco. Está ahí parado, con dos bolsas de papel y con la típica sonrisa de hoyuelos acentuados. Su mirada es triste y brillante al mismo tiempo. Por dentro brinco de alegría al verlo, pero, extrañamente, trato de contenerme.

—Tienes que dejarme pasar. Es tradición que si alguien llega a tu casa con pavo el Día de Acción de Gracias, le pides que pase o...

Henry levanta las bolsas.

—¿O qué? —digo, sonriéndole a medias.

—O simplemente entra. —Pasa y va directo a la cocina.

Miro al pasillo de afuera, en ambas direcciones, en caso de que mis padres estén por ahí, antes de cerrar la puerta con llave.

—No puedes estar aquí. —Trato de convencerme de que quiero que se vaya, aunque no es así. Lo quiero aquí. Conmigo.

Él vacía el contenido de las bolsas.

—Y tú no puedes *no* comer una cena tradicional. Además, mi madre me mataría si no te traigo esto. Pasó las últimas veinticuatro horas cocinando y empacando todo esto. —Abre uno de los botes que trae algo parecido a una salsa. No, es *gravy*. El *gravy* empacado de la señora Kimball.

—¿Por eso estás aquí, porque ella...?

Voltea y pone la mano derecha con toda firmeza en mi nuca. Está a centímetros de mi rostro. Sus ojos están húmedos y puedo notar que contiene la respiración.

—No es eso por lo que estoy aquí.

Me besa, me jala aún más hacia él, puedo sentirlo pegado a mí.

Lo envuelvo con mis brazos. Estamos en la cocina y pensar que esto sucede en la casa de mis padres debería ponerme nervioso. Pero no.

—Yo también te amo —susurra esas palabras.

Bajo la cabeza y la recargo en su pecho. Él me besa la cabeza. Me enderezo y lo miro. Jalo rápidamente breves bocanadas de aire, tratando de evitar que se me salgan las lágrimas.

—Está bien. —Me mira directamente con ambas manos en mi cabeza—. Está bien llorar. No dejaré que nadie más vuelva a lastimarte.

En cuanto termina, es como si me destaparan. Las lágrimas me chorrean por las mejillas y él me las acaricia, como si tratara de recogerlas.

«¿Así es como se siente estar a salvo? ¿Que alguien se preocupe por ti sin importar qué o quién seas?».

—Yo no voy a lastimarte.

—Lo tomo de la mano y lo llevo a mi cuarto.

# Treinta y seis

Ambos estamos desnudos bajo las sábanas. Henry está de su lado, me mira y sonríe.

—Esa sonrisa es un problema —digo y sonríe aún más—. En serio. Voy a necesitar algún tipo de escudo o barrera contra ella.

—Durante años me pareció que eras inmune. ¿Cómo es que ahora es un problema?

—Eso era lo que yo intentaba que pensaras.

Empieza a hacerme cosquillas, pero enseguida se da cuenta de que no fue buena idea.

—¡Auch!

—Ay, perdón, lo olvidé.

—Hay movimientos que no puedo hacer.

—Para mi suerte, los que sí puedes hacer son bastante disfrutables.

—Vete al diablo.

—Hmm… estos últimos días volviste a tu modalidad de evitarme.

—Me daba vergüenza.

—Jamás nadie había peleado por mí así o gritado que me amaban. Fue...

—Vergonzoso. Aterrador. Humillante. Salí del clóset en un video y le dije a toda la escuela que estoy enamorado de ti. Fue mi gran momento y no recuerdo nada de ello.

—Al menos tenemos el video.

—Para que todo el mundo lo vea.

—Debo decir que verte golpear a esos chicos me excitó un poco. ¿Eso está mal?

—Solo no esperes que lo haga más seguido. Como puedes ver, no salí del todo ileso.

—Ven acá. —Me recargo en su pecho—. No quiero que vuelvas a hacer nada de eso. Perdóname. No quería que se hiciera tanto escándalo.

—Todo eso es una locura.

Esto. Henry. Henry y yo. Aquí. En mi recámara.

—¿Tus padres mencionaron algo?

—Creo que mi padre ya se enteró. Me compró un auto.

—¡¿Qué?!

—El Tercel 94. Dijo que voy a necesitarlo.

—¿Y tu mamá...?

—No sabe nada del auto ni de lo de la escuela. Aún. Créeme, me daría cuenta. —Él respira profundamente y abre más los ojos—. Deberíamos comer y luego debes irte. ¿Qué hora es? —Me estiro hacia la mesita de noche para alcanzar mi teléfono—. Apenas pasan de las seis.

—Van a llegar hasta después de las diez, ¿no crees?

—Tal vez, pero más vale.

Me levanto y empiezo a vestirme.

—¿Tienes que hacer eso? —me pregunta.

—¿Qué?

—Es solo que me gusta cómo te ves así.

Desde que tengo memoria, mi madre me ha dicho lo contrario. De hecho, busca detalles físicos negativos y específicos para señalármelos. Cuando era pequeño recorría su dedo índice por el puente de mi nariz. Quería asegurarse de que no heredara el «garfio» de mi padre, como le decía. Sería terrible tener *otra* desventaja en este rostro «ya de por sí feo».

Me pongo los bóxers. Henry se levanta y camina hacia mí. Pone sus manos en mi cintura y se acerca lo más que puede.

—Tus piernas están buenísimas. No quiero dejar de verte.

—¿Solo mis piernas? —lo molesto.

—Todo, Evan Panos. Todo tú estás buenísimo. Voy al baño. Te veo en la cocina. —Me besa, se sube los bóxers y sale.

Abro las puertas de mi clóset y me veo en el espejo de cuerpo completo. Nunca me he visto bien el cuerpo, o sea, *a detalle*. Mucho de mi identidad se ha basado en la perspectiva de alguien más acerca de mi físico, por lo que nunca antes quise verme.

Siempre que salgo de la ducha, me envuelvo en la toalla tan rápido como puedo para evitar echar un vistazo en el espejo. Cuando sin querer veo mi reflejo en un escaparate siempre me sobresalto por lo que veo. Soy muy hábil para evitar salir en fotografías y nunca me tomo *selfies*.

Pero ahora, parado aquí frente a mi espejo, me obligo a verme por un buen rato. Para ver lo que ve Henry. Examino mi pecho, mis brazos, mi cintura, luego me levanto los bóxers para ver más de mis piernas. Es como si descubriera algo por primera vez.

«Tal vez no sea tan feo después de todo. Tal vez no hay nadie realmente feo, y tal vez nadie tenga derecho a decirle a alguien "feo" o insinuarle que lo es. Tal vez la única fealdad sea lo que reside en algunas personas».

Cierro las puertas y me voy a la cocina.

—Tenemos todo un pay de calabaza —dice él.

—No vamos a comernos un pay entero. Tienes que llevarte lo que quede a tu casa.

—Mi mamá lo mandó para ti y para tu familia. Es Acción de Gracias y pensó...

—Mi familia no va a entenderlo. —Empiezo a poner la mesa. Él entra cargando los platos de comida y los pone al centro. Voy a la cocina y saco los cubiertos.

Mientras pongo la mesa, me convierto en mi madre.

—Siéntate, deberíamos empezar. Esto se ve increíble. Puedo oler el relleno. —Henry llena su plato con pavo, ejotes, puré de papa, relleno y *gravy*. Veo cómo su tenedor se pasa de largo por la jalea de arándanos en medio de la mesa—. A tu mamá no va a gustarle que no la pruebes.

Me fulmina con la mirada.

—Tú y mi padre son las únicas dos personas que conozco a quienes les gusta esa mierda.

Comemos en silencio un momento, la comida está bastante rica.

—¿Ellos no tienen problema con que no lo pases en familia? —digo al fin.

—Querían que tú fueras a la casa con nosotros, pero sabían que debías descansar —dice con la boca llena de pavo y puré—. Además, conviví toda la mañana durante el Desayuno de Acción de Gracias Kimball y estaré en la noche para una rebanada más de pay de calabaza o algo así.

Me sirvo *gravy* sobre el puré de papa y como un poco.

—Esta es la mejor comida que he probado. Tal vez sea lo mejor que alguna vez haya vivido.

Henry alza una ceja.

—¿Mejor que...?

—Casi.

—Es difícil saber... estás haciendo ruiditos similares.

—Cállate, Kimball.

—Ash, no me digas así. Te pareces a Jeremy.

—Perdón. Ni lo menciones. De hecho, mejor enfócate en lo que está sucediendo. Esto se siente... no sé... Este es el banquete perfecto. Por favor, dale las gracias a tu mamá por todo. —Señalo con el tenedor lo que hay en toda la mesa y luego apunto hacia él y dibujo un círculo por todo su cuerpo—. ¡Dale las gracias por todo esto! —Ambos reímos. Luego digo—: Tess se moriría ahora.

—¿Qué?

—Te trae unas ganas... pero ya lo sabes, ¿no? Me lo dijo. Se moriría.

Él sacude la cabeza, incrédulo.

—Oye, entonces ¿este fin de semana no te veré?

—No es que esté evitándote pero no sé.

—¿Me avisas?

Asiento.

—Tengo que trabajar. El fin de semana después de Acción de Gracias es la locura en el deli. El domingo, pues, ya sabes, es *domingo*. —Me sirvo más puré—. ¿Qué tal las ardillas albinas?

—Claire dijo que vio una. Yo nunca las vi. Ellas también me evitaron. Tal vez soy yo...

—No eres tú. Nadie, ni siquiera las ardillas, querrían evitarte. —Él medio sonríe. Puedo ver ambos hoyuelos—. Nunca quise hacerlo.

Sonríe a sus anchas.

—¿Cuándo vas a recoger tu auto... y... qué le dijiste a tu papá?

—No sé y no mucho.

Henry baja su tenedor.

—¿Y qué haremos el lunes? Hay que regresar a la escuela. —Tenía la esperanza de que no habláramos de ello porque no sé qué hacer—. Ev, todo ha cambiado. Toda la escuela sabe que eres gay. Estás en esta situación por mi culpa y ahora nosotros...

Ahora yo bajo mi tenedor. Por alguna razón, en este momento, todo me queda claro.

—Solo diremos la verdad —me oigo decir. Él me mira—. No podemos regresar y nada más fingir que...

—No me siento cómodo de involucrarte en esto.

—No voy a fingir que no está sucediendo. Viste el video. No quiero regresar a como estaban las cosas. —Levanto mi tenedor y apuñalo un pedazo de pavo. Me concentro en meterlo en el puré de papa hasta que se le embarra un poco—. Todo ha cambiado y me alegra.

«Tal vez yo también he cambiado».

Me meto el pedazo gigante de pavo embarrado y empiezo a masticar.

Henry se ríe.

—Te ves ridículo.

Mastico con la boca abierta para que él pueda ver el puré literalmente goteando y trato de hablar.

—*¿Hay adgún pdobema?*

—Tú eres mi problema. Eres un verdadero problema. —Mira mi absurdo rostro con la boca llena de puré como si fuera lo más increíble y al mismo tiempo lo más asqueroso que haya visto.

Se levanta y camina a donde estoy sentado, empieza a besarme fingiendo pasión, mientras sale volando todo el puré de mi boca.

—¡Basta! —No puedo dejar de reír. Mientras más lo intento, más salen volando pedazos de pavo y puré—. Creo que inhalé un pedazo de papa, ¡ya!

Deja de intentar hacerme reír, toma una servilleta y empieza a limpiarme la boca. Ambos recobramos el aliento. Él se pone de rodillas frente a mi silla y recarga la cabeza en mis piernas.

—Ev, hace tanto que quería esto. Puedo esperar un poco más si necesitas más tiempo.

Le acaricio el cabello.

—¿Crees que eres el único que quería esto?

Y entonces lo entiendo. «Siempre ha sido Henry».

«Siempre».

# Treinta y siete

Pasan de las diez y aún no regresan a casa.

Estoy acostado bocarriba con la cabeza recargada en la mitad de la almohada. Aún puedo oler el cabello de Henry en ella. Después de que se fue estuve viendo mi cara en el espejo del baño un buen rato. El baño tiene la luz más intensa y quería asegurarme de ver todo. ¿Había cambiado algo? ¿Me veía distinto? No vi nada.

Oigo una llave girando en la puerta de la entrada. Me levanto y me quedo parado a la mitad de mi cuarto. Estoy tan nervioso. «¿Por qué estoy tan nervioso? Ah, sí, porque acabo de tener sexo con un chico. Y no cualquier chico: con Henry Luther Kimball. El chico que amo».

Y el cielo no se está partiendo en dos, ni Dios me está aniquilando. Sigo aquí, de pie, y entonces oigo la voz de mi madre llamándome.

Salgo al pasillo y los veo en la sala. Parecen estar de un humor decente. Eso es buena señal. Mi papá está en el sofá. Se quitó los zapatos y mi madre no está gritándole que los ponga en el clóset. Otra buena señal. Este ya es un muy buen inicio. Está parada frente al sillón de terciopelo, quitándose los aretes y entonces me ve.

—Ven. Queremos contarte todo sobre esta noche. Te mandan muchos abrazos; María te extrañó. ¿Te acuerdas de María? Se la pasó preguntando por ti, ¿o no, Elias?

Mi papá asiente.

—Sí. Estuvo preguntando por ti toda la noche.

Mi madre se va al otro sillón.

—Pero primero cuéntanos de tu noche. ¿Qué hiciste? ¿Dormiste? Hay tanta comida aquí. —Señala las tres bolsas de comida sobre la mesa de la sala—. No nos dejaron irnos sin darnos casi otro pavo entero y muchos de los guisados. Helen horneó un pay entero para ti.

—¡Vaya! —Me siento.

—¿Quieres que te sirva un plato? ¿Te calentaste algo para comer?

—Meteré todo al refri para mañana. Ahora no tengo hambre. A menos que ustedes quieran un bocadillo. —Me levanto y llevo las bolsas a la cocina. Me preocupa estar de frente a mis padres, en especial de mi madre, por demasiado tiempo, por si acaso notan algo diferente en mí.

—¡Estamos repletos como ese pavo! Aunque podría tomarme un café griego —propone mi padre.

—Está bien, yo lo hago. Quédense aquí. Mamá, ¿quieres algo?

—Agua, corazón.

«Mierda». Esa no es buena señal. «¿Corazón?».

Le llevo el agua.

—Puse a calentar el café, papá. —Trato de desviar las preguntas sobre mí—. Entonces, cuéntenme. —Me siento.

Papá empieza a describir la velada, pero mi madre lo interrumpe.

—Evan, ¿no traes ropa interior? —Me mira debajo de la cintura.

—Mamá. Por favor. Traigo *pants*.

—Voula, déjalo. —Papá se estira en el sofá, bostezando.

—No traes ropa interior. Puedo darme cuenta, todo te cuelga por todos lados. Espero que no hayas salido así para enseñarle a todo el vecindario esas cuestiones.

Me levanto para ver si ya está el café. Papá continúa narrando la velada, tratando de distraerla de mí y que se encarrile otra vez con lo de sus amigos.

—En verdad te perdiste de una hermosa reunión. Hermosa. Su casa es bellísima, por supuesto, porque tienen dinero y Helen es una maravillosa ama de casa. Cocina, limpia, sabe cómo ser una dama. Dean, por supuesto, es un doctor, ya lo sabes.

Estas son (además de ser una persona, hombre o mujer, de bien, devoto a Dios y griego) cualidades extremadamente importantes que alguien puede poseer para que mi mamá considere que al menos vale la pena pasar tiempo con ellos.

—Además son muy devotos. Sabes que educarán a sus hijos para que sean los adultos que deben ser.

«A diferencia de mí, que soy el adulto que no debo ser».

Entro a la sala con el café de mi padre y se lo doy.

Él se endereza en el sofá y se acomoda la camisa.

—Gracias.

—Siéntate, siéntate, hay mucho más de qué hablar. —Mi madre se acomoda en su sillón y mira hacia el techo, casi como si estuviera nostálgica por algo que pasó hace años—. Dean es tan guapo y caballeroso. También es muy listo para los negocios; le dio varias ideas maravillosas a tu padre, ¿o no, Elias?

Papá asiente, sorbiendo su café.

—Te quedó buenísimo, Evan —agrega—: Tal como me gusta. —Me guiña el ojo y sorbe un poco más.

—Se impresionaron mucho contigo en la fiesta de tu tío —mi madre continúa—: Ambos creen que eres un chico inteligente con un futuro brillante. Nos preguntaron mucho sobre ti. —Toma el vaso de agua y le da un buen trago, luego mira alrededor.

Sé lo que está buscando, así que corro al comedor por un posavasos de la vitrina. Lo pongo sobre la mesa de la sala.

—Aquí está.

Coloca el vaso en la mesa, se agacha y se quita los zapatos con ambas manos y los acomoda debajo del sillón. Sube los pies y se acurruca.

—En especial Dean. Dijo que te sacó los rayos X, pero que aún no le dan los resultados. —Voltea hacia mi papá—. ¿Es eso posible? —Sin darle oportunidad de responder, voltea hacia mí—: Como sea, quería saber mucho sobre ti y sobre nosotros. Creo que tal vez te vaya a ofrecer trabajo en su clínica o algo. Si no, ¿para qué preguntaría tanto?

El estómago me da vueltas. ¿Qué es lo que Dean está tratando de hacer? Tarde o temprano ella verá a través de sus preguntas y entenderá qué es lo que trata de averiguar.

Volteo hacia mi papá. Él simplemente está ahí sentado, escuchando todo esto, y además como si lo hiciera por primera vez. Conozco esa cara. La cara de «no me voy a comprometer a nada hasta que tu madre haya terminado de hablar, entonces estaré de acuerdo con lo que sea que diga». Volteo hacia mi madre, que sigue hable y hable.

—Lo de la escuela de arte es un pasatiempo. Ahora eres un adulto. No necesitas pasatiempos. Debes tener un trabajo de adulto y las responsabilidades de un adulto. —Su rostro se ilumina—. ¿Te imaginas trabajar en la oficina de un doctor? ¿No sería maravilloso? Estaríamos tan orgullosos. —Voltea hacia papá—: ¿No es así, Eli?

—Oficialmente, no ha ofrecido nada.

—No seas negativo. Si no, ¿por qué tantas preguntas sobre Evan?

Tal vez lleva saliéndose con la suya tanto tiempo que la idea de que alguien se dé cuenta se le escapa por completo.

—Mamá, ¿qué haría en la oficina de un doctor? —Trato de que mi voz sea firme.

—Muchas cosas: contestar el teléfono, tratar con los pacientes, trabajar en la computadora, hay tanto que hacer durante el día. Además, te pagarían bien y tal vez podrías ser doctor. —Está verdaderamente radiante.

El hecho de que trabajar en la oficina de un doctor *no te convierta en uno* no parece ser un factor en esta conversación.

—¿Qué tanto preguntaba sobre mí?

—Ay, no sé. Solo alégrate de que alguien importante se interese en ti. —Se estira para tomar su vaso de agua—. Además de su hermosa hija María. Ambos son bendiciones de Dios.

—Ya es tarde, Voula. Deberíamos irnos a dormir y hablar de esto después. —Papá se levanta—. Evan, ¿no tienes que ir a trabajar mañana?

—Sí, el sábado también.

Mi madre se levanta y se va hacia la cocina con el vaso de agua.

—Los veremos el domingo en la iglesia. Podemos hablar más sobre esto con ellos. No olvides rezar esta noche y agradecerle a Dios por este regalo. —Hace una pausa. Sonríe—. Aunque no lo merezcas.

Es domingo por la mañana y hoy puedo ir a la iglesia en mi propio auto. Esto es porque mi madre sigue extasiada con la idea de que voy a trabajar en la oficina de un doctor y algún día me casaré con la hija del doctor griego. También se debe a que mi papá se aseguró de que mi madre y yo entendiéramos que este era mi regalo de Navidad.

«Puedo regresar a casa después de la iglesia. En mi auto. Yo solo».

Estoy en mi recámara poniéndome un traje gris oscuro cuando oigo que mi teléfono vibra en la mesita de noche. Es Henry.

HENRY:
¿Qué haces?

EVAN:
Poniéndome un traje para ir a la iglesia. ¿Tú?

HENRY:
Acostado, deseando que estuvieras aquí.
¡Manda foto con traje!

Tomo la corbata y me la anudo. Me pongo el saco, abro la puerta del clóset y centro mi reflejo en el espejo. Trato de acomodarme el cabello, pero no hay remedio. Me tomo una foto de cuerpo completo y se la mando a Henry, que enseguida me contesta:

HENRY:
Ay, mierda, me encantas de traje.

Le escribo:

EVAN:
¿Y mi foto?

Me manda una foto, una que no puedo enmarcar ni mostrarle a nadie. No trae nada puesto. Le contesto.

EVAN:
Oh, no. Eres un problema, carajo.

HENRY:
Soy uno de los problemas
que quisieras tener. Te extraño.

EVAN:
Yo también.

Aunque no he ido a la iglesia en varias semanas por mi trabajo, no ha cambiado casi nada. El sermón, por desgracia, sigue siendo el mismo, semana tras semana, una versión apenas diferente de cuán pecaminosos y poco dignos somos.

Cuando termina la ceremonia bajamos al sótano por algunos bocadillos; después casi siempre alguien nos invita a su casa a comer. Luego regresamos a la iglesia para la ceremonia de la tarde y cenamos en casa de alguien más. Nos toma el día entero. Cuando nos toca a nosotros recibir gente en nuestra casa, el trajín nunca acaba.

Hoy, después de la ceremonia, estamos en el sótano de la iglesia. Estoy de pie frente a una mesa plegable cubierta con un mantel que tiene diseños caricaturescos de hojas de árbol otoñales y cabezas flotantes de Jesús. Me parece una combinación magnífica y me maravilla, porque, vaya, el hecho de que haya un lugar donde puedas comprar esto en mi opinión es genial. Cuando es Navidad, el mantel es un Niño Jesús flotante con decoraciones sagradas como fondo. Esta es la mesa con la comida chatarra: papas, dulces y galletas.

María Boutouris me ve y se abre camino hacia mí. Literalmente.

—Hola, Evan.

—Hola, ¿cómo estás?

—Muy bien. Te ves lindo.

—Gracias. —Me siento incómodo—. Lindo… brazalete —digo, tratando de encontrar un comentario apropiado.

—Gracias. Yo lo hice. ¿Vas a venir hoy a la casa?

—¿Cómo?

—Mis papás invitaron a los tuyos a la casa saliendo de aquí.

—Tengo tarea, así que yo creo que no.

Nunca me había dado tanto gusto ver al pastor.

—Evan, ¿podemos hablar a solas? —me pide—. En cuanto termines de conversar con la señorita Boutouris. —Le sonríe a María.

Lo sigo a su oficina y me siento frente a él. Pone una mano sobre la otra. Sonríe de una manera gentil y distraída.

—¿Cómo has estado? —Su voz suena suena seria.

—Bien, gracias, ¿usted, pastor?

—Bien, Evan. El doctor Boutouris dijo que tuviste un accidente de auto.

—Sí, sí, pero no pasó nada grave, estoy bien y…

—Evan, me dijo lo que vio. Está preocupado. Y sabes que yo también lo estaba. Estoy. —Asiento—. No he hablado con tus padres. Debí hacerlo antes, pero de alguna manera pensé que esto se arreglaría solo. —Suspira—. Me equivoqué. Perdóname. Te fallé. —Hace una pausa—. También quería decirte que me enteré del video.

Trago saliva.

—¿Cómo dice?

—Mucha gente ya lo vio, pero supongo que tus padres…

—Creo que mi madre no lo ha visto.

—¿Y tu padre?

—Es posible que lo sepa.

—¿Y qué hay de las marcas en tu cuerpo?

—Le comenté al doctor acerca de mi torpeza.

—Dijo que las radiografías muestran daños severos y no a causa de la pelea.

—Vaya, ¿qué pasó con la confidencialidad entre doctor y paciente? —Me oigo molesto. Y lo estoy. Detesto que me acorralen, por muy buenas intenciones que tenga.

—Él está preocupado y yo también. Esto es más serio de lo que pensé. Tengo que hablar con tus padres. —No digo nada. Solo me quedo ahí, pensando—. Evan, sé que esto es una cuestión personal.

—Lo es. Muy personal. Pastor, ¿qué cree que va a pasar cuando hable usted con mis papás? —No le doy oportunidad para responder—. ¿Ella dejará de hacerlo? ¿De repente, así nada más, él evitará que ella lo haga? ¿Tomará partido de una vez por todas? —Mi voz se oye cada vez más enfadada, pero no sube de volumen—. Nada de eso pasará. Solo empeorará las cosas.

—Entiendo cómo te sientes.

—Ay, por favor, no diga eso. Es tan… condescendiente. —Y, de pronto, todo me queda claro—. Usted no puede hablar con ellos porque no puede arreglar las cosas. Yo soy el único que puede hacerlo.

Alguien toca la puerta.

—¿Quién es?

—Pastor, soy Voula. Voula Panos. —El pastor y yo nos miramos. Asiento.

—Entre, hermana. —Se levanta para recibirla y sonríe.

—Alabado sea el Señor, Padre. —Me mira—. Evan, cariño, ¿estás bien?

Levanto la mano para señalar que estoy bien.

—Solo quería hablar con Evan para ver cómo está.

—Seguimos rezando por él. Por favor, siga haciéndolo, padre.

Él asiente.

—Vamos, Evan. Los Boutouris quieren despedirse antes de que te vayas a casa a hacer tarea. —Engancha su brazo al mío y me saca de la oficina. Conforme subimos las escaleras, susurra—: ¿Cuántas mentiras le estás contando al pastor?

—Yo no le he dicho nada. Pero lo sabe. —Siento una ráfaga de energía. Tal vez sea porque todos están tratando de decirme lo que debo hacer o tal vez sea que ya no tengo tanto miedo de lo que me pueda pasar. De lo que ella pueda hacer.

—¿Saber qué?

—Lo que me haces. Y la razón por la que lo sabe es porque está en mis diarios, que tú misma le diste para que los leyera. Chistoso, ¿no? Fuiste tú. No yo. Después de tanto tiempo, tú revelaste tus secretos. Tú te deshonraste sola.

Ni siquiera me molesto en ver su reacción. Rápidamente salgo de la iglesia, temblando, y me voy hacia el estacionamiento. Afuera hace frío, tal vez estemos como a cero grados, pero, de hecho, se siente bien. Me refresca. Subo al auto y empiezo a manejar. No sé bien hacia dónde voy, pero solo necesito ir a algún lugar donde me sienta a salvo.

Termino en el monasterio, de rodillas, cavando entre la tierra. Siempre es más difícil sacar la caja cuando la tierra está fría. Al menos no estoy arañando hielo.

Saco la caja de metal y la llevo a la cajuela del Tercel. Regreso al árbol y cubro el hoyo con tierra para que nadie sepa que estuve ahí. Miro hacia atrás y entrecierro los ojos para ver si logro ver las estatuas, pero no.

Le mando mensaje a Henry:

EVAN:
¿Quieres ir a pasear?

HENRY:
¡Sí! ¿Dónde estás?

EVAN:
Monasterio. Voy para allá.

Trato de llegar a toda velocidad a su casa. Quiero ver el rostro de las personas que no me juzgan. Quiero aprender a creer que son sinceros.

Me estaciono afuera de su casa y prácticamente subo corriendo los escalones de la entrada. Antes de que siquiera pueda tocar el timbre, la puerta se abre y Henry está ahí. Lo abrazo. Con fuerza; tanta que hasta me duelen las costillas, pero no me importa.

—¿Evan? —La señora Kimball se asoma detrás de él.

—Gracias, señora Kimball. El banquete estuvo delicioso.

Se acerca y me abraza por un buen rato. Cuando se separa, me examina el rostro. Es la primera vez que me ve desde que sucedió. Estoy mucho mejor que cuando pasó, pero todavía hay marcas que la estremecen.

—Eres un chico hermoso. Eso nunca te lo van a quitar. —Me rodea con un brazo y me lleva al pasillo. Henry cierra la puerta y nos sigue—. ¿Quieren algo de comer?

Miro a Henry.

—No, mamá, gracias. Vamos a salir.

Claire me saluda desde la sala.

—Oye, hombre elegante, ¿fuiste a un funeral? —me grita.

—Estaba en la iglesia, Claire —oigo que dice su padre, a quien no alcanzo a ver.

Claire se encamina hacia el pasillo.

—¿Cómo sientes la cara? No se ve tan mal como lo pensaba. Digo, no es que te veas mal, pero es que no... ay, diablos.

—No te preocupes. Estoy bien.

La señora Kimball rompe la tensión.

—Evan, gracias por defender a Henry. Las cosas han estado un poco... No todos son tan comprensivos como esperábamos.

—En realidad, yo... O sea, Henry es... —Lo miro: ha bajado la cabeza y está parpadeando mucho.

—Solo queremos que estés a salvo —dice el papá, a lo lejos.

—Está bien, familia, no tenemos que resolver todo ahora mismo —exclama Henry. Y a mí—: Vámonos.

Por lo general, él es quien maneja, pero hoy yo lo hago. El Tercel y yo lideramos.

—¿A dónde me llevas? —Finge preocupación.

—¿Tengo que decirte?

—Nunca me habían secuestrado. Es emocionante. —Se queda viendo por la ventana. Luego, me pregunta—: ¿Crees en Dios?

—Eh… no sé. —Esto es algo que he pensado mucho—. Quisiera creer que hay algo allá, más grande que nosotros. Nosotros no podemos ser *todo*… Solo que… no sé cómo es Dios.

—Creo que probablemente Dios sea genial y que al ver todo lo que hacemos y decimos simplemente sacude la cabeza. —Sigue mirando por la ventana—. Espera, ¿vas a tomar la vía rápida? —Voltea hacia mí sonriendo—. ¿A dónde vamos?

Lo miro y luego le echo un vistazo al camino.

—Paciencia —después de un momento, digo—: Yo no debería creer en nada. A veces, no lo hago. Solía rezarle a Dios para que me ayudara y eso nunca sucedió, pero tal vez no funcione así.

—Sé que lo que quiero hacer puede ocasionarte más dolor y problemas. —Su voz se oye sombría.

Lo miro unos segundos antes de regresar mi atención a la carretera. Nos quedamos en silencio un rato porque ¿qué puedo decir? «¿Gracias? ¿Gracias por querer arriesgarte por mí? ¿Gracias por amarme?».

—Oye, me estás llevando a la ciudad.

—Tal vez.

El Lago Michigan da justamente a la fachada del Museo Field de Historia Natural. Hay una pequeña zona que da al lago y el agua choca con unas rocas. Poca gente va ahí, en especial en esta época del año. Hace frío y viento y no es fácil llegar ahí ni caminar por el área, pero la vista de la ciudad de Chicago te quita el aliento. Puedes ver toda la costa y cómo da vuelta para colindar con estas cajas encendidas que emergen del suelo.

Nos sentamos en una de las rocas y tratamos de que el viento no nos arrastre. Sopla con fuerza constantemente:

volteó el cuello de mi saco, así que lo sostengo con firmeza; mis manos están heladas. Henry trae un abrigo acolchonado con el cierre hasta arriba. Contiene el aliento para evitar ahogarse con el ventarrón.

—¡Qué increíble! ¿Me escuchas con este viento? —se ríe.

Su cabello se mueve para todos lados y entrecierra los ojos hasta que parece que los cierra. Nuestras mejillas brillan de tan sonrojadas. Él recarga la cabeza en mi hombro y nos quedamos sentados así, tanto tiempo como podemos soportar.

El cielo se ve despejado, gris, frío; el agua, picada, agitada, tiene el matiz de un lápiz de carbón. Quisiera dibujarla, pero dudo hacerle justicia. Este paisaje y todo lo que incluye es poderoso. Puede con todo lo que caiga. Sin importar cuán implacable sea la estación, este cielo, esta agua, estos árboles permanecen aquí, erguidos, desafiando a los elementos.

Pienso que pertenezco a este paisaje, a este cielo, a este lago, a estos árboles. «Pertenezco a aquí, con él».

# Treinta y ocho

Más tarde, estoy parado en medio de mi cuarto y lo siento más pequeño que la última vez que lo vi. Solía gustarme cómo se sentía, como un capullo, un refugio. Pero ahora me siento demasiado grande para este espacio. Saco unas hojas sueltas del cajón superior de mi escritorio y empiezo un nuevo bosquejo: las rocas en el lago. Dibujo cómo se sintió estar ahí esta tarde.

Oigo que la puerta de la entrada se abre. Miro mi teléfono, son las 9:07 p. m. Guardo el bosquejo y salgo de mi cuarto.

—¿Estás listo para ir mañana a la escuela? —pregunta papá mientras se quita el abrigo.

—Sí. —Pero no lo veo a él, sino a mi madre.

Ella se quita el abrigo, lo cuelga en el clóset y le hace un gesto a mi padre para que le pase el suyo; lo toma y lo cuelga junto al de ella. Se alisa el vestido con las manos y va a la cocina.

—Elias, ¿quieres un café? —Me está ignorando.

—Sí. —Papá me hace un gesto para que vaya a la sala con él. Lo sigo.

Mi madre regresa. Coloca la taza de café en la mesa, junto con la crema y el azúcar. Después de tantos años como mesera en el restaurante de mi tío tiene la habilidad de cargar varios platos y tazas sin tirar nada. Vuelve a ir a la cocina y regresa con otra taza.

—¿Qué tal la familia Boutouris? —me pregunta papá.

—Sí, ¿qué le dijiste al doctor Boutouris? —Mi madre regresa a la sala.

—¿Disculpa?

Agrega crema y azúcar a su café y lo revuelve lentamente. No le quita la vista al borde de la taza.

—¿Sabes?, eres un personaje interesante. —Me quedo callado mientras la escucho—. Puedes hacerte la víctima sin siquiera sudar. Siembras las semillas de las mentiras para sabotearnos. —Al fin me mira directamente con una sonrisa muy ligera—. Nos has deshonrado.

Mi padre toma un trago de su café.

—Tal vez tu padre no se dé cuenta o se deje llevar por tu maldad, pero yo no. Yo estoy del lado del Señor y Él me da fortaleza. —Hace tanto énfasis en la última palabra que hasta mi papá se sobresalta. Luego regresa a una forma cantarina de hablar—: Haces que la gente te tenga lástima. ¡A ti! Si conocieran tu verdadero ser, también te golpearían hasta deshacerse de tus pecados y de tu fealdad.

Hace mucho tiempo que dejé de pensar que los adultos a mi alrededor podrían sorprenderme. Pasé toda mi niñez siendo, literalmente, un saco de boxeo emocional. Después de un tiempo, si tienes suerte, puedes aprender habilidades de supervivencia fluyendo con el golpe en vez de resistirte a él. No voy a tratar de establecer la verdad de las cosas porque hace mucho tiempo aprendí que no sirve de nada. Pero algo dentro de mí se revuelve, arde, y puedo sentir cómo una por una, todas las emociones que tanto me he esforzado para contener empiezan a liberarse.

—Deshonras a tu familia mintiéndoles a desconocidos y luego contándole a toda la escuela el engendro del mal que tienes dentro. ¿Les dijiste?

—Voula, detente.

—No tenemos hijo. *No tenemos hijo.*

Mi pierna derecha empieza a temblar.

Mi padre baja la mirada hacia la taza y aprieta la quijada.

—Creo que deberíamos hablar con el pastor. Como familia.

Todo sucede en cámara lenta. Qué extraño resulta que en este momento, ahora mismo, yo no sienta nada. No me siento triste, feliz, enojado ni nada. Estoy ahí sentado en completa paz cuando ¡zas!

Su taza de café se estrella en mi rostro. De pronto todo se acelera y empieza a suceder en cámara rápida. ¡Zas! Ahora mi papá la sujeta. Ella está gritando y tratando de zafarse de él. Él la detiene y yo no puedo oír o entender lo que ella está diciendo. Entonces todo sucede en cámara lenta de nuevo. Y luego no hay sonido.

Se zafa de los brazos de mi papá y se lanza hacia mí; me tumba de la silla al suelo. Quedo tendido bocarriba, ella se monta en mí y empieza a pegarme en el pecho y a escupirme a la cara. Mi padre trata de quitármela de encima.

Entonces se rompe el silencio.

—¡Te quiero muerto!

Él brinca detrás de ella y trata de contenerla. Ella sigue gritando.

—Prefiero llorar por un hijo muerto que tenerte aquí.

—Sacude ambos brazos y vuelve a zafarse; agarra una bandeja de madera de la mesa, la levanta por encima de su cabeza y la arroja hacia mi pecho. Bloqueo el golpe con los brazos, que reciben todo el impacto.

—Hay un video. *¡Un video!* ¡De ti diciéndole a todo el mundo que eres un *pousti!* Estamos jodidos. Humillados. Nos mataste. Ni siquiera tienes la decencia de decirnos lo que pasó. Tenemos que enterarnos por extraños. —Se revuelca tratando de zafarse de mi padre.

—Voula. ¡Voula! ¡Ya basta!

—Siempre te he odiado, desde que saliste de mis entrañas. Todo lo que yo quería era una buena familia. —Papá sigue sujetándola y ella empieza a llorar—. Quería una familia que se llevara mi dolor, mis recuerdos. Un buen lugar donde todo fuera como debe ser. —Está sollozando.

—Voula, esta es una buena familia. Yo lo sabía. Lo sabía, ¿lo oyes? Leí algunos de los diarios. Vi el video. Yo siempre lo he sabido.

De pronto, papá se ve como de dos metros.

De súbito, ella pierde las fuerzas. Sigue sobre mí, me mira directo, sin nada de fuerza. Él la suelta. Yo estoy en el suelo, completamente quieto.

Después de un momento, sus ojos vuelven a encenderse. Sus manos se vuelven puños y ahora es a él a quien golpea.

Tal vez sea la furia que he estado acumulando todos estos años, o tal vez es verla golpeando a alguien más para variar, pero es como si algo por fin se activara.

Agarro a mi madre con la fuerza suficiente para quitársela a mi padre de encima. Corro junto con ella hacia el comedor y arrojo su cuerpo contra la pared. La tengo inmovilizada y la miro fijamente. Lo que sea que haya poseído a mi cuerpo ahora controla mi cerebro. Puedo sentir a papá detrás de mí. Trata de separarme tal como hace un rato intentaba quitarla a ella. La sostengo con una mano y con la otra le suelto a él de manotazos para que se aleje.

Quiero decir algo, pero tengo el presentimiento de que lo que sea que me poseyó también estará controlando mi voz. Tal vez sí estoy poseído después de todo.

—No puedes lastimarlo. Basta. ¡*Basta!* —No es mi voz, pero sí es mi voz.

La separo del muro y vuelvo a arrojarla contra este como si así quedara más claro mi punto. Y ahí está ella: enojada, furiosa, sus ojos están llenos de tristeza y odio. Pero hay algo más: miedo.

La suelto y así de pronto, ya no está. Lo que sea que me poseyó se fue tan pronto como llegó y me dejó ahí parado.

Evan Panos.

Solo yo.

Mi voz es tranquila y estable.

—Soy gay, mamá. ¿Me escuchaste?

La miro en el piso, llorando. Me agacho hacia donde está. Entonces me mira y escupe hacia donde estoy. Me cae en la cara.

—No soy malvado —digo mientras me limpio—, no soy feo. No soy perfecto. Soy una buena persona. Una muy buena persona. —Ella sigue sollozando y yo empiezo a hacer lo mismo—. Sigo siendo el niño que fuiste a recoger a Grecia. ¿Me quieres? ¿Así como soy? —La miro fijamente.

—A mi Dios le da asco lo que eres. —Se detiene. Me mira y por un momento veo que sus ojos se suavizan. Luego dice—: A mí también.

Papá llega por detrás y me alza. Me lleva a mi cuarto. Me mete a la cama. Me besa la frente y cierra la puerta.

—Evan. Evan —Papá me mueve.

Lo miro. «¿Dónde estoy?». Miro alrededor. Es mi cuarto.

—Despiértate. Son casi las seis de la mañana.

Me levanto. Sigo vestido. Me duele todo el cuerpo. Tomo mi gorro, me pongo los zapatos y salgo al auto. Estoy en automático, es como si no estuviera consciente de lo que está pasando, solo sucede por hábito. Rutina. Todo vuelve a suceder en cámara lenta. Estando en el asiento del copiloto, bajo el visor para verme en el espejo.

—Te limpié las cortadas y te puse curitas en las más graves.

—Gracias. —Volteo hacia él y noto que no está fumando. Uno pensaría que este es un buen momento para encender un cigarrillo. Regreso la mirada a mi reflejo en el espejo. Las curitas son pequeñas, así que las cortadas no pueden ser tan grandes, pero el moretón vaya que lo es. Ahora puedo sentir mi cabeza, me da punzadas.

—¿Tienes aspirinas? —Busco en la guantera.

—No. —Papá orilla el auto.

—¿Qué... a dónde...?

—Lo lamento.

—¿Vamos a...? —Me callo. Lo miro. Nunca he visto a mi padre llorar. Ahora no está llorando. No habla acerca de sus sentimientos.

—Ella se va a sobreponer a esto. Te lo prometo. —Su mirada está fija en el camino.

—Papá. Por favor.

—La conozco. Después siempre lo lamenta mucho. Es como si algo la poseyera y no pudiera evitarlo. —Voltea hacia mí—: Ella te ama.

—No puedo ser amado de esta manera. Me está matando.

Esto es lo más cercano a implorar que lo he visto hacer.

—No voy a dejar que eso suceda.

—Papá, no la detienes, no realmente.

—Mira, vamos por donas, luego demos un paseo. Dale tiempo a que se relaje y luego pensaremos en un plan. Veremos al pastor. Rezaremos. Con la ayuda de Dios podremos con esto.

—Papá, me voy a ir de la casa. —No puedo creer que haya dicho esto. Pero ahora entiendo que es cierto. Es lo que he estado esperando desde que cumplí dieciocho.

Regresa la vista al camino y una parte de mí espera que me discuta sobre esto. Pero, tras lo que parece una eternidad, asiente. Así nada más.

—Regresar no es... —continúo—. No sé cómo volver a entrar en esa casa. No sé cómo regresar a ese mundo. No podría aun si quisiera. Creo que he...

—Puedo ayudarte a que te vayas. —Sus manos toman con firmeza el volante y, sin embargo, tiemblan. Respira profundamente—. Podemos empacar tus cosas cuando yo regrese. Debe haber algún lugar en el que... —Se detiene y me mira. Sacude la cabeza—. Evan, mi corazón está latiendo tanto y tan rápido que siento como si tuviera dos.

No sé qué decir, así que pongo mi mano en su hombro. Él empieza a llorar.

Nos estacionamos en el Dunkin'. Una vez dentro, papá saluda a Linda y me hace un gesto para que me siente. Habla con ella a solas por un minuto. Ella ve hacia donde estoy y me sonríe con dulzura. Después de que terminamos, me lleva de regreso a casa y espera a que me suba a mi auto y me vaya. Él se va a trabajar. Yo voy al monasterio.

Estoy estacionado afuera de la reja, con la caja de metal en el asiento del copiloto. Arranco hojas de los cuadernos.

Hojeo y arranco.

¿Esta página?

No.

¿Esta? Sí.

Sí.

Sí.

No.

No.

Sí.

# Treinta y nueve

Estoy en el estacionamiento de la escuela, al volante de mi auto, cuando Jeremy toca la ventana. Doy un brinco como de seis metros. Bajo la ventana.

—Hermano, ¿de quién es este auto?

—Entra —suspiro.

Rodea el auto hasta la puerta del otro lado, la abre, echa su mochila al asiento trasero y se deja caer en el asiento junto a mí.

—¿Cuándo lo conseguiste?

—No es...

—Panos, ¿tu cara...?

—No entremos en...

—¿Quién...?

Quiero desviar el tema, pero ya no lo haré.

—Es mi madre. No soy propenso a los accidentes.

—Mierda. Yo no...

—Olvídalo. Solo siéntate aquí conmigo, ¿sí? Estoy esperando a Henry.

—Ah. —Se queda cabizbajo—. Tal vez me odie.

—Sip. ¿Lo culpas?

—No.

Nos sentamos en silencio. Hasta que Jeremy habla.

—¿Puedo ir con ustedes?

—Quizá no sea nada divertido.

—Me siento como un imbécil. —Voltea hacia la escuela—. ¿Sabes?, no entendí del todo… lo que tú y Henry son… pero sé que lo que pasó no está bien. No tienes por qué recibir una paliza por ser quien eres.

Miro a Jeremy.

—Soy gay. Henry también. Eso es todo. Lo demás es… bueno, es lo mismo en realidad.

Jeremy asiente.

Salimos del auto y creo que casi puedo escuchar la respiración de Jeremy. Se ve muerto de miedo. Su rostro, normalmente rosa, está blanco. Blanco como el papel. Henry nos ve y empieza a acercarse.

—Esto debe ser una broma.

—Quiere venir con nosotros. —Henry me levanta la barbilla con la mano y empieza a examinar mi rostro. Me quito—. Lo siento, aún están muy sensibles.

—Ev, esto…

—Ella ya no puede lastimarme. Esta fue la última vez. —Volteo hacia Jeremy, que no se ha movido en absoluto, luego volteo hacia Henry—. Ya sabe que la cagó.

Henry suspira.

—Tú decide.

—Creo que también quiero que venga con nosotros.

Henry ve a Jeremy y cambia su tono ligeramente.

—Por mucho que quiera golpearte ahora mismo, al menos no eres un completo imbécil.

Recuerdo mi primer día en preparatoria. Lo había esperado tanto y tenía tanta ansiedad acerca de lo que este lugar sería que me sentía por completo abrumado. Se veía tan grande y aterrador que estaba seguro de que la mejor manera de sobrevivir sería mantener la cabeza baja y ser invisible.

Bien, eso no fue exactamente lo que sucedió.

Los tres caminamos hasta la entrada y una parte de mí siente la misma ansiedad que sentí ese primer día, pero ahora hay un sentimiento más. Uno de pertenecer. Pertenezco a algo junto a estos dos que caminan junto a mí.

Una vez dentro, intercambiamos miradas, sabiendo que al menos tendremos historias que contar al final del día.

—¿Tu séquito «P» está creciendo?

Eso no tardó mucho. Tommy y sus amigos no pierden el tiempo. Me imagino que la «P» no es de «peligroso».

Ali se mete sin que nadie la haya llamado.

—¿Jeremy? ¿En serio? Supongo que es lógico.

Antes de que cualquiera pueda reaccionar, el director Balderini aparece y físicamente se coloca entre ellos. No es un hombre veloz, pero es grande. Mide uno noventa y tiene la complexión de un defensa de futbol americano.

—Nop. Esto no va a suceder —dice, bloqueándolos—. Todos se van a sus clases. Ahora.

La gente empieza a dispersarse.

—Tommy, Lonny, Scott y Gabe —dice el director Balderini—, no se vayan muy lejos. —Luego se dirige a mí y continúa—: Todos a sus clases. Estamos muy alertas. Nada de tonterías —dice eso mirando directamente a Tommy—. Panos, a mi oficina, por favor. —Luego voltea hacia Tommy y los demás—. Todos ustedes esperarán afuera de mi oficina. Enseguida los llamo.

Esta es la segunda vez en todos mis años de preparatoria que entro a la oficina del director. Me siento frente a él, esperando algún tipo de sermón.

—Siéntate. —Se deja caer en la silla—. Ya regresaste.

—Sí, señor.

—¿Qué tal tu semana y Acción de Gracias?

—Bien.

—Hablé con los padres de Henry. Vi el video. Hablé con los otros involucrados después de verlo.

—Sí.

—Los señores Kimball quisieron aclarar unas cuestiones.

—Sí.

—¿Panos?

—¿Sí, director?

—Tú no empezaste la pelea. Perdóname. —Sacude la cabeza.

—No estuve consciente en una parte.

—Eso parece. Tomaremos medidas contra los otros involucrados. La policía ya tiene el video; necesitarán tu declaración.

Se aclara la garganta. Mira su escritorio. Cuando levanta la mirada, puedo ver su frustración y tristeza, y por primera vez pienso: «Qué trabajo tan difícil».

Su voz es firme pero suave.

—Siempre te voy a escuchar. Quiero que sepas que aquí siempre estarás a salvo. Yo me aseguraré de ello.

—Sí, director.

—Lamento si yo o alguien más de esta escuela te ha hecho sentir incomprendido o inseguro.

—Gracias. —Por mucho que aprecie lo que está pasando aquí, este tipo no tiene la más remota idea de todo lo que me sucede.

Apenas voy a la mitad del pasillo cuando Tess Burgeon y dos de sus compañeras de voleibol se me acercan.

—Hola, Evan. —Tess parece más platicadora que de costumbre—. ¿La pasaste bien en las vacaciones?

—Seguro. ¿Tú?

—Tal vez no tan bien como tú. Linda cara, por cierto —dice Leesha Johnson.

Estamos frente a mi casillero. Volteo a verlas. Nunca he tenido ninguna convivencia real, genuina, con ninguna de estas chicas. La única razón por la que le hablaba a Tess era porque quería ayudar a Jeremy antes de que... Bueno, antes de todo.

—Eh... Me siento un poco mejor de saber que si tu novio no se interesó en mí no tenía que ver conmigo. —Creo que Tess está alardeando—. No le habría interesado ninguna chica.

Pongo los ojos en blanco y regreso a mi casillero. Puedo oírlas alejándose. A todas menos una.

—¡Vamos, Kris! —grita Tess.

Volteo y me encuentro a Kris simplemente mirándome. Sonríe a medias.

—Es bueno tenerte de regreso, Evan.

También le sonrío.

# Cuarenta

Todos dicen lo mismo, pero esta Navidad llegó de la nada, en serio. Esto es lo que ha pasado en las últimas semanas: Perdí mi trabajo en la salchichonería debido a que las ventas bajaron. Conseguí las prácticas profesionales en la galería de arte. Mi nuevo departamento y estudio está a dos pueblos de Kalakee y me permite trabajar ininterrumpidamente en mis dibujos. Incluso pegué con cinta los dibujos que mi madre hizo pedazos y luego apiló sobre mi cama. Los resucité tal como el monstruo del doctor Frankenstein y se los entregué al profe Q.

Y, por último, ahora trabajo en el Dunkin'. Mis turnos están todos revueltos y algunos de ellos son con Linda. También, al parecer, no me he hartado de las donas. Todavía.

Cuando tengo turno en la mañana veo a mi papá. Es raro estar del otro lado de la barra sirviéndole. Linda vive en el departamento dúplex de enfrente y mi estudio está en la parte trasera; solía ser una bodega, pero tiene un baño. No estoy seguro de que rentarlo sea legal, pero en lo que a mí respecta, es un palacio. Linda pasa a verme de vez en cuando para asegurarse de que no deje de comer. Con frecuencia me lleva varias donas y bagels que quedaron del día.

Veo a papá más o menos una vez a la semana. No he visto a mi madre desde que me fui. Sé que va a sonar raro, pero sí extraño a mi familia. No a mi familia real, pero la idea de familia que pudimos haber sido. A veces me pregunto qué habría pasado, dónde estaría si tan solo algo hubiera sido diferente, si de alguna manera algo de lo malo que sucedió nunca hubiera sucedido. ¿Habría hecho una diferencia? ¿Seguiríamos juntos?

Mi teléfono vibra.

HENRY:

¿A qué hora vienes?

EVAN:

Ya estoy por salir.

HENRY:

Feliz Navidad.

Henry es el primero en felicitarme con un abrazo y un beso rápido en la mejilla. Sus padres son geniales, pero aún no nos sentimos cómodos besándonos frente a ellos.

—¡Feliz Navidad!

—¡Feliz Navidad! —Le devuelvo el abrazo.

Claire y su papá ya están en la barra de la cocina.

—Mamá, tienes que cocinar más tocino. No habrá suficiente para Nate y los demás cuando lleguen. —Claire se sirve tres tiras más.

—Feliz Navidad. —La señora Kimball me envuelve con sus brazos.

—¿A qué hora dices que llegan los demás? —pregunta Henry.

—Justo antes de cenar, como a las cinco. —El señor Kimball se acerca y me rodea con un brazo.

—Evan y yo iremos a pasear, el día está muy despejado.

«¿Iremos a pasear?».

Lo miro un tanto perplejo. Él levanta las cejas y toma un solo hot cake de la pila.

—¡Vámonos!


Adentro del auto de Henry, resisto la tentación de preguntarle a dónde vamos.

—Esta es mi primera Navidad con toda tu familia —le digo actuando como si nada.

—¿Te estresa? —Me mira. Hoy su cabello está más esponjado de lo normal.

Es un problema. Alzo la cadera para sentarme sobre mis palmas.

—¿Nervioso? —pregunta.

—Claro.

—Deberías. Soy algo así como el consentido. Las expectativas son altas.

Ambos reímos.

—La pasaremos genial y, si no, haremos como si fuera genial. Honestamente solo hay dos imbéciles en nuestra familia y ellos no dirán nada. Y si lo hacen, Claire les calla la boca. —Me toma de la mano.


Nos estacionamos tan cerca como podemos de las rocas que chocan con el lago, justo debajo del Museo Field. Nos quedamos ahí con el auto aún encendido y contemplamos el cielo.

—Es mágico, ¿no? —En su voz puedo oír cuán maravillado está.

—Sip.

Voltea hacia mí, su sonrisa es suave, plana. Tal vez sea el sol que refleja el lago congelado y rebota en el parabrisas, pero sus ojos verdes se ven más grandes y más brillantes que nunca.

Entrelaza su mano con la mía y me aprieta tanto que se me empiezan a dormir los dedos. Pero esos apretones son de los buenos. Lo último que quiero es que este momento termine, pero le hice una promesa al señor Kimball.

—Deberíamos regresar antes de que se haga tarde.

—Espérame un minuto. Tengo que ir por algo.

Baja del auto y entra un aironazo helado. Corre a la cajuela, pero no puedo ver qué trae. La puerta vuelve a abrirse, otro ventarrón frío entra junto con Henry. Se sienta y me da un paquete envuelto en papel de estraza. Es rectangular y más o menos del tamaño de una caja de camisa.

—Mi regalo para ti está en tu casa. Pensé que nos daríamos los regalos con la familia —le digo.

—Este es para ti. No quería dártelo frente a nadie más.

La luz del día brilla en dirección al auto e ilumina el rostro de Henry. Cada una de sus facciones se ve como si las hubieran esculpido a la perfección, no tienen un solo defecto, pero él sí es real.

Mis manos tiemblan. Recorro con los dedos la esquina superior derecha, donde dice EVAN, solo para asegurarme de que realmente está ahí. Volteo la caja y empiezo a desgarrar el papel. Dentro hay una caja de cartón; la volteo, la pongo sobre mis piernas y levanto la tapa.

Alzo la vista hacia Henry; sus ojos están húmedos. Regreso la vista a la caja. Levanto el papel delgado y blanco.

Dentro hay diez cuadernos con cubiertas blanco y negro. Cada uno tiene un recuadro y líneas para escribir el título al centro.

En cada portada escribió: «Para cada día normal».

Siento cómo se deslizan mis lágrimas.

—Te acordaste.

Él asiente.

—Es un inicio —dice en voz baja.

Y entonces se estira y me jala hacia él.

# Nota del autor

«Si quieres que te quieran, nunca les muestres a los demás quién eres realmente». Estas palabras las dijo mi familia por primera vez cuando tenía cinco años. Me las repetían constantemente y me han acosado durante la mayor parte de mi vida. Las creí y viví de acuerdo con ellas. A la larga, las odié por todo lo que implicaban.

En este libro, Evan está aterrado de que lo descubran. Que descubran tanto el abuso en casa como su sexualidad. Como tantos de nosotros, se esfuerza muchísimo para dividir en compartimentos las diferentes partes de su vida y así sobrevivir. Pero, con el tiempo ya no puede hacerlo y todas las partes salen a la luz.

Tal como Evan, he pasado gran parte de mi vida intentando ocultarme. Crecí en un pueblo pequeño en el Medio Oeste de Estados Unidos, en un hogar griego muy estricto y me aterrorizaba que me descubrieran. Si me «descubrían», entonces ¿mi familia me amaría menos? ¿Perdería a los pocos amigos que me había esforzado tanto en hacer en mis años de preparatoria?

Cuando mi familia y yo llegamos a Estados Unidos, como muchos niños inmigrantes, tenía una meta: pertenecer, tratar de ser parte de este nuevo mundo. Destacar nunca fue el objetivo, pero era casi imposible que no fuera así. No me veía como los demás chicos de nuestro pequeño pueblo. Los almuerzos que me empacaban en casa olían raro. Apenas entendía este nuevo idioma y, cuando logré dominarlo, tartamudeaba con un acento extraño. Tenía moretones inexplicables en el rostro y el cuerpo. Y era gay.

Todo esto se sumaba a un retrato de alguien que no estaba logrando ser como los demás. Pero lo intenté, me esforcé muchísimo por ser un buen estudiante, un buen cristiano, un buen hijo. Fracasé miserablemente en todo ello, hasta que ya no pude fingir. Me negué a seguir haciéndolo. Mi propia declaración como gay fue lenta, gradual, no tan audaz como la de Evan. Tuve un gran conflicto para aceptarme, pero una vez que lo hice, mi vida cobró verdadero sentido.

Aunque algunos terapeutas me habían alentado a escribir mis propias experiencias como un medio para sanar, nunca pude pasar de la primera página. Era demasiado doloroso. Había logrado hablar con un profesional, pero plasmarlo en papel se sentía demasiado revelador, demasiado crudo.

Mi mejor amiga, Jennifer Niven, me sugirió que le diera la historia a alguien más para que la escribiera. Esa noche empecé a escribir y de pronto apareció Evan.

He sido increíblemente afortunado por la manera como se ha desarrollado mi vida a lo largo de los años, pero no sucedió por accidente. Me he encontrado con personas maravillosas que me han demostrado el verdadero significado del amor y del apoyo incondicional. Estas personas se han convertido en la familia que elegí.

*Aislado, asustado, suicida, equivocado* y *poco valioso* son palabras y sentimientos a los que me he enfrentado. Por fortuna, he aprendido que no estoy solo. Sé que hay muchos chicos allá afuera que están sufriendo, los he conocido cuando he tenido que viajar por trabajo. Por favor, sepan que hay gente y organizaciones que están ahí para ayudarlos. Quieren ayudar. Permitan que lo hagan. Dejen que las personas los apoyen y muéstrenle al mundo quiénes son realmente.

# Apoyo para ti

Nos gustaría que los lectores de *El peligroso arte de desaparecer* supieran que existen servicios de ayuda gratuitos, confidenciales y disponibles las veinticuatro horas del día. Igual que le sucede a Evan, tal vez no te resulte fácil, pero, por favor, no temas pedir ayuda si te ves afectado por problemas como los descritos en este libro.

Los siguientes números ofrecen consejo, ayuda y apoyo, y escucharán lo que necesites contarles.

Saptel (Sistema Nacional de Apoyo, Consejo Piscológico e Intervención en Crisis por Teléfono)

• Ciudad de México: 55 52 59 81 21

• En todo el país: 01 800 472 78 35

También puedes contactar vía telefónica a las Unidades de Atención a la Violencia Intrafamiliar de tu estado.

# Agradecimientos

Cuando viví en la ciudad de Nueva York, todos los días caminaba al menos trece kilómetros. Se puede trabajar mucho en una gran caminata. Se puede descubrir aún más, no solamente acerca del mundo físico a tu alrededor, sino también acerca del que habita en tu cabeza. Cuando empecé a escribir *El peligroso arte de desaparecer*, con frecuencia entraba al mundo en mi cabeza durante esas largas caminatas por la ciudad. Ahí encontré muchos recuerdos de experiencias personales que estaba tratando de entender. Cuando por fin terminé de plasmarlas en una historia, fue aterrador pensar que alguien podría realmente leerlas. Ese alguien fue mi poderosa e inteligente agente, Kerry Sparks, quien siempre me apoyó. Su sabiduría, cuidado y sensibilidad de editora me dieron el valor para escribir desde un lugar muy auténtico. Gracias, Kerry, y a todos en Levine Greenberg Rostan, por ser un apoyo increíble.

Gracias, Alessandra Balzer, mi editora genio de Balzer + Bray. Sin tu análisis, inteligencia y confianza absoluta en la historia, no habría estado seguro de reunir el valor para ir a lo más profundo. Gracias por «cuidarme la espalda» y por ser compañera comedora de carnes y quesos. Alessandra, tú y el equipo entero de Balzer + Bray/Harper Collins me hacen ver muy bien: Kelsey Murphy, Renée Cafiero, Alison Donalty y Michelle Cunningham; Jenny Sheridan, Kathy Faber, Jessie Elliot, Kerry Moynagh y Andrea Pappenheimer; Cindy Hamilton y Stephanie Boyar; Nellie Kurtzman, Sabrina Aballe, Bess Braswell y Jace Molan.

Gracias a toda mi familia de amigos que nunca juzga, siempre apoya y que todo el tiempo están listos para encontrar el siguiente lugar de comida y bebida. Especialmente a la talentosa Jennifer Niven, quien escuchó cada remota idea y con mucha amabilidad me motivó a ser mejor. Tú, querida amiga, mi mejor amiga, nunca sabrás del todo lo que significas para mí.

Gracias a ti, Judy Kessler, por alimentarme con la mejor pasta en Los Ángeles. La mejor de todos los tiempos. Y por creer y ver algo en mí desde hace tantos años, cuando ni siquiera yo mismo podía verlo.

Gracias a una de mis primeras lectoras, Beth Kujawski, por tus sabias palabras tras un primer borrador y por todo ese talento para hornear. En serio, lo que esta mujer puede hacer con harina, mantequilla y azúcar es casi un milagro.

Gracias, Josh Flores, por ser mi primer lector adolescente y por tu contagioso entusiasmo, no solo por esta historia, sino por los libros y los autores en general. No puedo esperar a leer tu primer libro.

Mi perro Baxter, que tristemente murió seis meses antes de que saliera este libro, era un gruñón que me rescató. Para todos los que tienen mascotas, bien saben el poder que tienen sobre nuestras almas. Gracias, Baxter, por hacer las cosas difíciles, pero que valieran la pena siempre.

Un gran agradecimiento a Ed Baran (y a su familia) por cuidar mi corazón y asegurarse siempre de que supiera lo mucho que me querían. Este apoyo y amor incondicional ha hecho que muchas cosas sean posibles, incluyendo este libro.

Por último, gracias a todos con quienes hablé y que han logrado vivir plenamente más allá del trauma de la niñez. Ustedes son mis héroes.